中華書局

西遊記

一

吳承恩 著

□底　本：清黃周星改編《西遊證道書》
□校　對：黃永年　黃壽成
□責任編輯：叢　華
□裝幀設計：Edited

西遊記（全三冊）

□
著者
吳承恩

□
出版
中華書局（香港）有限公司
香港北角英皇道 499 號北角工業大廈一樓 B
電話：（852）2137 2338　傳真：（852）2713 8202
電子郵件：info@chunghwabook.com.hk
網址：http：//www.chunghwabook.com.hk

□
發行
香港聯合書刊物流有限公司
香港新界荃灣德士古道 220-248 號
荃灣工業中心 16 樓
電話：（852）2150 2100　傳真：（852）2407 3062
電子郵件：info@suplogistics.com.hk

□
印刷
深圳中華商務安全印務股份有限公司
深圳市龍崗區平湖鎮萬福工業區

□
版次
2012 年 7 月初版
2024 年 6 月第 5 次印刷

□
規格
特 32 開（210 mm × 155 mm）

□
ISBN：978-988-8148-26-4

出版說明

《紅樓夢》、《水滸傳》、《三國演義》、《西遊記》，其中的任何一本都是中國文學史上的豐碑，而由這四本書組成的「四大名著」更是中國乃至全人類共同擁有的寶貴文化遺產，在全世界有著深遠的影響。它不僅是中國古典文學的瑰麗寶藏，也是中國傳統文化、歷史、地理、民俗的知識寶庫。

「四大名著」是由「四大奇書」發展而來的。早在明朝就有了「四大奇書」的說法，著名文學家馮夢龍將「三國」、「水滸」、「西遊」、「金瓶梅」並稱為「四大奇書」。到了清初，李漁繼承其說，並將「三國」冠以「第一奇書」而出版。由此可見，在明末清初之際，「四大奇書」的提法已經流行開來。被公認為中國古典小說最高峰的《紅樓夢》出現後，它也就取代了《金瓶梅》，躋身「四大名著」之列，今天大家熟知的「四大名著」形成了。因此，「四大名著」不是某個人定下來的，而是被廣大讀者認可而逐漸形成的。

「四大名著」的版本很多，裝幀形式也多種多樣。本套書各書均選取較好的版本作為底本，如《紅樓夢》採用程甲本，《三國演義》採用醉耕堂本，《水滸傳》採用容與堂本，《西遊記》則採用金陵世德堂本，並約請了多位著名學者加以整理校勘，如啓功先生（《紅樓夢》）、黄永年先生（《西遊記》）、劉世德先生（《三國演義》）、李永祜先生（《水滸傳》）等。在此，對各位學者所做的辛勤工作表示衷心的感謝。

中華書局編輯部
二〇一〇年七月

前言

在中國古典通俗小説中，有一類小説，我們稱之為神怪小説。其中成就最高、最受人喜愛的，就是《西遊記》。

作為一部以神怪為主角的幻想喜劇，《西遊記》並非全無依傍。它有歷史真實的影子，那就是唐貞觀年間玄奘遠出西域取經的事件。由玄奘口述、弟子辯機記錄的《大唐西域記》和玄奘另一個弟子慧立作的《大唐慈恩寺三藏法師傳》，對這一事件有詳細的記載。玄奘經西域到達印度，出行十七年，遊歷了五十多個國家，回長安時，帶回了佛經六百五十七部。這一佛教史上的空前壯舉，在唐代就轟傳一時。而玄奘所經歷的種種艱難困苦和奇幻遭遇，又促使人們對此進行主觀的想像和發揮，隨著取經故事的流傳，虛構誇張的成分越來越多，成為民間文藝的重要題材。宋元兩代，取經故事在戲曲舞臺上大量演出，在説書場上被反覆傳頌，成為以後小説創作的素材來源。

比較完整的長篇小説《西遊記》，在元末明初已經完成了。現存最早的《西遊記》版本，是明代萬曆年間的金陵世德堂本，共一百回。到了清代初年，著名學者黄周星和書商汪象旭合作，對百回本《西遊記》作了一番潤飾修改，推出了《西遊證道書》，成為《西遊記》各本中文字最好，最臻成熟的本子。

但是，黃周星、汪象旭只是《西遊記》的改編者，小說的原作者則一直是個謎。明代傳下來的各種版本上，都沒有署作者的大名，吴承恩的名字是學者們考證出來的，只是證據還不充分確鑿。

《西遊記》記述孫悟空、猪八戒、沙和尚保護唐三藏去西天取經，歷經八十一難，取回真經，皆成正果的故事。在這個大間架中，無數的天仙地靈、妖魔鬼怪都圍繞著唐僧師徒進進出出，打打殺殺，哭哭笑笑，生生死死。此書一出，人們對它的理解也千變萬化，有說是勸學的，有說是談禪的，有說是證道的，有說是通《易》的，衆說紛紜。其實，這都是後人對《西遊記》的解說，未必是原作者的思路。倒是胡適先生的說法樸素平實，更切合實際，說它是「一部很有趣味的滑稽小說」。

這部小說由兩個故事組成。第一回到第七回，寫孫悟空出世及後來大鬧天宮故事，表現的是孫悟空對自由的執著追求和鬥爭最終失敗的悲劇，體現出人性的自由本質與現實生活的約束的矛盾處境。第八回到卷終，寫唐僧師徒取經，寓含著人必須經歷艱難困苦纔能最終獲得幸福成功的人生真諦。

《西遊記》最大的藝術成就，在於創造了孫悟空和猪八戒這兩個獨一無二的典型的藝術形象。孫悟空天性頑皮，神智超越，心高氣傲，神通廣大。他熱愛自由，不受拘束，英勇無畏，勇於反抗。他熱情活潑，富於幽默，不乏同情心，而且見解深刻，還是《西遊記》思想的代言人。猪八戒呢，則是一個徹頭徹尾的普通村夫的形象。他的理想是在高老莊守著老婆過日子。他既有懶惰吝嗇、好吃好色、膽怯撒謊、耍小聰明的毛病，也有老實憨厚、吃苦耐勞、積極戰鬥、而且風趣幽默的令人喜愛的品性，可以說是勇敢中帶著怯懦，憨厚中帶著奸滑。但在唐僧、悟空的不斷訓誡下，他也在艱難地前進著。他的形象更接近普通人，平凡而極富真實性，讓人覺得親切。

本書由黃永年、黃壽成先生以黃周星的《西遊證道書》為底本，整理而成。在此，我們特向兩位先生的辛勤工作表示感謝。

中華書局編輯部

二〇一〇年七月

目錄

冊一

冊二

冊三

第一回　靈根孕育源流出　心性修持大道生

詩曰：

混沌未分天地眩，茫茫渺渺無人見。自從盤古破鴻濛，開闢從茲清濁辨。
覆載群生仰至仁，發明萬物皆成善。欲知造化會元功，須看《西遊釋厄傳》。

蓋聞天地之數，有十二萬九千六百歲為一元。將一元分為十二會，乃子、丑、寅、卯、辰、巳、午、未、申、酉、戌、亥之十二支也。每會該一萬八百歲。且就一日而論：子時得陽氣，而丑則雞鳴；寅不通光，而卯則日出；辰時食後，而巳則挨排；日午天中，而未則西蹉；申時晡而日落；酉、戌黃昏而人定亥。譬於大數，若到戌會之終，則天地昏曚而萬物否矣。再去五千四百歲，交亥會之初，則當黑暗，而兩間人物俱無矣，故曰混沌。又五千四百歲，亥會將終，貞下起元，近子之會，而復逐漸開明。邵康節曰：「冬至子之半，天心無改移。一陽初動處，萬物未生時。」到此，天始有根。再五千四百歲，正當子會，輕清上騰，有日，有月，有星，有辰。日、月、星、辰，謂之四象。故曰，天開於子。又經五千四百歲，子會將終，近丑之會，而逐漸堅實。《易》曰：「大哉乾元，至哉坤元，萬物資生，乃順承天。」至此地始凝結。再五千四百歲，正當丑會，重濁下凝，有水，有火，有山，有石，有土。水、火、山、石、土，謂之五形。故曰，地闢於丑。又經五千四百歲，丑會終而寅會之初，發生萬物。曆曰：「天氣下降，地氣上昇；天地交合，群物皆生。」至此天清地爽，陰陽交合。再五千四百歲，正當寅會，生人，生獸，生禽。是謂天地人三才定位。故曰，人生於寅。

感盤古開闢，三皇治世，五帝定倫，世界之間，遂分為四大部洲：曰東勝神洲，曰西牛賀洲，曰南贍部洲，曰北俱蘆洲。這部書單表東勝神洲海外有一國，名曰傲來國。國近大海，海中有一座名山，喚為花果山。此山乃十洲之祖脈，三島之來龍。那山頂上有一塊仙石。其石有三丈六尺五寸高，按周天三百六十五度；有二丈四尺圍圓，按政曆二十四氣；上有九竅八孔，按九宮八卦。自開闢以來，每受天真地秀，日精月華，感之既久，遂有靈通之意。內育仙胎，一日迸裂，產一石卵，似圓球樣大。因見風化作一個石猴，五官俱備，四肢皆全。便就學爬學走，拜了四方，目運兩道金光，射沖斗府。驚動高天上聖玉皇大帝，駕座金闕雲宮靈霄寶殿，聚集仙卿，見有金光焰焰，即命千里眼、順風耳開南天門觀看。二將須臾回報道：「金光之處，乃東勝神洲傲來國花果山，山上有一仙石，石產一卵，見風化一石猴，在那裏拜四方，眼運金光，射沖斗府。如今服餌水食，金光將潛息矣。」玉帝垂恩曰：「下方之物，乃天地精華所生，不足為異。」

那猴在山中，卻會行走跳躍，食草木，飲澗泉，採山花，覓樹果，與猿鶴為伴、麋鹿為群，夜宿石崖，朝遊峰洞，真是「山中無甲子，寒盡不知年」。一朝天氣炎熱，與群猴避暑，都在松陰之下，頑耍了一會，卻去山澗中洗澡。見那股澗水奔流，真個似滾瓜湧濺。眾猴都道：「這股水不知是那裏的水。我們今日趁閒，順澗邊往上溜頭，尋看源流耍子去耶！」喊一聲，眾猴一齊跑來，順澗爬山，直至源流之處，乃是一股瀑布飛泉。眾猴拍手稱揚道：「好水！好水！那一個有本事的，鑽進去尋個源頭，出來不傷身體者，我等即拜他為王。」連呼了三聲，忽見叢雜中跳出一個石猴，高叫道：「我進去！我進去！」

好猴！你看他瞑目蹲身，將身一縱，徑跳入瀑布泉中，忽睜睛擡頭觀看，那裏邊卻無水無波，明明朗朗的一座鐵板橋，橋下之水，沖貫於石竅之間，倒掛流出去，遮閉了橋門。又上橋頭再看，卻似人家住處一般，好個所在。看罷多時，跳過橋左右觀看，只見正當中有一石碣。碣上鐫著「花果山福地，水簾洞洞天」。

石猿喜不自勝，急抽身往外便走，復瞑目蹲身，跳出水外，打了兩個呵呵道：「大造化！大造化！」眾猴圍住，問道：「裏面怎麼樣？水有多深？」石猴道：「沒水！沒水！原來是一座鐵板橋。橋那邊是一座天造地設的家當。」眾猴道：「怎見得是個家當？」石猴笑道：「這股水，乃是橋下沖貫石竅，倒掛下來，遮閉門戶的。橋邊有花有樹，是一座石房。房內有石鍋、石竈、石盆碗、石牀凳。中間一塊石碣，鐫著『花果山水簾洞』，真個是我們安身之處。我們都進去住也，省得受老天之氣。」

眾猴聽得，個個歡喜。都道：「你還先走，帶我們進去。」石猴卻又瞑目蹲身，往裏一跳，眾猴隨後也都進去了。跳過橋頭，一個個搶盆奪碗，佔竈爭牀，正是猴性頑劣，再無一個寧時，只搬得力倦神疲方止。石猿端坐上面道：「列位呵，『人而無信，不知其可。』你們纔說有本事進得來，出得去，不傷身體者，就拜他為王。我如今尋了這一個洞天與列位安眠穩睡，各享成家之福，何不拜我為王？」眾猴即拱伏禮拜，都稱「千歲大王」。自此石猿高登王位，將「石」字兒隱了，遂稱美猴王。詩曰：

三陽交泰產群生，仙石胞含日月精。借卵化猴完大道，假他名姓配丹成。

內觀不識因無相，外合明知作有形。歷代人人皆屬此，稱王稱聖任縱橫。

美猴王領一群猿猴、獼猴、馬猴等，分派了君臣佐使，朝遊花果山，暮宿水簾洞，不入飛鳥之叢，不從走獸之類，獨自為王，享樂天真，何止二三百載。一日，與群猴喜宴，忽然墮下淚來。眾猴慌忙羅拜道：「大王何為煩惱？我等日日在仙山福地，古洞神洲，無人拘束，自由自在，乃無量之福，為何憂慮？」猴王道：「今日雖不歸人王法律，不懼禽獸威服，將來年老血衰，暗中有閻王老子管著，一旦身亡，可不枉生世界之中，不得久駐天人之內？」眾猴聞言，一個個掩面悲啼，俱以無常為慮。

只見那班部中跳出一個通背猿猴，厲聲高叫道：「大王如此遠慮，真所謂道心開發也！如今五蟲之內，惟有三等名色不伏閻王老子所管，乃是佛與仙與神聖三者，躲過輪迴，不生不滅，與天地齊壽。」猴王道：「此三者居於何所？」猿猴道：「他只在閻浮世界之中，古洞仙山之內。」猴王聞之，滿心歡喜道：「我明日就辭汝等下山，雲遊海角，遠涉天涯，務必訪此三者，學一個不老長生，躲過閻君之難。」噫！這句話，頓教跳出輪迴網，致使齊天大聖成。眾猴鼓掌稱揚，都道：「善哉！善哉！我等明日越嶺登山，廣尋些果品，大設筵宴送大王也。」次日，眾猴果去採仙桃，摘異果，刨山藥，劚黃精，齊齊整整，擺開石凳石桌，排列仙酒仙餚。尊美猴王上坐，一個個輪流奉果奉酒，痛飲一日。

次日美猴王早起，折些枯松，編作筏子，取個竹竿作篙，獨自登筏，盡力撐開，飄飄蕩蕩，徑向大海波中，趁天風來渡南贍部洲地界。也是他運至時來，自登木筏之後，連日東南風緊，將他送到西北岸前，乃是南贍部洲地界。棄了筏子，跳上岸來，只見海邊有人捕魚、打雁、挖蛤、淘鹽。他走近前，弄個把戲，粧個𪍿虎，嚇得那些人四散奔跑。將那跑不動的拿住一個，剝了他的衣裳，也學人穿在身上，搖搖擺擺，穿州道府。在於市廛中，學人禮，學人話，朝餐夜宿，一心裏訪問佛仙神聖之道，覓個長生不老之方。見世人都是為名為利之徒，更無一個為身命者。正是那：

爭名奪利幾時休？早起遲眠不自由。騎著驢騾思駿馬，官居宰相望王侯。
只愁衣食耽勞碌，何怕閻君就取勾。繼子蔭孫圖富貴，更無一個肯回頭。

猴王在南贍部洲，不覺八九年餘，忽行至西洋大海。他想著海外必有神仙，獨自個依前作筏，又飄過西海，直至西牛賀洲地界。登岸遍訪多時，忽見一座高山秀麗，林麓幽深。他也不怕狼蟲虎豹，直登山頂。正觀看間，忽聞得林深處有人言語，急忙穿入林中，側耳而聽，原來是歌唱之聲。歌曰：

觀棋柯爛，伐木丁丁，雲邊谷口徐行。賣薪沽酒，狂笑自陶情。蒼徑秋高對月，枕松根一覺天明。認舊林，登崖過嶺，持斧斷枯藤。收來成一擔，行歌市上，易米三升。更無些子爭競，時價平平。不會機謀巧算，沒榮辱恬淡延生。相逢處，非仙即道，靜坐講《黃庭》。

美猴王聽得滿心歡喜道：「神仙原來藏在這裏！」即忙跳入裏面看時，乃是一個樵子，在那裏舉斧砍柴。猴王近前叫道：「老神仙！弟子起手。」那樵漢慌忙丟了斧，轉身答禮道：「不當人！不當人！我拙漢衣食不全，怎敢當『神仙』二字？」猴王道：「你不是神仙，如何說出神仙的話來？」樵夫道：「我說甚麼神仙話？」猴王道：「我纔聽的你說：『非仙即道，靜坐講《黃庭》。』《黃庭》乃道德真言，非神仙而何？」樵夫笑道：「實不瞞你說，這個詞名作《滿庭芳》，乃一神仙教我的。那神仙與我舍下相鄰，他教我遇煩惱時，即把這詞兒念念，散心解困。我纔有些不足處，故此念念。不期被你聽了。」猴王道：「你家既與神仙相鄰，何不從他修行，學個不老之方？」樵夫道：「我一生命苦，不幸父喪，母親居孀，只得斫兩束柴薪，挑向市廛賣錢，糴米供養母親，所以不能修行。」猴王道：「據你說來，乃是一個行孝的君子。但求你指與我那神仙住處，卻好拜訪去也。」樵夫道：「不遠，不遠。此山叫作靈臺方寸山。山中有座斜月三星洞。那洞中有一個神仙，稱名須菩提祖師。那祖師出去的徒弟，也不計其數，見今還有三四十人從他修行。你順那條小路兒向南行，不遠即是他家了。」

猴王聽說，辭謝樵夫，出林找路，徑過山坡，約有七八里遠，果然望見一座洞府，挺身觀看，真好去處。只見那洞門緊閉，靜悄悄杳無人跡，忽回頭，見崖邊立一大石碑，上有十個大字，乃是「靈臺方寸山，斜月三星洞」。美猴王十分歡喜，看彀多時，不敢敲門。少頃，只聽得呀的一聲，洞門開處，裏面走出一個仙童，高叫道：「甚麼人在此搔擾？」猴王上前躬身道：「我是個訪道學仙之弟子，更不敢在此搔擾。」仙童笑道：「你是個訪道的麼？」猴王道：「是。」童子道：「我家師父正纔登壇講道，還未說出原由，就教我出來開門，說外面有個修行的來了，可去接待。想必就是你了？」猴王道：「是我，是我。」童子道：「你跟我進來。」

這猴王整衣端肅，隨童子徑入洞天深處，一層層深閣瓊樓，珠宮貝闕，說不盡那靜室幽居。直至瑤臺之下，見那菩提祖師端坐在臺上，兩邊有三十個小仙侍立臺下，果然是：

大覺金仙沒垢姿，西方妙相祖菩提。不生不滅三三行，全氣全神萬萬慈。

空寂自然隨變化，真如本性任為之。與天同壽莊嚴體，歷劫明心大法師。

猴王一見，倒身下拜，磕頭不計其數，口中只道：「師父，師父！我弟子志心朝禮，志心朝禮。」祖師道：「你是那方人氏？且說個鄉貫姓名。」猴王道：「弟子乃東勝神洲傲來國花果山水簾洞人氏。」祖師喝令：「趕出去！他本是個撒詐搗虛之徒，那裏修甚麼道果！」猴王慌忙磕頭不住道：「弟子是老實之言，決無虛詐。」祖師道：「你既老實，怎麼說東勝神洲？那去處到我這裏，隔兩重大海，一座南贍部洲，如何就得到此？」猴王叩頭道：「弟子飄洋過海，登界遊方，有十數個年頭，方纔訪到此處。」祖師道：「既是逐漸行來的也罷。你姓甚麼？」猴王又道：「我無性。人若罵我，我也不惱；若打我，我也不嗔：一生無性。」祖師道：「不是這個性，你父母原來姓甚麼？」猴王道：「我也無父母。」祖師道：「既無父母，想是樹上生的？」猴王道：「我雖不是樹上生，卻是石裏長的。我只記得花果山上有一塊仙石，其年石破，我便生也。」祖師暗喜道：「這等說，卻是個天地生成的。你起來走走我看。」猴王縱身跳起，走了兩遍。祖師笑道：「你身軀雖是鄙陋，卻像個食松果的猢猻。我與你就身上取了姓氏。意思教你姓猢，『猢』字去了獸旁，乃是個古月，古者老也，月者陰也，老陰不能化育。教你姓猻，『猻』字去了獸旁，乃是個子系，子者男兒也，系者嬰細也，正合嬰兒之本論。教你姓孫罷。」猴王聽說，滿心歡喜，叩頭道：「好，好，好，今日方知姓也。萬望師父慈悲，既然有姓，再乞賜個名字，卻好呼喚。」祖師道：「我門中有十二個字，分派起名，乃廣、大、智、慧、真、如、性、海、穎、悟、圓、覺十二字。排到你，正當『悟』字，與你起個法名，叫作孫悟空好麼？」猴王道：「好，好，好，自今就叫作孫悟空也。」正是：

鴻濛初闢原無姓，打破頑空須悟空。

畢竟不知向後修些甚麼道果，且聽下回分解。

話表美猴王得了姓名，歡然踴躍，對菩提前作禮啟謝。那祖師即命大眾引孫悟空出二門外，教他灑掃應對，進退周旋。悟空又拜了大眾師兄，就於廊廡之間，安排寢處。次早與眾師兄講經論道，習字焚香。閒時掃地鋤園，養花修樹。在洞中不覺倏六七年。

一日，祖師登壇高坐，喚集諸仙，開講大道。真個是：

妙演三乘教，精微萬法全。說一會道，講一會禪，三家配合本如然。開明一字皈誠理，指引無生了性玄。

孫悟空在旁聞講，喜得抓耳撓腮，眉花眼笑，忍不住手舞足蹈。祖師看見，叫孫悟空道：「你在班中，怎麼顛狂躍舞？」悟空道：「弟子聽老師父妙音，喜不自勝，不覺踴躍，望師父恕罪。」祖師道：「你既識妙音，我且問你，你到洞中多少時了？」悟空道：「弟子不知多少時節。只記得常去山後打柴，見一山好桃樹，我在那裏吃了七次飽桃矣。」祖師道：「那山喚名爛桃山。你既吃了七次，想是七年了。你今要從我學些甚麼道？」悟空道：「但憑尊師教誨，只是有些道氣兒，弟子就學了。」祖師道：「『道』字門中有三百六十旁門，旁門皆有正果。不知你學那一門？」悟空道：「憑尊師意思。」

祖師道：「我教你個『術』字門中之道如何？」悟空道：「『術』門之道怎麼說？」祖師道：「『術』字門中，乃是些請仙扶鸞，問卜揲著，能知趨吉避凶。」悟空道：「似這般可得長生麼？」祖師道：「不能，不能。」悟空道：「不學，不學。」

祖師道：「教你『流』字門中之道如何？」悟空道：「『流』字門中是甚義理？」祖師道：「『流』字門中，乃是儒家、釋家、道家、陰陽家、墨家、醫家，或看經念佛，並朝真降聖之類。」悟空道：「似這般可得長生麼？」祖師道：「若要長生，也似『壁裏安柱』。」悟空道：「師父，我是個老實人，不曉得打市語。怎麼謂之『壁裏安柱』？」祖師道：「人家蓋房，將牆壁之間，立一頂柱，有日大廈將頹，他必朽矣。」悟空道：「據此說也不長久。不學，不學。」

祖師道：「教你『靜』字門中之道如何？」悟空道：「『靜』字門中是甚正果？」祖師道：「此是休糧守谷，清靜無為，參禪打坐，戒語持齋，或睡功，或立功，並入定坐關之類。」悟空道：「這般也能長生麼？」祖師道：「也似『窰頭土坯』。」悟空笑道：「怎麼謂之『窰頭土坯』？」祖師道：「就如那窰頭上造成磚瓦之坯，雖已成形，尚未經水火鍛煉，一朝大雨滂沱，他必濫矣。」悟空道：「也不長遠。不學，不學。」

祖師道：「教你『動』字門中之道如何？」悟空道：「『動』門之道卻又怎麼？」祖師道：「此是有為有作，採陰補陽，攀弓踏弩，摩臍過氣，燒茅打鼎，進紅鉛，煉秋石，並服婦乳之類。」悟空道：「似這等也得長生麼？」祖師道：「此欲長生，亦如『水中撈月』。」悟空道：「師父又來了！怎麼叫作『水中撈月』？」祖師道：「月在長空，水中有影，雖然看見，只是無撈摸處，到底成空耳。」悟空道：「也不學，不學。」

祖師聞言，咄的一聲，跳下高臺，手持戒尺，指定悟空道：「你這猢猻，這般不學，那般不學，卻待怎麼？」走上前，將悟空頭上打了三下，倒背著手，走入裏面，將中門關了，撇下大眾而去。唬得那一班聽講的，人人驚懼，皆怨惡他。悟空一些兒也不惱，只是滿臉陪笑。原來那猴王已打破盤中之謎，暗暗在心。祖師打他三下者，教他三更時分存心；倒背著手走入裏面，將中門關上者，教他從後門進步，秘處傳他道也。

當日悟空巴不得到晚。黃昏時，與眾就寢，假合眼，定息存神。約到子時前後，輕輕的起身，穿了衣服，偷開前門，走至後門外，只見那門兒半開半掩。悟空即側身進門，直走到祖師寢榻之下，見祖師朝裏睡著，悟空不敢驚動，即跪在榻前。那祖師不多時覺來，舒開兩足，口中自吟道：

難，難，難，道最玄，莫把金丹作等閒。不遇至人傳妙訣，空言口困舌頭乾！

悟空應聲叫道：「師父，弟子跪候多時。」祖師知是悟空，即起披衣盤坐，喝道：「這猢猻，你不在前邊去睡，卻來我這後邊作甚？」悟空道：「師父昨日壇前，教弟子三更時候，從後門裏傳我道法，故此大膽，徑拜榻下。」祖師聽說，暗自尋思道：「這廝果然是個天地生成的，就打破我盤中之暗謎。」悟空道：「此間更無六耳，止只弟子一人，望師父大捨慈悲，傳我長生之道，永不忘恩。」祖師道：「你今有緣，我亦喜說。你近前來，仔細聽之。」悟空叩頭謝了，洗耳用心，跪於榻下。祖師云：

顯密圓通真妙訣，惜修性命無他說。都來總是精炁神，謹固牢藏休漏泄。
休漏泄，體中藏，汝受吾傳道自昌。口訣記來多有益，屏除邪欲得清涼。
得清涼，光皎潔，好向丹臺賞明月。月藏玉兔日藏烏，自有龜蛇相盤結。

相盤結，性命堅，卻能火裏種金蓮。攢簇五行顛倒用，功完隨作佛和仙。

此時說破根源，悟空心靈福至，切切記了口訣，對祖師拜謝，即依舊轉到前門，坐在原寢之處。當日起來，暗暗維持，子前午後，自己調息。

卻早過了三年，祖師復登寶座，與眾說法。談的是公案比語，論的是外像包皮。忽問：「悟空何在？」悟空近前跪下：「弟子有。」祖師道：「你這一向修些甚麼道來？」悟空道：「弟子近來法性頗通，根源日漸堅固矣。」祖師道：「你既通法性，會得根源，卻只是防備著三災利害。」悟空聽說，沈吟良久道：「師父，我常聞道高德隆，與天同壽，水火既濟，百病不生，卻怎麼有個三災利害？」祖師道：「此乃非常之道，奪天地之造化，侵日月之玄機，丹成之後，鬼神難容。雖駐顏益壽，但到了五百年後，天降雷災打你，須要見性明心，預先躲避，躲得過壽與天齊，躲不過就此絕命。再五百年後，天降火災燒你，這火不是天火，亦不是凡火，喚作陰火。自本身湧泉穴下燒起，直透泥垣宮，五臟成灰，四肢皆朽，把千年苦行，俱為虛幻。再五百年，又降風災吹你，這風不是東南西北風，不是和薰金朔風，喚作贔風，自囟門中吹入六府，過丹田穿九竅，骨肉消疏，其身自解。所以都要躲過。」悟空聞說，毛骨悚然，叩頭禮拜道：「萬望師父垂憐，傳我躲避三災之法，到底不敢忘恩。」祖師道：「此亦無難。有一般天罡數，該三十六般變化；有一般地煞數，該七十二般變化。你要學那一般？」悟空道：「弟子願多裏撈摸，學一個地煞變化罷。」祖師道：「既如此，上前來，傳與你口訣。」遂附耳低言，不知說了些甚麼妙法。這猴王也是一竅通時百竅通，當時習了口訣，自修自煉，將七十二般變化，都學成了。

一日，祖師與眾門人在三星洞前戲玩晚景。祖師道：「悟空，事成了未曾？」悟空道：「多蒙師父洪恩，弟子功果完備，已能霞舉飛昇也。」祖師道：「你試飛舉我看。」悟空弄本事，將身一聳，打了個連扯跟頭，跳離地有五六丈，踏雲霞去彀有頓飯之時，返復不上三里遠近，落在面前，扠手道：「師父，這就是飛舉騰雲了。」祖師笑道：「這個算不得騰雲，只算得爬雲而已。自古道：『神仙朝遊北海暮蒼梧。』凡騰雲之輩，早晨起自北海，遊過東海、西海，復轉蒼梧，將四海之外一日都遊遍，方算得騰雲哩。」悟空道：「這個卻難！」祖師道：「『世上無難事，只怕有心人。』」悟空聞得此言，叩頭拜求。祖師道：「凡諸仙騰雲，皆跌足而起，你卻不是這般。我纔見你去，連扯跳上。只就這個勢，傳你個觔斗雲罷。」悟空又禮拜懇求，祖師卻又傳個口訣道：「這朵雲，捻著訣念動真言，將身一抖，跳將起來，一觔斗就有十萬八千里路哩！」師徒們天昏各歸洞府。這一夜，悟空即運神煉法，會了觔斗雲。逐日家無拘無束，自在逍遙。

一日，大眾都在松樹下會講。大眾道：「悟空，你是那世修來的緣法？前日老師父傳與你的變化之法，可都會麼？」悟空笑道：「不瞞諸道長說，一則是師父傳授，二來也是我晝夜殷勤，那幾般兒都會了。」大眾道：「你試演與我等看看。」悟空道：「眾師兄請出個題目，要我變化甚麼？」大眾道：「就變棵松樹罷。」悟空捻著訣，念動咒語，搖身一變，就變作一棵松樹。大眾見了，鼓掌大笑，不覺驚動了祖師。祖師急拽杖出門來問道：「是何人在此喧嘩？」大眾慌忙整衣向前。悟空也現了本相，雜在叢中道：「啟上尊師，我等在此會講，不敢喧嘩。」祖師怒喝道：「你等大呼小叫，全不像個修行的體段。修行的人，口開神氣散，舌動是非生，如何在此嚷笑？」大眾道：「不敢瞞師父，適纔孫悟空演變化耍子，教他變棵松樹，弟子們俱稱揚喝采，故高聲驚冒尊師，望乞恕罪。」祖師道：「你等起來。」叫：「悟空過來，我問你弄甚麼精神，變甚麼松樹？這個工夫，敢在人前賣弄？假如有人求你，你若畏禍，只得傳他；若不傳他，必然加害，你的性命難保。」悟空叩頭道：「望師父恕罪。」祖師道：「我也不罪你，但只是你去罷。」悟空聞言，滿眼墮淚道：「師父教我往那裏去？」祖師道：「你從那裏來，便從那裏去。」悟空頓然醒悟道：「我自東勝神洲傲來國花果山水簾洞來的。」祖師道：「你快回去，全你性命。若在此間，斷然不容。」悟空只得領罪拜辭，與眾相別。祖師道：「你這去，定生不良。憑你怎麼惹禍行兇，卻不許說是我的徒弟。你說出半個字來，我就知之，把你剝皮銼骨，將神魂貶在九幽之處，教你萬劫不能翻身！」悟空道：「不敢，不敢，只說是我自家會的便罷。」悟空即抽身捻訣，縱起觔斗雲，徑回東海。那裏消一個時辰，早看見花果山水簾洞。美猴王自知快樂，暗暗的自稱道：

去時凡骨凡胎重，得道身輕體亦輕。舉世無人肯立志，立志修玄玄自明。

悟空按下雲頭，直至花果山。忽聽得鶴唳猿啼，即開口叫道：「孩兒們，我來了。」那崖下、坎邊、草中、樹裏，若大若小之猴，跳出千千萬萬，把個美猴王圍在當中，叩頭叫道：「大王，怎麼一去許久？把我們閃在這裏，望你誠如飢渴。近來被一妖魔強要佔我們洞府，我等捨死與他爭鬥，被那廝捉了許多子姪。大王若再不來，我等連山洞盡屬他人矣！」悟空聞說，大怒道：「是甚麼妖魔，輒敢無狀，待我尋他報仇。」眾猴道：「那廝自稱混世魔王，住居在直北上。」悟空道：「此間到那裏有多少路程？」眾猴道：「他來時風，去時霧，不知有多少路。」悟空道：「既如此，等我尋他去來。」

猴王將身一縱，跳起去，一個觔斗，至直北下觀看，見一座高山，十分險峻。美猴王正然觀看景致，只聽得有人言語。即下山尋覓，原來是那水髒洞。門外有幾個小妖跳舞，見了悟空就走。悟空道：「休走！我乃正南方花果山水簾洞洞主。你家甚麼混世鳥魔，屢次欺我兒孫，我特來與他見個上下！」

小妖聽說，疾忙跑入洞裏報道：「大王，禍事了，洞外有一個猴頭，稱為花果山水簾洞洞主，他說屢次欺他兒孫，特來尋你見個上下哩。」魔王笑道：「我常聞得那些猴精說他有個大王，出家修行去，想是今番來了。你們見他怎生打扮，有甚兵器？」小妖道：「他也沒甚麼器械，光著個頭，穿一領紅色衣，勒一條黃絛，足下踏一對烏靴，不僧不俗，又不像道士，赤手空拳，在門外叫哩。」

魔王聞說，即穿了甲冑，綽刀在手，與眾妖出門，高聲叫道：「那個是水簾洞洞主？」悟空喝道：「這潑妖這般眼大，看不見老孫。」魔王見了，笑道：「你身不滿四尺，年不過三旬，手內又無兵器，怎麼大膽，要尋我見甚麼上下？」悟空罵道：「你這潑魔，原來沒眼。你量我小，要大卻也不難。你量我無兵器，我兩隻手彀著天邊月哩！你不要怕，且吃老孫一拳！」縱一縱，跳上去，劈臉就打。那魔王伸手架住道：「你矮我長，你使拳，我使刀，就殺了你，也吃人笑，待我放下刀，與你使路拳看。」那魔王丟開架子便打，這悟空鑽進去相迎，他兩個一衝一撞，原來長拳空大，短簇堅牢。那魔王被悟空打重了，他閃過，拿起那板大的鋼刀，望悟空劈頭就砍。悟空急撤身，他砍了一個空。悟空即使身外身法，拔一把毫毛，丟在口中嚼碎，望空噴去，叫一聲「變」，即變作三二百個小猴，周圍攢簇。原來這猴王自從了道之後，身上有八萬四千毫毛，根根能變，應物隨心。那些小猴，眼乖會跳，刀來砍不著，槍去不能傷。你看他前踴後躍，鑽上去，把個魔王圍繞，抱的抱，扯的扯，撏毛摳眼，直打作一個攢盤。悟空纔去奪得他的刀來，分開小猴，照頂門一下，砍為兩段。殺進洞中，將那大小妖精，盡皆剿滅。卻把毫毛一抖，收上身來。又見那收不上身者，卻是那魔王在水簾洞擒去的小猴，約有三五十個。悟空道：「你們都出去。」隨即洞裏放起火來，把那水髒洞燒得枯乾，盡歸一體。對眾道：「汝等跟我回去，都合了眼，休怕。」

猴王念聲咒語，駕陣狂風，雲頭落下，叫孩兒們睜眼。眾猴腳躧實地，認得是家鄉，個個歡喜，都奔洞門舊路。那在洞眾猴，一齊簇擁同入，禮拜猴王，安排酒果，接風賀喜，啟問降魔之事。悟空備細言了一遍，眾猴稱揚不盡。悟空道：「我當年別汝等，飄過東洋大海，徑至南贍部洲，學成人像，著此衣，穿此履，擺擺搖搖，雲遊了八九年餘，更不曾有道；又渡西洋大海，到西牛賀洲地界，訪問多時，幸遇一老祖，傳了我與天同壽的真功果，不死長生的大法門。」眾猴稱賀，都道萬劫難逢也。悟空笑道：「小的們，又喜我這一門皆有姓氏。」眾猴道：「大王姓甚？」悟空道：「我今姓孫，法名悟空。」眾猴聞說，鼓掌忻然道：「大王是老孫，我們都是二孫、三孫、細孫、小孫、一家孫、一國孫、一窩孫矣！」都來奉承老孫，大盆小碗的，椰子酒、葡萄酒、仙花、仙果，真個是闔家歡樂。畢竟不知居此界終始如何，且聽下回分解。

卻說美猴王自剿了混世魔王，奪了一口大刀。逐日操演武藝，教小猴砍竹為標，削木為刀，安營下寨，頑耍多時。忽然想道：「我等在此，恐作耍成真，或驚動人王，或有禽王、獸王說我們操兵造反，興師前來相殺，此等竹竿木刀，如何對敵？須得鋒利劍戟方可，如今奈何？」眾猴聞說，個個驚恐。正說間，轉上四個老猴，兩個是赤尻馬猴，兩個是通背猿猴，走在面前道：「大王，若要治鋒利器械甚易。我們這山，向東去有二百里水面，那廂乃傲來國界。城中軍民無數，必有銅鐵匠作。大王若去那裏，或買或造些兵器，教演我等，守護山場，誠所謂長久之計也。」

悟空聞說，滿心歡喜，即縱觔斗雲，霎時間過了二百里水面。果見有座城池，六街三市，人來人往。悟空想道：「這裏定有現成兵器，我待下去買他幾件，不如使個神通，覓他幾件倒好。」他就捻訣念咒，向巽地上吸一口氣，吹將去，便是一陣狂風，飛沙走石，風起處驚散了那傲來國君王，街市都關門閉户，無人敢走。悟空按下雲頭，徑闖入朝門裏武庫中，打開門扇看時，那裏面十八般兵器，件件俱備。一見甚喜道：「我一人能拿幾何？還使個分身法搬將去罷。」即拔一把毫毛，嚼爛噴去，念咒叫變，變作千百個小猴，都亂搬亂搶，搬個罄淨。徑踏雲頭，弄個攝法，帶領小猴，俱回本處。

猴王按落雲頭，將身一抖，收了毫毛，兵器都亂堆在山前，叫道：「小的們，都來領兵器！」眾猴都去搶刀奪槍，扯弓扳弩，耍了一日。次日，依舊排營，悟空會聚群猴，計有四萬七千餘口。早驚動滿山怪獸，各樣妖王，共有七十二洞，都來參拜猴王為尊。每年獻貢，四時點卯，隨班操演，隨節征糧，齊齊整整，把一座花果山造得似鐵桶金城。日逐家習武興師。美猴王對眾說道：「汝等弓弩熟諳，兵器精通，奈我這口刀著實狼犺，不遂我意奈何？」四老猴啟奏道：「大王乃是仙聖，凡兵是不堪用。但不知大王水裏可能去得？」悟空道：「我有七十二般變化，觔斗雲有莫大的神通，那些兒去不得？」四猴道：「大王既有此神通，我們這鐵板橋下，水通東海龍宮，大王若肯下去，尋著老龍王，問他要件兵器，卻不趁心？」悟空聞言甚喜，即跳至橋頭，使一個閉水法，捻著訣，撲的鑽入波中，分開水路，徑入東洋海底。

正行間，忽見一個巡海的夜叉，擋住問道：「那推水來的，是何神聖？說個明白，好通報迎接。」悟空道：「吾乃花果山天生聖人孫悟空，是你老龍王的緊鄰，為何不識？」那夜叉聽說，急轉水晶宮傳報道：「大王，外面有個花果山天生聖人孫悟空，口稱是大王緊鄰，將到宮也。」東海龍王敖廣即忙出宮迎道：「上仙請進。」直至宮裏相見，上坐獻茶畢，問道：「上仙幾時得道，授何仙術？」悟空道：「我自生身之後，出家修行，得一個無生無滅之體。近因教演兒孫，守護山洞，奈何沒件兵器。久聞賢鄰享樂瑤宮貝闕，必有多餘神器，特來告求一件。」龍王見說，不好推辭，即著鱖都司取出一把大桿刀奉上。悟空道：「老孫不會使刀，乞另賜一件。」龍王又著鮊大尉、鱔力士擡出一桿九股叉來。悟空跳下來接在手中，使了一路，放下道：「輕，輕，輕，不趁手，再乞另賜一件。」龍王笑道：「上仙，你不曾看這叉，有三千六百斤重哩！」悟空道：「不趁手，不趁手！」龍王心中恐懼，又著鯾提督、鯉總兵擡出畫桿方天戟，那戟有七千二百斤重。悟空接在手中，丟幾個架子，撒兩個解數，插在中間道：「也還輕，輕，輕！」老龍王一發害怕道：「上仙，我宮中只有這根戟重，再沒甚麼兵器了。」悟空笑道：「古人云：『愁海龍王沒寶哩！』你再去尋尋看，若有可意的，一一奉價。」龍王道：「委的再無。」

正說處，後面閃過龍婆、龍女道：「大王，觀看此聖，決非小可。我們這海藏中那一塊天河定底的神珍鐵，這幾日霞光豔豔，瑞氣騰騰，敢莫是該出現，遇此聖也？」龍王道：「那是大禹治水之時，定江海淺深的一個定子，是一塊神鐵，能中何用？」龍婆道：「莫管他用不用，且送與他，憑他怎麼改造，送出宮門便了。」老龍王依言，向悟空說了。悟空道：「拿來我看。」龍王搖手道：「扛不動，擡不動，須上仙親自去看。」悟空道：「你引我去。」龍王果引至海藏中間，忽見金光萬道，龍王指道：「那放光的便是。」悟空撩衣上前，摸了一把，乃是一根鐵柱子，約有斗來粗，二丈有餘長。他盡力兩手撾過道：「忒粗忒長些，再短細些方可用。」說畢，那寶貝就短了幾尺，細了一圍。悟空又顛一顛道：「再細些更好。」那寶貝真個又細了幾分。悟空十分歡喜，拿出海藏看時，原來兩頭是兩個金箍，中間乃一段烏鐵，緊挨箍鐫著一行字，喚作「如意金箍棒，重一萬三千五百斤」。心中暗喜道：「想必這寶貝如人意。」一邊走，一邊心思口念，手顛著道：「再短細些更妙。」拿出外面，只有丈二長短，碗口粗細。你看他弄神通，丟開解數，打轉水晶宮裏，唬得老龍王膽戰心驚，小龍王魂飛魄散；龜鱉黿鼉皆縮頸，魚蝦鼇蟹盡藏頭。

悟空將寶貝執在手中，坐在殿上，對龍王笑道：「多謝賢鄰厚意。還有一說，當時若無此鐵，倒也罷了，如今手中既拿著他，身上更無衣甲，你若有，送我一副，一總奉謝。」龍王道：「這個卻是沒有。」悟空道：「一客不犯二主，若沒有，我也定不出此門。」龍王道：「煩上仙再轉一海，或者有之。」悟空又道：「走三家不如坐一家，千萬告求一件。」龍王道：「委的沒有，如有即當奉承。」悟空道：「真個沒有，就和你試試此鐵。」龍王慌了道：「上仙切莫動手，待我看舍弟處可有，當送一副。」悟空道：「令弟何在？」龍王道：「舍弟乃南海龍王敖欽、北海龍王敖順、西海龍王敖閏是也。」悟空道：「我老孫不去，不去，俗語謂『賒三不跌見二』，只望你隨高就低的送一副便了。」老龍道：「不須上仙去。我這裏有一面鐵鼓，一口金鐘，凡有緊急事，擂得鼓響，撞得鐘鳴，舍弟們就頃刻而至。」悟空道：「既如此，快去擂鼓撞鐘。」真個霎時間鐘鼓響處，驚動那三海龍王，須臾一齊來到。

敖欽道：「大哥有甚緊事，擂鼓撞鐘？」老龍道：「賢弟，不好說，有一個花果山甚麼天生聖人，早間來認我做鄰居。後要一件兵器，獻鋼叉嫌小，奉畫戟嫌輕，將一塊天河定底神珍鐵自己拿出，丟了些解數。如今坐在宮中，又要索甚麼披掛，我處沒有，故響鐘鳴鼓，請賢弟來。你們可有甚麼披掛，送他一副，打發他出門去罷了。」敖欽聞言大怒道：「我們點起兵拿他不是。」老龍道：「莫說拿，莫說拿，那塊鐵挽著些兒就死，磕著些兒就亡。」敖閏說：「二哥不可與他動手；且只湊副披掛與他，打發他出了門，啟表奏上上天，天自誅也。」敖順道：「說的是。我這裏有一雙藕絲步雲履哩！」敖閏道：「我帶得一副鎖子黃金甲。」敖欽道：「我有一頂鳳翅紫金冠。」老龍大喜，引入水晶宮相見了，以此奉上。悟空將金冠、金甲、雲履穿戴停當，使動如意棒，一路打出去，對眾龍道：「聒噪，聒噪！」四海龍王甚是不平，一邊商議進表上奏不題。

這猴王分開水道，徑回鐵板橋頭，攛將上去。只見眾猴都在橋邊等候，忽然見悟空跳出波外，身上更無一點水濕，金燦燦的走上橋來，唬得眾猴一齊跪下道：「大王，好華彩耶！」悟空滿面春風，高登寶座，將鐵棒豎在當中。那些猴不知好歹，都來拿那寶貝，卻便似蜻蜓撼石柱，分毫不能動，一個個咬指伸舌道：「爺爺呀！這般重，虧你怎的拿來也。」悟空近前，舒開手，一把撾起，對眾笑道：「物各有主。這寶貝在海藏中也不知幾千百年，可可的今歲放光。龍王只認作是塊黑鐵，又喚作天河定底神珍。那廝們都扛擡不動，請我親去拿之。那時此寶有二丈多長，斗來粗細，我意思嫌大，他就小了許多，再教小些，他又小了許多。上有一行字，乃『如意金箍棒，一萬三千五百斤』。你都站開，等我再叫他變一變看。」他將那寶貝顛在手中，叫：「小，小，小！」即時就小作一個繡花針兒相似，可以揌在耳朵裏面藏下。眾猴駭然道：「大王，還拿出來耍耍。」猴王又去耳朵裏拿出，托放掌上，叫：「大，大，大！」即又大作斗來粗細，二丈長短。他弄到歡喜處，跳出洞外，將寶貝揝在手中，使一個法天像地的神通，把腰一躬，叫聲「長！」他就長的高萬丈，頭如泰山，腰如峻嶺，眼如閃電，口似城門，牙如劍戟，手中那棒上抵三十三天，下至十八層地獄，把七十二洞妖王都唬得磕頭禮拜，戰戰兢兢。霎時收了法相，將寶貝還變作個繡花針兒，藏在耳內，復歸洞府。慌得那各洞妖王，都來參賀。

此時大開旗鼓，依前教演。猴王將那四個老猴封為健將，將兩個赤尻馬猴喚作馬流二元帥，兩個通背猿猴喚作崩芭二將軍。將那安營下寨、賞罰諸事，都付與四健將維持。他放下心，日逐騰雲駕霧，遨遊四海，廣交賢友。此時又會了個七弟兄，乃牛魔王、蛟魔王、鵬魔王、獅王、獼猴王、狨王，連自家美猴王七個，日逐講文論武，走斝傳觴，朝去暮回，無限快樂。

一日，在本洞安排筵宴，請六王赴飲，吃得酩酊大醉，送六王出去，敧在鐵板橋邊松陰之下，霎時間睡著。四健將領眾圍護，不敢高聲。那猴王睡裏只見兩人拿一張批文，上有「孫悟空」三字，走近身，不容分說，套上繩，就把猴王的魂靈兒索了去，踉踉蹌蹌，直帶到一座城邊。猴王漸覺酒醒，忽擡頭觀看，那城上有一鐵牌，牌上「幽冥界」三個大字。猴王頓然醒悟道：「幽冥界乃閻王所居，何為到此？」那兩人道：「你今陽壽該終，我兩人領批，勾你來也。」猴王道：「我老孫超出三界之外，不在五行之中，已不伏他管轄，怎麼朦朧，又敢來勾我？」那兩個勾死人只管扯扯拉拉，定要拖他進去，猴王惱起性來，耳朵中掣出寶貝，幌一幌，碗來粗細，略舉手把兩個勾死人打為肉醬，自解其索，輪著棒打入城中。唬得那牛頭東躲西藏，馬面南奔北走。眾鬼卒奔上森羅殿，報著：「大王，禍事，禍事，外面一個毛臉雷公打將來了！」

慌得那十代冥王急整衣來看，見他兇惡，即排班高叫道：「上仙留名，上仙留名！」猴王道：「你既不認得我，怎麼差人來勾我？我本是花果山水簾洞天生聖人孫悟空，你等是甚麼官位？快報名來，免打。」十王道：「我等是秦廣王、楚江王、宋帝王、忤官王、閻羅王、平等王、泰山王、都市王、卞城王、轉輪王。」悟空道：「汝等既登王位，為何不知好歹？我老孫修仙了道，與天齊壽，超昇三界，跳出五行，為何著人拘我？」十王道：「上仙息怒。普天下同名同姓者多，敢是那勾死人錯了？」悟空道：「胡說！常言道：『官差吏差，來人不差。』你快取生死簿子來看。」

十王聞言，即請悟空登森羅殿上，南面坐下。命掌案的判官取出文簿來，逐一查看。贏蟲、毛蟲、羽蟲、昆蟲、鱗介之屬，俱無他名。又看到猴屬之類，原來這猴似人相，不入人名；似走獸，不伏麒麟管；似飛禽，不受鳳凰轄。另有個簿子，悟空親自檢閱，直到那魂字一千三百五十號上，方註著孫悟空名字，乃天產石猴，該壽三百四十二歲，善終。悟空道：「我也不記壽數幾何，且只消了名字便罷。」取筆過來，把猴屬之類但有名者，一概勾之。捽下簿子道：「了帳，了帳，今番不伏你管了！」一路棒，打出幽冥界。那十王不敢相近，都去翠雲宮，同拜地藏王菩薩，商量啟表，奏聞上天，不在話下。

這猴王打出城中，忽然絆著一個草跎縫，跌了個蹡踵，猛醒來乃是南柯一夢。四健將與眾猴高叫道：「大王吃了多少酒，睡這一夜，還不醒來？」悟空道：「睡還小可。我夢見兩個人來勾我到幽冥界，是我顯神通，直嚷到森羅殿，與那十王爭吵，將生死簿子看了，但有我等名號，俱是我勾了，都不伏那廝所轄也。」眾猴磕頭禮謝。自此山猴多有不老者，以陰司無名故也。美猴王每日歡喜聚樂不題。

卻說玉皇大帝一日駕坐靈霄寶殿，聚集文武仙卿早朝之際，忽有丘弘濟真人啟奏道：「萬歲，通明殿外，有東海龍王敖廣進表，聽天尊宣詔。」玉皇傳旨著宣來。敖廣宣至殿下，禮拜畢，引奏仙童接上表文，表曰：

水元下界東勝神洲東海小龍臣敖廣謹奏大天聖主玄穹高上帝君：近因花果山水簾洞妖仙孫悟空者，欺虐小龍，強坐水宅，索兵器，要披掛。臣敖廣等獻神珍之鐵棒，鳳翅之金冠，與鎖子甲、步雲履，以禮送出。他仍弄武藝，顯神通，施法施威，逞兇逞勢，甚為難制。伏望聖裁，乞遣天兵，收此妖孽，庶使海嶽清寧，下元安泰。謹奏。

聖帝覽畢，傳旨：「著龍神回海，朕即遣將擒拿。」老龍王頓首謝去。又有葛仙翁天師啟奏道：「萬歲，有冥司秦廣王齎奉幽冥教主地藏王菩薩表文進上。」傳言玉女接上表文，表曰：

幽冥境界，乃地之陰司。天有神而地有鬼，陰陽輪轉；禽有生而獸有死，反覆雌雄：此自然之數也。今有花果山水簾洞天產妖猴孫悟空，逞惡行兇，不服拘喚，弄神通打絕九幽鬼使，恃勢力驚傷十代慈王，大鬧森羅，強銷名號，致使猴屬之類無拘，獼猴之畜多壽，寂滅輪迴，各無生死。貧僧具表，冒瀆天威，伏乞調遣神兵，收降此妖，整理陰陽，永安地府。謹奏。

玉皇覽畢，傳旨：「著冥君回歸地府，朕即遣將擒拿。」秦廣王亦頓首謝去。

大天尊宣眾文武仙卿，問曰：「這妖猴是何時產育，何代出身，卻就這般有道？」班中閃出千里眼、順風耳道：「這猴乃三百年前天產石猴，當時不以為然，不知這幾年在何方修煉成仙，降龍伏虎，強銷死籍也。」玉帝道：「那路神將下界收伏？」言未已，班中閃出太白長庚星，俯伏啟奏道：「上聖三界中凡有九竅者皆可修仙，此猴乃天地育成之體，日月孕就之身，他既修成仙道，有降龍伏虎之能，與人何異？臣啟陛下，可念生化之慈恩，降一道招安聖旨，把他宣來上界，授他一個大小官職，拘束此間。若受天命，後再昇賞；若違天命，就此擒拿。一則不動眾勞師，二則收仙有道也。」玉帝甚喜道：「依卿所奏。」即著文曲星官修詔，著太白金星招安。

金星領旨，出南天門外，按下祥雲，直至花果山水簾洞，對眾小猴道：「我乃天差天使，有聖旨在此，請你大王上界。快快報知。」洞外小猴一層層傳至洞天深處道：「大王，外面有一老人，背著一角文書，言是上天差來的天使，有聖旨請你也。」

猴王大喜道：「我這兩日，正思量要上天走走，卻就有天使來請。」叫：「快請進來。」猴王急整衣冠，門外迎接。金星徑入當中，面南立定道：「我是西方太白金星，奉玉帝招安聖旨下界，請你上天，拜受仙籙。」悟空笑道：「多感老星降臨，教小的們安排筵宴款待。」金星道：「聖旨在身，不敢久留，就請同往。」悟空即喚四健將，吩咐：「謹慎教演兒孫，待我上天去看看，卻好帶你們上去也。」四健將領諾。這猴王與金星縱起雲頭，昇在空霄之上。畢竟不知授個甚麼官爵，且聽下回分解。

第四回　官封弼馬心何足　名註齊天意未寧

那太白金星與美猴王一齊駕雲而起。原來悟空觔斗雲十分快疾，把個金星撇在腦後，先至南天門外。正欲收雲前進，被增長天王領著龐、劉、苟、畢、鄧、辛、張、陶，一路大力天丁，擋住天門，不肯放進。猴王道：「這個金星老兒，乃奸詐之徒，既請老孫，如何教人動刀動槍，阻塞門路？」正嚷間，金星倏到。悟空就覿面發狠道：「你這老兒，怎麼哄我？說奉玉帝旨意來請，卻怎麼教這些人阻住，不放老孫進去？」金星笑道：「大王息怒。你自來未曾到此，眾天丁與你素不相識，他怎肯放你擅入？等如今見了天尊，授了仙籙、官名，向後便隨你出入也。」悟空道：「這等說也罷，我不進去了。」金星扯住道：「你還同我進去。」高叫：「天門將吏，放開大路。」猴王方同金星緩步入裏觀看。真個是：

祥光萬道滾紅霓，瑞氣千條噴紫霧。金闕銀鑾並紫府，琪花瑤草與瓊葩。

太白金星領著美猴王，到於靈霄殿外，不等宣詔，直至御前，朝上禮拜。悟空挺身在旁，且不朝禮，但側耳以聽金星啟奏。金星奏道：「臣領聖旨，已宣妖仙到了。」玉帝垂簾問曰：「那個是妖仙？」悟空卻纔躬身答應道：「老孫便是。」仙卿們都大驚失色道：「這個野猴，怎麼不拜伏參見，輒敢這般答應道『老孫便是』，卻該死了，該死了。」玉帝傳旨道：「那孫悟空乃下界妖仙，初得人身，不知朝禮，且姑恕罪。」

眾仙卿叫聲「謝恩」，猴王卻纔朝上唱個大喏。玉帝宣文選武選仙卿，看那處少甚官職，著孫悟空去除授。武曲星君奏道：「天宮裏各處都不少官，只是御馬監缺個正堂管事。」玉帝傳旨道：「就除授他作弼馬溫罷。」眾臣叫謝恩，他也只朝上唱個大喏。玉帝又差木德星官送他去御馬監到任。

當時猴王歡歡喜喜，與木德星官徑去到任。事畢，星官回宮。他在監裏會聚了大小官員人等，查明本監事務，止有天馬千匹。猴王查看了文簿，點明了馬數。本監中典簿管徵備草料，力士管刷洗餵養，監丞、監副輔佐催辦，弼馬晝夜不睡，滋養馬匹。那些天馬見了他，泯耳攢蹄，倒養得肉肥膘滿。

不覺半月有餘，一朝閒暇，眾監官都安排酒席，一則與他接風，二則與他賀喜。正在歡飲之間，猴王忽停杯問曰：「我這弼馬溫是個甚麼官銜？」眾曰：「官名就是此了。」又問：「此官是幾品？」眾道：「沒有品從。」猴王道：「沒品，想是大之極也。」眾道：「不大，不大，只喚作『未入流』。」猴王道：「怎麼叫作『未入流』？」眾道：「這樣官兒，最低最小，只可與他看馬。似堂尊到任之後，這等殷勤，餵得馬肥，只落得道聲『好』字；如稍有些尫，還要見責；再十分傷損，還要罰贖問罪。」猴王聞此，不覺心頭火起，咬牙大怒道：「這般藐視老孫。老孫在花果山稱王稱祖，怎麼哄我來替他養馬？養馬乃下賤之役，豈是待我的？不做他，不做他，我去也！」忽喇的一聲，把公案推倒，耳中取出寶貝，幌一幌，碗來粗細，一路直打出御馬監，徑至南天門。眾天丁知他受了仙籙，乃是個弼馬溫，不敢阻當，讓他打出天門去了。

須臾按落雲頭，回至花果山上。只見那四健將與各洞妖王，在那裏操演兵卒。猴王高叫道：「小的們，老孫來了！」群猴都來叩頭，迎接進洞，請猴王高登寶位，一壁廂辦酒接風，都道：「恭喜大王，上界去十數年，想必得意榮歸也？」猴王道：「我纔半月有餘，那裏有十數年？」眾猴道：「大王，你在天上不覺，天上一日，就是下界一年哩！請問大王，官居何職？」猴王搖手道：「不好說，不好說，活活的羞殺人。那玉帝不會用人，封我做個甚麼弼馬溫，原來是與他養馬，不入流品之類。我初時到任不知，只今日問我同僚，始知是這等卑賤。老孫心中大惱，因此走下來了。」眾猴道：「大王在這福地洞天為王，多少尊重快樂，怎麼去與他做馬夫？教小的們快辦酒來，與大王釋悶。」

正飲酒歡會間，有人報道：「門外有個獨角鬼王求見。」猴王道：「教他進來。」那鬼王整衣入洞，倒身下拜道：「久聞大王招賢，無由得見。今見大王授了天籙，得意榮歸，特獻赭黃袍一件，與大王稱慶。若肯收納，願效犬馬之勞。」猴王大喜，將赭黃袍穿起，即將鬼王封為前部總督先鋒。鬼王謝恩畢，復啟道：「大王在天許久，所授何職？」猴王道：「玉帝輕賢，封我做個甚麼弼馬溫。」鬼王道：「大王有此神通，如何與他養馬？就做個齊天大聖，有何不可？」猴王聞說，歡喜不勝，連道幾個「好，好，好」。教四健將：「就替我快置個旌旗，旗上寫『齊天大聖』四大字，立竿張掛。自此以後，只稱我為齊天大聖，不許再稱大王。」不在話下。

卻說玉帝次日設朝，只見張天師引御馬監監丞、監副在丹墀下拜奏道：「萬歲，新任弼馬溫孫悟空，因嫌官小，昨日反下天宮去了。」又見南天門外增長天王領眾天丁亦奏道：「弼馬溫不知何故，走出天門去了。」玉帝聞言，即傳旨：「著兩路神元，各歸本職。朕遣天兵，擒拿此怪。」班部中閃上托塔李天王與哪吒三太子，奏道：「微臣不才，請旨降此妖怪。」玉帝大喜，即封托塔天王李靖為降魔大元帥，哪吒三太子為三壇海會大神，即刻興師下界。

天王與哪吒叩頭辭回本宮，點起三軍，帥領巨靈神、魚肚、藥叉諸將，一霎時出南天門外，徑來到花果山安營，傳令教巨靈神挑戰。巨靈神得令，結束整齊，輪著宣花斧，到水簾洞外。只見那洞門外許多妖魔，輪槍舞劍，在那裏跳鬥。巨靈神喝道：「那業畜快早去報與弼馬溫知道，吾乃上天大將，奉玉帝旨意，到此收伏。教他早早出來受降，免致汝等皆傷殘也。」那些怪奔報洞中道：「禍事了，禍事了，門外有一員天將，口稱大聖官銜，道奉玉帝聖旨，來此收伏，教早早出去受降，免傷我等性命。」猴王聽說，教取我披掛來，就頂冠貫甲，手執如意金箍棒，領眾出門，擺開陣勢。巨靈神厲聲高叫道：「那潑猴，你認得我麼？」大聖道：「你是那路毛神？老孫不曾會你，快報名來。」巨靈神道：「我把你那欺心的猴猻，你是認不得我。我乃高上神霄托塔天王部下先鋒巨靈天將，今奉玉帝聖旨，到此收降你。你快卸下裝束，歸順天恩，免得遭誅。若道半個『不』字，教你頃刻化為齏粉。」猴王聽說，大怒道：「潑毛神，休誇大口，我本待一棒打死你，恐無人去報信，且留你性命，快早回天，對玉皇說他甚不用賢，老孫有無窮的本事，為何教我替他養馬？你看我這旗上字號，若依此字號昇官，我就不動刀兵，天地清泰。如若不依時，就打上靈霄寶殿，教他龍牀定坐不成。」這巨靈神聞此言，急睜睛觀看，果見門外高竿上有旗一面，上寫著「齊天大聖」四大字。巨靈神冷笑道：「這潑猴這等無狀，你要做齊天大聖，好好的吃我一斧！」劈頭就砍將去。那猴王將金箍棒應手相迎。巨靈神抵敵不住，被猴王劈頭一棒，把個斧柄打作兩截，急撤身逃生。猴王笑道：「膿包，膿包，我已饒了你，你快去報信。」

巨靈神回至營門，徑見托塔天王，忙哈哈跪下道：「弼馬溫是果神通廣大！末將戰他不過，敗陣回來請罪。」天王發怒道：「這廝銼我銳氣，推出斬之！」旁邊閃出哪吒太子，拜告：「父王息怒，且恕巨靈之罪，待孩兒出師一遭，便知深淺。」天王聽諫，且教回營待罪。

這哪吒太子，甲冑齊整，跳出營盤，撞至水簾洞外。那孫悟空正來收兵，見哪吒來的勇猛，悟空問道：「你是誰家小哥？闖近吾門，有何事幹？」哪吒喝道：「潑妖猴！我乃托塔父王三太子哪吒是也。今奉玉帝欽差，至此捉你。」悟空笑道：「小太子，你的奶牙尚未退，胎毛尚未乾，怎敢說這般大話？我且留你的性命回去，你只看我旌旗上是甚麼字號。拜上玉帝，是這般官銜，再也不須動眾，我自皈依；若是不遂我心，定要打上靈霄寶殿。」哪吒擡頭看處，乃「齊天大聖」四字。哪吒道：「這妖猴有多大神通，就敢稱此名號？不要怕，吃吾一劍！」悟空道：「我只站下不動，任你砍幾劍罷。」哪吒奮怒，大喝一聲叫「變」，即變作三頭六臂，惡狠狠手持六般兵器，乃是斬妖劍、砍妖刀、縛妖索、降妖杵、繡球兒、火輪兒，丫丫叉叉，撲面來打。悟空見了，心驚道：「這小哥倒也會弄些手段！莫無禮，看我神通。」好大聖，喝聲「變」，也變作三頭六臂，把金箍棒幌一幌，也變作三條，六隻手拿著三條棒架住。這場鬥真個是地動山搖，兩個各騁神威，鬥了三十回合。那太子六般兵器，變作千千萬萬，悟空金箍棒變作萬萬千千，半空中似雨點流星，不分勝負。原來悟空手疾眼快，正在那混亂之時，他拔下一根毫毛，叫聲「變」，就變作他的本相，手挺著棒，演著哪吒，他的真身，卻一縱趕至哪吒腦後，著左膊上一棒打來。哪吒急躲不迭，著了一下，負痛逃走，收了法敗陣而回。

天王大驚失色道：「這廝恁的神通，如何取勝？」太子道：「他洞門外豎一竿旗，上寫『齊天大聖』四字。親口誇稱，教玉帝就封他做齊天大聖，萬事俱休；若還不然，定要打上靈霄寶殿哩！」天王道：「既然如此，不要與他相持，且去上界回奏，再多遣天兵圍捉這廝，未為遲也。」太子隨同天王回天啟奏不題。

卻說猴王得勝歸山，那七十二洞妖王與那六弟兄俱來賀喜，在洞中飲樂。他卻對六弟兄說：「小弟即稱齊天大聖，你們亦可以大聖稱之。」內有牛魔王高叫道：「賢弟言之有理，我即稱作個平天大聖。」蛟魔王道：「我稱作覆海大聖。」鵬魔王道：「我稱混天大聖。」獅王道：「我稱移山大聖。」獼猴王道：「我稱通風大聖。」狨王道：「我稱驅神大聖。」此時七大聖自作自為，自稱自號，耍樂一日散訖。

卻說李天王與三太子直至靈霄寶殿，啟奏道：「臣等奉聖旨出師收伏妖仙孫悟空，不期他神通廣大，不能取勝，仍望萬歲添兵剿除。」玉帝道：「諒一妖猴，有多少本事，還要添兵？」太子又奏道：「望萬歲赦臣死罪。那妖猴使一條鐵棒，先敗了巨靈神，又打傷臣臂膊。洞門外立一竿旗，上書『齊天大聖』四字。道是封他這官職，即便休兵；若不然，還要打上靈霄寶殿也。」玉帝聞言，驚呀道：「何敢這般狂妄，著眾將即刻誅之。」正說間，班部中又閃出太白金星，奏道：「那妖猴出言，不知大小。欲加兵與他爭鬥，恐一時不能收伏，反又勞師。不若萬歲大捨恩慈，還降招安旨意，就教他做個齊天大聖。只加他個空銜，有官無祿便了。」玉帝道：「何為『有官無祿』？」金星道：「名是齊天大聖，只不與他事管，不與他俸祿，且養在天宮之間，收他的邪心，使不生狂妄，庶乾坤安靖，海宇得清寧也。」玉帝聞言道：「依卿所奏。」即命降了詔書，仍著金星領去。

金星復出南天門，直至花果山水簾洞外觀看。這番比前不同，威風凜凜，殺氣森森，各樣妖精，一個個執劍拈槍，拿刀弄杖，在那裏咆哮跳躍。一見金星，皆上前動手。金星道：「你等去報與大聖知之。吾乃上帝遣來天使，有聖旨在此請他。」眾妖即跑入通報。悟空道：「來得好，來得好，想是前番來的那太白金星。那次請我上界，雖是官爵不堪，卻也天上走了一次。今番又來，定有好意。」教眾頭目大開旗鼓，大聖頂冠貫甲出洞，躬身施禮，高叫道：「老星請進。」

金星徑入洞內，面南立著道：「今告大聖，前者因大聖嫌惡官小，躲離御馬監。玉帝知道，說：『凡官職皆由卑而尊，為何嫌小？』昨李天王領哪吒下界取戰，回天奏道：『大聖立一竿旗，要做齊天大聖。』眾武將還要支吾，是老漢力為大聖冒罪奏聞，免興師旅，請大王授籙。玉帝准奏，因此來請。」悟空笑道：「前番動勞，今又蒙愛，多謝，多謝！但不知上天可有此齊天大聖之官銜也？」金星道：「老漢以此銜奏准，方敢領旨而來，豈敢相欺。」

悟空大喜，懇留飲宴不肯，遂與金星縱著祥雲，到南天門外。此番那些天丁天將，都拱手相迎。徑入靈霄殿下，金星拜奏道：「臣奉詔宣弼馬溫孫悟空已到。」玉帝道：「那孫悟空過來。今宣你做個齊天大聖，官品極矣，但切不可妄為。」這猴亦止朝上唱個喏，道聲謝恩。玉帝即命工幹官張、魯二班，在蟠桃園右首，起一座齊天大聖府，府內設個二司：一名安靜司，一名寧神司。司俱有皂吏，左右扶持。又差五斗星君送悟空去到任，外賜御酒二瓶，金花十朵，著他安心定志，再勿妄為。那猴王信受奉行，即日與五斗星君到府，打開酒瓶，同眾盡飲。送星官回轉本宮，他纔遂心滿意，在於天宮快樂，無掛無礙。正是：

仙名永註長生籙，不墮輪迴萬古傳。
畢竟不知向後如何，且聽下回分解。

第五回　亂蟠桃大聖偷丹　反天宮諸神捉怪

話表齊天大聖，到底是個妖猴，更不知官銜品從，但只註名便了。那齊天府下二司仙吏，早晚伏侍，只知日食三餐，夜眠一榻，無事牽縈，自由自在。閒時節會友遊宮，交朋結義，見三清稱個「老」字，逢四帝道個「陛下」，與那九曜星、五方將、二十八宿、四大天王、十二元辰、五方五老、普天星相、河漢群神，俱只以弟兄相待，彼此稱呼。今日東遊，明日西蕩，雲去雲來，行蹤不定。

一日，玉帝早朝，班部中閃出許旌陽真人啟奏道：「今有齊天大聖，日日無事閒遊，恐後來閒中生事，不若與他一件事管了，庶免別生事端。」玉帝聞言，即時宣詔。那猴王欣然而至道：「陛下，詔老孫有何昇賞？」玉帝道：「朕見你身閒無事，與你一件執事。你且權管那蟠桃園，早晚好生在意。」大聖歡喜謝恩，朝上唱喏而退。

他即入蟠桃園內查勘。本園中有個土地，攔住問道：「大聖何往？」大聖道：「吾奉玉帝點差代管蟠桃園，今來查勘也。」那土地連忙施禮，即呼那一班力士都來見大聖磕頭，引他進去。但見那：

夭夭灼灼桃盈樹，歷歷累累果壓枝。不是玄都凡俗種，瑤池王母自栽培。

大聖看玩多時，問土地道：「此樹有多少株數？」土地道：「有三千六百株：前面一千二百株，花微果小，三千年一熟，人吃了成仙了道，體健身輕；中間一千二百株，層花甘實，六千年一熟，人吃了霞舉飛昇，長生不老；後面一千二百株，紫紋緗核，九千年一熟，人吃了與天地齊壽，日月同庚。」大聖聞言，歡喜無任。當日查點回府。自此後三五日一次賞玩，也不交友，也不他遊。

一日見那老樹枝頭，桃熟大半，他心裏要吃個嘗新，奈何本園土地、力士並齊天府仙吏緊隨不便，忽設一計道：「汝等且出門外伺候，讓我在這亭上少憩片時。」那眾仙果退。猴王脫了冠服，爬上大樹，揀那熟透的大桃，摘了許多，就在樹枝上自在受用。吃了一飽，卻纔跳下樹來，簪冠著服，喚眾等儀從回府。遲三二日，又去設法偷桃，盡他享用。

一朝王母娘娘設宴，大開寶閣瑤池，做蟠桃勝會。即著那紅、綠、青、黃、紫、皂、素七衣仙女，各頂花籃，去蟠桃園摘桃建會。七仙女直至園門首，只見蟠桃園土地、力士同齊天府二司仙吏，都在那裏把門。仙女道：「我等奉王母懿旨，到此摘桃設宴。」土地道：「仙娥且住。今歲不比往年，玉帝點差齊天大聖在此督理，須是報大聖得知，方敢開園。」仙女道：「大聖何在？」土地道：「大聖在園內亭子上睡哩。」仙女道：「既如此，尋他去來，不可遲誤。」土地即與同至花亭，只有衣冠在亭，不知何往，四下裏都沒尋處。原來大聖吃了幾個桃子，變作二寸長的個人兒，在那大樹梢頭濃葉之下睡著了。仙女道：「我等奉旨前來，尋不見大聖，怎敢空回？」仙吏道：「仙娥不必遲疑。我大聖閒遊慣了，想是出園會友去了。汝等且去摘桃。我們替你回話便是。」那仙女依言，入樹林之下摘桃。先在前樹摘了二籃，又在中樹摘了三籃，到後樹上摘取，只見那樹上花果稀疏，止有幾個毛蒂青皮的，原來熟的都是猴王吃了。七仙女東張西望，只見向南枝上止有一個半紅半白的桃子。青衣女用手扯下枝來，紅衣女摘了，卻將枝子望上一放。原來那大聖變化了，正睡在此枝，被他驚醒。大聖即現本相，耳朵裏掣出金箍棒，咄的一聲道：「你是那方怪物，敢大膽偷摘我桃！」慌得那七仙女一齊跪下道：「大聖息怒。我等不是妖怪，乃王母娘娘差來的七衣仙女，摘取仙桃，做蟠桃勝會。適至此間，先見了本園土地等神，尋大聖不見，我等恐遲了王母懿旨，故先在此摘桃，萬望恕罪。」大聖聞言，回嗔作喜道：「仙娥請起。王母開宴，請的是誰？」仙女道：「上會自有舊規，請的西天佛老、菩薩、聖僧、羅漢，南方南極觀音，東方崇恩聖帝、十洲三島仙翁，北方北極玄靈，中央黃極黃角大仙，這個是五方五老。還有五斗星君，上八洞三清、四帝、太乙天仙等眾，中八洞玉皇、九壘、海嶽神仙；下八洞幽冥教主、住世地仙。各宮各殿大小尊神，俱一齊赴蟠桃嘉會。」大聖笑道：「可請我麼？」仙女道：「不曾聽得說。」大聖道：「我乃齊天大聖，就請我老孫做個席尊，有何不可？」仙女道：「此是上會舊規，今會不知如何。」大聖道：「此言也是，難怪汝等。你且立下，待老孫先去打聽個消息看。」大聖捻著訣，念聲咒語，對眾仙女道：「住，住，住！」原來是個定身法，把那七衣仙女，一個個睖睖睜睜，白著眼都站在桃樹之下。

大聖縱朵祥雲，跳出園內，竟奔瑤池路上而去。正行時，覿面撞見一尊仙長，名為赤腳大仙。大聖低頭定計，賺哄真仙，他要暗去赴會，卻問：「老道何往？」大仙道：「蒙王母見招，去赴蟠桃嘉會。」大聖道：「老道不知。玉帝因老孫觔斗雲疾，著老孫五路邀請列位，先至通明殿下，演禮後方去赴宴。」大仙是個光明正大之人，就以他的誑語作真，撥轉祥雲，徑往通明殿去了。大聖駕著雲，念聲咒語，搖身一變，就變作赤腳大仙模樣，前奔瑤池。不多時直至寶閣，按住雲頭，輕輕移步，走入裏面。只見那裏瓊香繚繞，瑞靄繽紛，上排著九鳳丹霞扆，八寶紫霓墩，桌上有龍肝、鳳髓、熊掌，猩脣，珍饈百味，鋪設得整整齊齊，卻還未有仙來。這大聖點看不盡，忽聞得一陣酒香撲鼻，急轉頭，見右壁廂長廊之下，有幾甕玉液瓊漿，香醪佳釀，止不住口角流涎，就要去吃。奈何那些管酒的都在那裏，他就弄個神通，把毫毛拔下幾根，丟入口中嚼碎噴去，念咒叫「變」，即變作幾個瞌睡蟲，奔在眾人臉上。你看那夥人手軟頭低，垂眉合眼，都去盹睡。大聖卻拿了些八珍佳餚，走入長廊裏面，就著缸，挨著甕，放量痛飲一番，不覺酕醄醉了。自揣道：「不好，不好，再過會請的客來，卻不怪我？一時拿住，怎生是好？不如早回府中睡去。」遂搖搖擺擺，信步亂撞，一會把路差了，不是齊天府，卻是兜率天宮。一見了頓然醒悟道：「兜率宮三十三天之上太上老君之處，如何錯到此間？也罷，也罷，一向要來望此老，不曾得來，今趁此殘步，就望他一望也好。」即整衣進去，不見一人。原來那老君與燃燈古佛在三層高閣朱陵丹臺上講道，眾仙童與官吏都侍立左右聽講。大聖直至丹房裏面，尋訪不遇，但見丹竈之旁，安放著五個葫蘆，葫蘆裏都是煉就的金丹。大聖喜道：「此物乃仙家至寶。老孫自了道以來，識破了內外相同之理，也要煉些金丹濟人，不期到家無暇；今日有緣，卻又撞著此物，趁老子不在，等我吃他幾丸嘗新。」就把那葫蘆傾出來都吃了，如吃炒豆相似。一時間丹滿酒醒，又自揣道：「不好，不好，這場禍比天還大，若驚動玉帝，性命難存。走，走，走，不如下界為王去也。」

他就跑出兜率宮，不行舊路，從西天門使個隱身法逃去。即按雲頭，回至花果山，高叫道：「小的們，我來也！」眾怪跪倒道：「大聖好寬心！丟下我等，許久不來相顧。」大聖道：「沒多時，沒多時。」且說且行，徑入洞天深處。四健將叩頭禮拜畢，俱道：「大聖在天這百十年，實受何職？」大聖笑道：「我記得纔半年光景，怎麼就説百十年？」健將道：「在天一日，即下方一年也。」大聖道：「且喜這番玉帝相愛，果封我做齊天大聖，起一座齊天府，設仙吏侍衛，向後見我無事，著我去管蟠桃園。近因王母設蟠桃大會，未曾請我，是我不待他請，先赴瑤池，把他那仙品、仙酒都偷吃了。走出瑤池，誤入老君宮闕，又把他葫蘆金丹也偷吃了。恐玉帝見罪，方纔走出天門來也。」

眾怪聞言大喜，即安排酒果接風，將椰酒滿斟一碗奉上。大聖呷了一口，即咨牙倈嘴道：「不好吃，不好吃，我今早在瑤池中受用時，見那長廊之下，有許多玉液瓊漿，你們都不曾嘗著。待我再去偷他幾瓶回來，你們各飲半杯，一個個也長生不老。」眾猴歡喜不勝。大聖即出洞門，又翻一觔斗，使個隱身法，徑至蟠桃會上，進瑤池宮闕。只見那些人還鼾睡未醒，他揀大甕，從左右脅下挾了兩個，兩手提了兩個，即撥轉雲頭，回到洞中，就做個仙酒會，與眾快樂不題。

卻説那七衣仙女自受了大聖的定身法，一周天方能解脱。各提花籃，回奏王母。王母問道：「汝等摘了多少蟠桃？」仙女道：「只有兩籃小桃，三籃中桃，至後面大桃半個也無，想都是大聖偷吃了。正尋間，不期大聖走將出來，行兇要打，又問設宴請誰，我等把上會事説了一遍，他就使法定住我等，直到如今，纔得醒解回來。」

王母聞言，即去見玉帝，備陳前事。説不了，又見那管酒的一班人，同仙官等來奏：「不知甚麼人，攪亂了蟠桃大會，偷吃了玉液瓊漿，其八珍百味，亦俱偷吃了。」又有四大天師奏上：「太上道祖來了。」玉帝即同王母出迎。老君朝禮畢道：「老道宮中，煉了些九轉金丹，伺候陛下做丹元大會，不期被賊偷去，特啟陛下知之。」玉帝見奏悚懼。少時，又有齊天府仙吏叩頭道：「大聖不守執事，自昨日出遊，至今未轉，不知去向。」玉帝又添疑思，只見那赤腳大仙又奏道：「臣蒙王母詔昨日赴會，遇著齊天大聖，對臣言萬歲有旨，著臣等先赴通明殿演禮，方去赴會。臣即返至通明殿外，不見萬歲龍車鳳輦，又急來此俟候。」玉帝越發大驚道：「這廝假傳旨意，賺哄賢卿，快著糾察靈官緝訪這廝蹤跡。」

靈官領旨，即出殿遍訪，盡得其詳，回奏道：「攪亂天宮者，乃齊天大聖也。」又將前事盡訴一番。玉帝大惱，即差四大天王，協同李天王並哪吒太子，點二十八宿、九曜星官、十二元辰、五方揭諦、四值功曹、東西星斗、南北二神、五嶽四瀆、普天星相，共十萬天兵，下界去花果山圍困，捉獲那廝處治。

眾神即時興師，離了天宮。李天王傳令，著眾天兵紮了營，把那花果山圍得水泄不通，上下佈了十八架天羅地網。先差九曜惡星出戰。九曜提兵徑至洞外，厲聲高叫道：「那大聖在那裏？我等乃上界差調的天神，到此收你，快快歸降，若道半個『不』字，教汝等一概遭誅。」小妖慌忙傳入道：「大聖，外面有九個兇神，口稱上界差來的天神，收降大聖。」那大聖正與妖王、健將飲酒，一聞此報，公然不理道：「今朝有酒今朝醉，莫管門前是與非。」說不了，一起小妖又跳來道：「那九個兇神，惡言潑語，在門前罵戰哩。」大聖笑道：「莫睬他，詩酒且圖今日樂，功名休問幾時成。」說猶未了，又一起小妖來報：「爺爺，那九個兇神已把門打破，殺進來也！」大聖大怒，命獨角鬼王領帥七十二洞妖王出陣，老孫領四健將隨後。

那鬼王疾帥妖兵，出門迎敵，卻被九曜星一齊掩殺，抵住在鐵板橋頭，莫能得出。正嚷間，大聖到了，叫一聲「開路」，掣開鐵棒，丟開架子，打將出來。九曜星一齊打退，立住陣勢道：「你這不知死活的弼馬溫，你犯了十惡之罪，先偷桃，後偷酒，攪亂了蟠桃大會，又竊了老君仙丹，又將御酒偷來此處享樂，你罪上加罪，豈不知之？」大聖笑道：「這幾樁事，實有，實有，你如今待要怎麼？」九曜星道：「吾奉玉帝金旨，到此收你，快早皈依，免教這些生靈納命。」大聖大怒道：「量你這些毛神，有何法力，敢出浪言？請吃老孫一棒！」這九曜星一齊踴躍，那猴王輪起金箍棒，把那九曜星戰得筋疲力軟，一個個倒拖器械，敗陣而走。急入中軍帳下，對托塔天王道：「那猴王果十分驍勇，我等戰他不過，敗陣來了。」

李天王即調四大天王與二十八宿，一齊出師來鬥。大聖也公然不懼，調出獨角鬼王、七十二洞妖王與四健將，就於洞門外列成陣勢。你看這場混戰，自辰時殺到日落西山。那獨角鬼王與七十二洞妖怪，盡被眾天神捉拿去了，止走了四健將與群猴，深藏在水簾洞底。這大聖一條棒，抵住了四大天神與托塔、哪吒，在半空中殺彀多時。大聖見天色將晚，即拔毫毛一把，丟在口中，嚼碎噴去，叫聲「變」，就變了千百個大聖，都使的是金箍棒，打退了哪吒太子，戰敗了五個天王。

大聖得勝，收了毫毛，轉身回洞，早又見鐵板橋頭，四個健將領眾叩迎，哽哽嚥嚥大哭三聲，又唏唏哈哈大笑三聲。大聖道：「汝等見我又哭又笑，何也？」健將道：「今早交戰，把七十二洞妖王與獨角鬼王，盡被眾神捉了，我等逃生，故此該哭。今見大聖得勝回來，未曾傷損，故此該笑。」大聖道：「勝負乃兵家之常，何須煩惱？我等且緊緊防守，飽餐安睡，養養精神。天明看我使個大神通，拿這些天將，與眾報仇。」眾猴遂安心睡覺不題。

那四大天王收兵罷戰，眾各報功，拿住虎豹狼蟲無數，更不曾捉著一個猴精。

當時賞了得功之將，吩咐天羅地網之兵，各各提鈴喝號，圍困了花果山，專待明早大戰。畢竟天曉如何處治，且聽下回分解。

第六回　觀音赴會問原因　小聖施威降大聖

且不言天神圍繞，大聖安歇。卻說南海普陀落伽山觀世音菩薩，自王母請赴蟠桃大會，與大徒弟惠岸行者同登寶閣瑤池，見那席面殘亂，雖有幾位天仙，俱不就席，都在那裏亂紛紛講論。菩薩與眾仙相見畢，眾仙備言前事。菩薩道：「既無盛會，汝等可跟貧僧去見玉帝。」眾仙隨往，至通明殿前，早有四大天師、赤腳大仙等眾迎著。菩薩道：「我要見玉帝，煩為轉奏。」天師丘弘濟即入靈霄寶殿，啟知宣入。時有太上老君在上，王母娘娘在後。菩薩引眾同入，與玉帝禮畢，又與老君、王母相見，各坐下，便問蟠桃勝會如何。玉帝道：「每年請會，喜喜歡歡，今年被妖猴作亂，朕心甚是煩惱，故調十萬天兵，下界收伏。這一日不見回報，不知勝負如何？」

菩薩聞言，即命惠岸：「速下天宮，到花果山打探軍情如何。如遇相敵，可就相助一功。」惠岸整整衣裙，執一條鐵棍，駕雲離闕，徑至山前，見那天羅地網，密密層層。惠岸立住，叫把營門的天丁傳報：「我乃李天王二太子木叉、南海觀音大徒弟惠岸，特來打探軍情。」李天王發下令旗，教放進來。見四大天王與李天王下拜訖，天王道：「孩兒自那廂來？」惠岸道：「愚男隨菩薩赴蟠桃會，菩薩見勝會荒涼，引眾仙去見玉帝。玉帝備言父王等下界收伏妖猴，勝負未知。菩薩因命男到此打聽虛實。」天王就言昨日交戰之事。說猶未了，只見轅門外有人報道：「那大聖引一群猴精，在外面叫戰。」天王正議出兵，木叉道：「父王，愚男蒙菩薩吩咐下來打探，就著助戰。今不才願往，看他怎麼個大聖。」天王道：「孩兒，你須好生在意。」

太子手輪鐵棍，跳出轅門，高叫：「那個是齊天大聖？」大聖應聲道：「老孫便是。你是甚人，輒敢問我？」木叉道：「吾乃李天王太子木叉、觀音菩薩徒弟惠岸是也。」大聖道：「你不在南海修行，卻來此做甚？」木叉道：「我蒙師父差來，見你這般猖獗，特來擒你。」大聖道：「你敢說那等大話，且吃老孫一棒！」木叉使鐵棒劈手相迎。他兩個在那半山中，轅門外，戰經五六十合，惠岸不能迎敵，敗陣而走。大聖也收了猴兵，安紮在洞門之外。木叉徑入轅門，對天王氣哈哈的喘息道：「好大聖，著實神通廣大，孩兒戰不過，又敗陣而來也。」

天王見了心驚，即命寫表求助，便差大力鬼王與木叉太子上天啟奏玉帝，呈上表章。玉帝拆開，見有求助之言，笑道：「叵耐這個猴精，能有多大手段，就敢敵過十萬天兵。李天王又來求助，卻將那路神兵助之？」言未畢，觀音合掌啟奏：「陛下寬心，貧僧舉一神可擒這猴。」玉帝道：「所舉何神？」菩薩道：「乃陛下令甥顯聖二郎真君，見居灌洲灌江口。他昔日曾力誅六怪，又有梅山兄弟與帳前一千二百草頭神，神通廣大。奈他只是聽調不聽宣，陛下可降一道調兵旨意，著他助力，便可擒也。」玉帝聞言，即傳調兵旨意，就差大力鬼王齎調。

那鬼王領了旨，駕雲徑至灌江口，不消半個時辰，直至真君之廟。早有把門的鬼判入內傳報，二郎即與眾弟兄出門迎接旨意，焚香開讀。旨意云：

花果山妖猴齊天大聖作亂，攪亂蟠桃大會，見著十萬天兵，圍山收伏，未曾得勝。今特調賢甥同義兄弟即赴花果山助力剿除。成功之後，高昇重賞。

真君道：「天使請回，吾就去相助也。」鬼王回奏不題。

這真君即喚梅山六兄弟，乃康、張、姚、李四太尉，郭申、直健二將軍，聚集同去，眾兄弟俱忻然願往。即點本部神兵，駕鷹牽犬，踏弩張弓，縱狂風，霎時過了東洋大海，徑至花果山。見那天羅地網，密密層層，不能前進，因叫道：「吾乃二郎顯聖真君，蒙玉帝調來擒拿妖猴者，快開營門。」一時各神層層傳入，四大天王與李天王俱出轅門迎接。相見畢，問及勝敗之事，天王將上項事備陳一遍。真君笑道：「小聖來此，必須與他鬥個變化。列公將天羅地網不要幔了頂上，只四圍緊密，待我賭鬥。請托塔天王使個照妖鏡住立空中，恐他一時敗陣，逃竄他方，切須與我照耀明白，勿教走了。」天王等即依言排列去訖。

這真君領著四太尉、二將軍、連本身七兄弟出營挑戰，眾將緊守營盤，收拴鷹犬。真君直到水簾洞外，見那一群猴齊齊整整，排作個蟠龍陣勢；中軍裏立一竿旗，上書「齊天大聖」四字。真君道：「那潑猴怎麼稱得起齊天之職？」小猴見了真君，急去報知。那猴王即掣金箍棒，整頓衣甲冠履，騰出營門，睜睛觀看，那真君的相貌果是清奇，打扮得又秀氣。大聖見了，笑嘻嘻的將金箍棒掣起，高叫道：「你是何方小將，敢大膽到此挑戰？」真君喝道：「你這廝有眼無珠，認不得我，我乃玉帝外甥，敕封昭惠靈顯王二郎是也。今蒙上命，到此擒你，你還不知死活。」大聖道：「我記得當年玉帝妹子思凡下界，配合楊君，生一男子，曾使斧劈桃山的是你麼？你這郎君小輩，我不打你，可急急回去，喚你四大天王出來。」真君聞言，大怒道：「潑猴休得無禮，吃吾一刀。」大聖舉金箍棒劈手相迎。他兩個鬥經三百餘合，不分勝負。真君抖擻神威，搖身一變，變得身高萬丈，兩隻手舉著三尖兩刃神鋒，好便似華山頂上之峰，青臉獠牙，朱紅頭髮，惡狠狠望大聖著頭就砍。這大聖也使神通，變得與二郎身軀一樣，嘴臉一般，舉一條如意金箍棒，卻就是崑崙頂上擎天之柱，抵住二郎神。唬得那馬流元帥戰兢兢搖不得旌旗，崩芭二將虛怯怯使不得刀劍。這陣上康、張、姚、李、郭申、直健傳號令撒放草頭神，向他那水簾洞外，縱著鷹犬，搭弩張弓，一齊掩殺。可憐那些猴拋戈棄甲，撇劍丟槍，跑的跑，喊的喊，上山的上山，歸洞的歸洞。大聖正與真君鬥時，忽見本營中妖猴驚散，自覺心慌，收了法相，掣棒抽身就走。真君大步趕上道：「那裏走！趁早歸降，饒你性命。」大聖不戀戰，只情跑起，將近洞口，正撞著康、張、姚、李、郭申、直健，一齊擋住道：「潑猴，那裏走！」大聖慌了手腳，就把金箍棒捏作繡針，藏在耳內，搖身一變，變作個麻雀兒，飛在樹梢頭釘住。那六兄弟慌慌張張，前後尋覓不見，一齊吆喝道：「走了這猴精也，走了這猴精也。」正嚷間，真君到了，問兄弟們趕到那廂不見了。眾神道：「纔在這裏圍住，就不見了。」二郎圓睜鳳目觀看，見大聖變了麻雀兒，釘在樹上，就收了法相，撇了神鋒，卸下彈弓，搖身一變，變作個雀鷹，抖開翅飛將去撲打。大聖見了，颼的一翅飛起來，變作一隻大鷀老，沖天而去。二郎見了，急抖翎毛，搖身一變，變作一隻大海鶴，鑽上雲霄來嗛。大聖又將身按下，入澗中變作一個魚兒，淬入水內。二郎趕至澗邊，不見蹤跡，心中暗想道：「這猢猻必然下水去也，定變作魚蝦之類，等我再變變拿他。」果一變變作個魚鷹兒，飄蕩在下溜頭波面上，等待片時。那大聖變魚兒順水正游，忽見一隻飛禽，似青鷂毛片不青，似鷺鷥頂上無纓，似老鸛腿又不紅：「想是二郎變化了等我哩！」急轉頭，打個花就走。二郎看見道：「打花的魚兒，似鯉魚尾巴不紅，似鱖魚花鱗不見，似黑魚頭上無星，似魴魚鰓上無針，他怎麼見了我就回去了？必然是那猴變的。」趕上來，刷的啄一嘴。那大聖就攛出水中，一變變作一條水蛇，游近岸鑽入草中。二郎因嗛他不著，他見水中一蛇攛出去，認得是大聖，急轉身，又變作著一隻朱繡頂的灰鶴，伸著一個長嘴，與一把尖頭鐵鉗子相似，徑來吃這水蛇。水蛇跳一跳，又變作一隻花鴇，木木樗樗的立在蓼汀之上。二郎見他變得低賤，花鴇乃鳥中至賤至淫之物，不拘鸞、鳳、鷹、鴉，都與交群，故此不去攏旁，即現原身，走將去取過彈弓拽滿，一彈子把他打個蹦踵。

那大聖趁著機會，滾下山崖，伏在那裏又變，變一座土地廟兒，大張著口似個廟門，牙齒變作門扇，舌頭變作菩薩，眼睛變作窗櫺，只有尾巴不好收拾，豎在後面，變作一根旗竿。真君趕到崖下，不見打倒的鴇鳥，只有一間小廟，急睜眼細看，見旗竿立在後面，笑道：「是這猴猻了！他今又在那裏哄我。我也嘗見廟宇，何曾見一個旗竿豎在後面的，斷是這畜生弄喧。他若哄我進去，他便一口咬住，我怎肯進去？等我掣拳先搗窗櫺，後踢門扇。」大聖聽得，心驚道：「好狠，好狠，門扇是我牙齒，窗櫺是我眼睛，若打了牙，搗了眼，卻怎麼是好？」撲的一個虎跳，又冒在空中不見。真君前前後後亂趕，只見四太尉、二將軍一齊擁至道：「兄長，拿住大聖了麼？」真君笑道：「那猴兒纔自變座廟宇哄我，我正要搗他窗櫺，踢他門扇，他就縱一縱，又渺無蹤跡，可怪，可怪。」眾皆愕然，四望更無形影。真君道：「兄弟們在此看守巡邏，等我上去尋他。」急縱身起在半空，見李天王高擎照妖鏡與哪吒住立雲端，真君道：「天王，曾見那猴王麼？」天王道：「不曾上來，我這裏照著他哩。」真君把那賭變化，拿群猴一事說畢，卻道他變廟宇，正打處就走了。李天王聞言，又把照妖鏡四方一照，呵呵的笑道：「真君快去快去，那猴使了個隱身法，走出營圍，往你那灌江口去也。」二郎聽說，即取神鋒，回灌江口來趕。

卻說那大聖已至灌江口，搖身一變，變作二郎的模樣，徑入廟裏。鬼判不能相認，一個個磕頭迎接。他坐中間，點查香火：見李虎拜還的三牲，張龍許下的保福，趙甲求子的文書，錢丙告病的良願。正看處，有人報又一個爺爺來了，眾鬼判急急觀看，無不心驚。真君道：「有個甚麼齊天大聖，纔來這裏否？」眾鬼判道：「不曾見甚麼大聖，只有一個爺爺在裏面查點哩。」真君撞進門，大聖見了，現出本相道：「郎君不消嚷，廟宇已姓孫了。」這真君即舉三尖兩刃神鋒，劈臉就砍。猴王讓過神鋒，掣出那繡花針兒，幌一幌碗來粗細，趕到前對面相還。兩個打出廟門，半霧半雲，且行且戰，復打到花果山，慌得那四大天王等眾，隄防愈緊。這康、張太尉等合心努力，把大聖圍繞不題。

話表大力鬼王既調了真君兄弟提兵擒魔去後，卻上界回奏。玉帝與觀音、王母並眾仙卿，正在靈霄殿講話，道：「既是二郎已去赴戰，這一日還不見回報。」觀音合掌道：「貧僧請陛下同道祖出南天門外，親去看看虛實如何？」玉帝道：「言之有理。」即擺駕同至南天門，開門遙觀。只見眾天丁佈羅網圍住四面，李天王與哪吒擎照妖鏡立在空中，真君把大聖圍繞中間，紛紛賭鬥哩。菩薩對老君說：「貧僧所舉二郎神如何？果有神通，已把那大聖圍困，只是未得擒拿。我如今助他一功，決拿住他也。」老君道：「菩薩將甚助他？」菩薩道：「我將那楊柳淨瓶拋下去，打那猴頭，即不打死，也打了一跌，教二郎小聖好去拿他。」老君道：「你這瓶是個磁器，得打著他頭便好，如打不著他頭，或撞著他的鐵棒，卻不打碎了？你且莫動手，等我老道助他一功。」菩薩道：「你有甚麼兵器？」老君道：「有，有，有。」捋起衣袖，左膊上取下一個圈子，說道：「這件兵器，乃錕鋼摶煉的，被我將還丹點成，養就一身靈氣，善能變化，水火不侵，又能套諸物；一名金鋼琢，又名金鋼套。當年過函關，化胡為佛，甚是虧他。等我丟下去打他一下。」話畢，自天門上往下一摜，滴流流，正著猴王頭上一下。猴王只顧苦戰七聖，卻不知天上墜下這兵器，打中了天靈，立不穩腳，跌了一跤，爬將起來就跑。被二郎的細犬趕上，照腿肚子上一口，又扯了一跌。他睡倒在地，罵道：「這個亡人！你不去妨家長，卻來咬老孫。」急翻身爬不起來，被七聖一擁按住，即將繩索捆綁，使勾刀穿了琵琶骨，再不能變化。

老君收了金鋼琢，請玉帝同觀音、王母、眾仙等俱回靈霄殿。這下面四大天王與李天王諸神，俱收兵拔寨，近前向小聖賀喜，都道：「此小聖之功也！」小聖道：「此乃天尊洪福，眾神威權，我何功之有？」康、張、姚、李道：「兄長且押這廝去上界，請旨發落去也。」真君道：「賢弟，汝等未受天籙，不得面見玉帝。教六甲神兵押著，我同天王等上界回旨。你們在此搜山，搜淨之後，仍回灌口。待我請了賞功，回來同樂。」六神依言領諾。這真君與眾即駕雲頭，唱凱歌，得勝朝天。不多時，到通明殿外，天師啟奏道：「四大天王等眾已捉了妖猴齊天大聖，來此聽宣。」玉帝傳旨，即命大力鬼王與天丁等眾，押至斬妖臺，將這廝碎剁其屍。畢竟不知那猴王性命如何，且聽下回分解。

話表齊天大聖被眾天兵押去斬妖臺，綁在降妖柱上，刀斧槍劍莫想傷及其身。南斗星奮令火部眾神，放火煨燒，亦不能燒著。又著雷部眾神，以雷屑釘打，越發不能傷損一毫。那大力鬼王與眾啟奏道：「萬歲，這大聖不知是何處學得這護身之法，臣等用刀砍斧剁，雷打火燒，一毫不能傷損，卻如之何？」玉帝聞言道：「這廝這等妖力，如何處治？」太上老君奏道：「那猴吃了蟠桃，飲了御酒，又盜了仙丹，我那五壺丹有生有熟，被他都吃在肚裏，運用三昧火，鍛成一塊，所以渾作金鋼之軀，急不能傷。不若與老道領去，放在八卦爐中，以文武火鍛煉，煉出我的丹來，他身自為灰燼矣。」玉帝聞言，即教六丁、六甲，將他解下，付與老君。老君領旨去訖。一壁廂宣二郎顯聖，賞賜金花百朵，酒百瓶，還丹百粒，異寶明珠、錦繡等件，教與義兄弟分享。真君謝恩，回灌江口不題。

那老君到兜率宮，將大聖解去繩索，放開琵琶骨，推入八卦爐中，命道人架火鍛煉。原來那爐是乾、坎、艮、震、巽、離、坤、兑八卦。他即將身鑽在「巽宮」位下。巽乃風也，有風則無火。只是風攪得煙來，把一雙眼熰紅了，弄作個老害眼，故此後來喚作「火眼金睛」。

光陰迅速，不覺七七四十九日，老君的火候俱全。忽一日，開爐取丹，那大聖雙手捂著眼，正自揉搓流涕，只聽得爐頭聲響，猛睜睛看見光明。他就忍不住將身一縱，跳出丹爐，唿喇的一聲，蹬倒八卦爐往外就走。慌得那架火、看爐與丁甲一班人來扯，被他一個個都放倒，好似癲癇的白額虎，風狂的獨角龍。老君趕上抓一把，被他一捽，捽了個倒栽蔥，脱身走了。即去耳中掣出如意棒，迎風幌一幌碗來粗細，拿在手中，不分好歹，卻又大亂天宮。打得那九曜星閉門閉户，四天王無影無形。好猴精：

混元體正合先天，萬劫千番只自然。渺渺無為渾太乙，如如不動號初玄。
爐中久煉非鉛汞，物外長生是本仙。變化無窮還變化，三皈五戒總休言。

又詩曰：

猿猴道體配人心，心即猿猴意思深。馬猿合作心和意，緊縛牢拴莫外尋。

這一番，那猴王使鐵棒東打西攻，更無一人可擋。直打到通明殿裏靈霄殿外。幸有祐聖真君的佐使王靈官執殿，他見大聖縱橫，掣金鞭近前擋住道：「潑猴何往！有吾在此，切莫猖狂。」大聖不由分說，舉棒就打，那靈官急起相迎，兩個在靈霄殿前鬥在一處，勝敗未分。早有祐聖真君又差將佐到雷府，調三十六員雷將齊來，把大聖圍在垓心，各騁威鏖戰。那大聖全無懼色，見那眾將的刀槍劍戟，來的甚緊，他即搖身一變，變作三頭六臂，把如意棒幌一幌，變作三條；六隻手使開三條棒，好似紡車兒一般，滴流流在那垓心裏飛舞。眾雷神莫能相迎。真個是：

圓陀陀，光灼灼，亘古常存人怎學？入火不能焚，入水何曾溺？光明一顆摩尼珠，劍戟刀槍傷不著。也能善，也能惡，眼前善惡憑他作。善時成佛與成仙，惡處披毛並帶角。無窮變化鬧天宮，雷將神兵難按捉。

當時眾神把大聖攢在一處，卻不能近身，亂嚷亂鬥。早驚動玉帝，遂傳旨著遊奕靈官同翊聖真君，上西方請佛老降伏。

二聖得了旨，徑到靈山勝境雷音寶剎之前，對四金剛、八菩薩禮畢，即煩轉達。眾神隨至寶蓮臺下，啟知如來，請二聖禮佛三匝，侍立臺下。如來問：「玉帝何事，煩二聖下臨？」二聖將大聖前後的事，細說一遍道：「如今事在緊急，玉帝特請佛祖救駕。」如來聞說，即對眾菩薩道：「汝等在此穩坐法堂，待我煉魔救駕去來。」

又喚阿難、迦葉二尊者相隨，離了雷音，徑至靈霄門外。忽聽得殺聲振耳，乃三十六雷將圍困著大聖哩。佛祖傳法旨：「教雷將停息干戈，放開營盤，叫那大聖出來，等我問他。」眾將果退。大聖也收了法相，現在原身近前，怒氣昂昂，厲聲高叫道：「你是那方善士，敢來止住刀兵問我？」如來笑道：「我是西方極樂世界釋迦牟尼尊者，南無阿彌陀佛。今聞你猖狂村野，屢反天宮，不知是何方生長，何年得道，為何這等暴橫？」大聖道：「我本：

天地生成靈混仙，花果山中一老猿。水簾洞裏為家業，拜友尋師悟太玄。
煉就長生多少法，學來變化廣無邊。因在凡間嫌地窄，立心端要住瑤天。
靈霄寶殿非他久，歷代人王有分傳。強者為尊該讓我，英雄只此敢爭先。」

佛祖聽言，呵呵冷笑道：「你那廝乃是個猴子成精，怎敢欺心，要奪玉皇上帝尊位？他自幼修持，苦歷過一千七百五十劫，每劫該十二萬九千六百年。你算他該多少年數，方能享受此無極大道。你那個初世為人的畜生，如何出此大言？不當人子，不當人子，折了你的壽算。趁早皈依，切莫妄說。但恐遭了毒手，性命頃刻而休，可惜了你的本來面目。」大聖道：「他雖年劫修長，也不應久住在此。常言道：『交椅輪流坐，明年是我尊。』只教他搬出去，將天宮讓與我便罷了。如若不然，定要攪亂，不得清平。」佛祖道：「你除了長生變化之法，再有何能，敢佔天宮勝境？」大聖道：「我的本事多哩！我有七十二般變化，萬劫不老長生，會駕觔斗雲，一縱十萬八千里。如何坐不得天位？」佛祖道：「我與你打個賭賽：你若有本事，一觔斗打出我這右手掌中，算你贏，再不用動刀兵苦爭戰，就請玉帝到西方居住，把天宮讓你；若不能打出手掌，你還下界為妖，再修幾劫，卻來爭吵。」那大聖聞言，暗笑道：「這如來十分好獃。我老孫一觔斗去十萬八千里，他那手掌，方圓不滿一尺，如何跳不出去？」急發聲道：「既如此說，你可做得主張？」佛祖道：「做得，做得。」伸開右手，卻似個荷葉大小。那大聖收了如意棒，抖擻神威，將身一縱，站在佛祖手心裏，卻道聲：「我去也！」你看他一路雲光，無影無形去了。佛祖慧眼觀看，見那猴王風車子一般相似，不住只管前進。大聖行時，忽見有五根肉紅柱子，撐著一股青氣。他道：「此間乃盡頭路了。這番回去，如來作證，靈霄宮定是我坐也。」又思量說：「且住，等我留下些記號，方好與如來說話。」拔下一根毫毛，吹口仙氣叫「變」，變作一管濃墨雙毫筆，在那中間柱子上寫一行大字云：「齊天大聖到此一遊。」寫畢，收了毫毛。又不粧尊，卻在第一根柱子根下撒了一泡猴尿。翻轉觔斗雲，徑回本處，站在如來掌內道：「我已去過來了，你教玉帝讓天宮與我。」

佛祖罵道：「我把你這個尿精猴子！你正好不曾離了我掌哩！」大聖道：「你是不知。我去到天盡頭，見五根肉紅柱，撐著一股青氣，我留個記在那裏，你敢和我同去看麼？」佛祖道：「不消去，你只自低頭看看。」那大聖睜圓火眼金睛，低頭看時，原來佛祖右手中指寫著「齊天大聖到此一遊」，大指丫裏還有些猴尿臊氣。大聖吃了一驚道：「有這等事，有這等事！我將此字寫在撐天柱子上，如何卻在他手指上？莫非有個未卜先知的法術。我決不信，不信，等我再去來。」好大聖，急縱身又要跳出，被佛祖翻掌一撲，把這猴王推出西天門外，將五指化作金、木、水、火、土五座聯山，喚名五行山，輕輕的把他壓住。眾雷神與阿難、迦葉，一個個合掌稱揚道：「善哉，善哉！」

當年卵化學為人，立志修行道果真。惡貫滿盈今有報，不知何日得翻身。

如來佛祖殄滅了妖猴，即喚阿難、迦葉同轉西方。時有天蓬、天祐急出靈霄寶殿道：「請如來少待，我主大駕來也。」佛祖聞言，回首瞻仰。須臾，果見八景鸞輿，九光寶蓋，聲奏玄歌妙樂，詠哦無量神章，散寶花，噴真香，直至佛前謝曰：「多蒙大法收滅妖邪，望如來少停一日，請諸仙做一會筵奉謝。」如來不敢違悖，合掌謝道：「老僧承大天尊宣命來此，有何法力？還是天尊與眾神洪福，敢勞致謝。」玉帝傳旨，即著雷部眾神，分頭請三清、四御、五老、六司、七元、八極、九曜、十都、千真、萬聖，來此赴會，同謝佛恩。又命四大天師、九天仙女，大開玉京金闕、太玄寶宮、洞陽玉館，請如來高坐七寶靈臺，調設各班座位，安排龍肝鳳髓，玉液蟠桃。

不一時，那玉清元始天尊、上清靈寶天尊、太清道德天尊、五炁真君、五斗星君、三官四聖、九曜真君、左輔、右弼、天王、哪吒，玄虛一應靈通，對對旌旗，雙雙幡蓋，都捧著明珠異寶，壽果奇花，向佛前拜獻曰：「感如來無量法力，收伏妖猴。蒙大天尊設宴呼喚，我等皆來陳謝。請如來將此會立一名如何？」如來曰：「可名為安天大會。」各仙老異口同聲，俱道：「好個安天大會。」言訖，各坐座位，走斝傳觴，簪花鼓瑟，果好會也。會中眾皆暢然。只見王母娘娘引一班仙娥、美姬，飄飄蕩蕩，舞向佛前施禮曰：「前被妖猴攪亂蟠桃嘉會，今蒙如來大法，煉鎖頑猴，喜慶安天大會，無物可謝，今是我淨手親摘大株蟠桃數棵奉獻。」佛祖合掌向王母謝訖。王母又著仙姬、仙子唱的唱，舞的舞，觥籌交錯。不多時，忽又聞得一陣異香，南極壽星又到。見玉帝禮畢，又見如來申謝曰：「始聞那妖猴被老君引至兜率宮鍛煉，以為必致平安，不期他又反出。幸如來善伏此怪，設宴奉謝，故此聞風而來。更無他物可獻，特具紫芝、瑤草、碧藕、金丹奉上。」詩曰：

如來萬壽若恒沙，康泰長生九品花。無相門中真法主，色空天上是仙家。

如來忻然領謝，壽星就座。只見赤腳大仙來至。向玉帝前頫顋禮畢，又對佛祖謝道：「深感法力，降伏妖猴，無物可以表敬，特具交梨二顆、火棗數枚奉獻。」如來又稱謝了。叫阿難、迦葉，將各仙所獻之物，一一收起，方向玉帝前謝宴。眾各酩酊。

只見個巡禮靈官來報道：「那大聖伸出頭來了。」佛祖道：「不妨，不妨。」袖中只取出一張帖子，上有六個金字「唵、嘛、呢、叭、咪、吽」，遞與阿難，叫貼在那山頂上。尊者即領帖子，到那五行山頂上，緊緊的貼在一塊四方石上。那座山即生根合縫，隨人呼吸，手可爬出，身卻不能搖掙。阿難回報，如來即辭了玉帝眾神，與二尊者出天門之外。見了五行山，又發一個慈悲，念動真言咒語，召一尊土地神祇，會同五方揭諦，居住此山監押。但他飢時，與他鐵丸子吃；渴時，與他溶化的銅汁飲。待他災愆滿日，自有人救他。畢竟不知向後何時方滿災殃，且聽下回分解。

試問禪關，參求無數，往往到頭虛老。磨磚作鏡，積雪為糧，迷了幾多年少？毛吞大海，芥納須彌，金色頭陀微笑。悟時超十地三乘，凝滯了四生六道。誰聽得絕想崖前，無陰樹下，杜宇一聲春曉？曹溪路險，鷲嶺雲深，此處故人音杳。千丈冰崖，五葉蓮開，古殿簾垂香裊。那時節，識破源流，便見龍王三寶。

這一篇詞，名《蘇武慢》。話表我佛如來，辭別了玉帝，回至雷音寶剎。但見那三千諸佛、五百阿羅、八大金剛、無邊菩薩，一個個都執著幢幡寶蓋，異寶仙花，擺列在靈山仙境，娑羅雙林之下接迎。如來駕住祥雲，對眾道：我以

甚深般若，遍觀三界。根本性原，畢竟寂滅。同虛空相，一無所有。殄伏乖猴，是事莫識，名生死始，法相如是。

說罷，放舍利之光，滿空有白虹四十二道，南北通連。大眾見了，皈身禮拜。少頃間，聚慶雲彩霧，登上品蓮臺，端然坐下。那諸佛、菩薩合掌近前禮畢，問曰：「鬧天宮攪亂蟠桃者，誰也？」如來道：「那廝乃花果山一妖猴，罪惡滔天，不可名狀，概天神將，俱莫能降伏。我去時，正在雷將中間，揚威耀武，被我止住兵戈，問他來歷。他言有神通變化，能駕觔斗雲，一去十萬八千里。我與他打了個賭賽，他出不得我手。卻將他一把抓住，指化五行山，封壓他在那裏。玉帝大開金闕瑤宮，立安天大

會謝我，卻方辭駕而回。」大眾聽言喜悅，極口稱揚。各分班而退，共樂天真。果然是：

瑞靄漫天竺，虹光擁世尊。西方稱第一，無相法王門。

佛祖一日喚聚諸佛、阿羅、揭諦、菩薩、金剛等眾曰：「自伏乖猿安天之後，我處不知年月，料凡間有半千年矣。今值孟秋望日，我有一寶盆，盆中具設百樣奇花、千般異果等物，與汝等享此盂蘭盆會，如何？」概眾一個個合掌，禮佛三匝。如來卻將寶盆中花果品物，著阿難捧定，著迦葉佈散。大眾感激，因請如來明示根本，指解源流。那如來微開善口，敷演大法，宣揚正果，講的是三乘妙典，五蘊楞嚴。但見那天龍圍繞，花雨繽紛。正是：

禪心朗照千江月，真性清涵萬里天。

如來講罷，對眾言曰：「我觀四大部洲，眾生善惡，各方不一：東勝神洲者，敬天敬地，心爽氣平；北俱蘆洲者，雖好殺生，只因糊口，性拙情疏，無多作踐；我西牛賀洲者，不貪不殺，養氣潛靈，雖無上真，人人固壽；但那南贍部洲者，貪淫樂禍，多殺多爭，正所謂口舌兇場，是非惡海。我今有三藏真經，可以勸人為善。」諸菩薩聞言，合掌問曰：「如來有那三藏真經？」如來曰：「我有《法》一藏，談天；《論》一藏，說地；《經》一藏，度鬼。三藏共計三十五部，該一萬五千一百四十四卷，乃是修真之徑，正善之門。我待要送上東土，頗耐那眾生愚蠢，譭謗真言，不識我法門之旨要，怠慢了瑜迦之正宗。怎麼得一個有法力的，去東土尋一個善信，教他苦歷千山，遠經萬水，到我處求取真經，永傳東土，勸化眾生，卻乃是個山大的福緣，海深的善慶。誰肯去走一遭來？」當有觀音菩薩，行近蓮臺，禮佛三匝道：「弟子不才，願上東土，尋一個取經人來也。」

如來見了，心中大喜道：「別個是也去不得，須是觀音尊者，神通廣大，方可去得。」菩薩道：「弟子此去東土，有甚言語吩咐？」如來道：「這一去，要踏看路道，不許在霄漢中行，須是要半雲半霧，目過山水，謹記程途遠近之數，叮嚀那取經人。但恐善信難行，我與你五件寶貝。」即命阿難、迦葉，取出錦襴袈裟一領，九環錫杖一根，對菩薩言曰：「這袈裟、錫杖，可與那取經人親用。若肯堅心來此，穿我的袈裟，免墮輪迴；持我的錫杖，不遭毒害。」這菩薩皈依拜領。如來又取出三個箍兒，遞與菩薩道：「此寶喚作緊箍兒，雖是一樣三個，但只是用各不同。我有『金』、『緊』、『禁』的咒語三篇。假若路上撞見神通廣大的妖魔，你須是勸他學好，跟那取經人做個徒弟。他若不伏使喚，可將此箍兒與他戴在頭上，自然見肉生根。各依所用的咒語念一念，眼脹頭痛，腦門皆裂，管教他入我門來。」菩薩聞言，踴躍作禮而退，即喚惠岸行者隨行。那惠岸使一條渾鐵棍，重有千斤，只在菩薩左右，作一個降魔力士。菩薩遂將錦襴袈裟，作一個包裹，令他背了。將金箍藏了，執了錫杖，徑下靈山。這一去，有分交：佛子還來歸本願，金蟬長老裹栴檀。

那菩薩到山腳下，有玉真觀金頂大仙在觀門首接住，請菩薩獻茶。菩薩道：「今領如來法旨，上東土尋取經人去。」大仙道：「取經人幾時方到？」菩薩道：「未定，約摸二三年間，或可至此。」遂辭了大仙，半雲半霧，約記程途。

師徒二人正走間，忽然見弱水三千，乃是流沙河界。菩薩道：「徒弟呀，此處卻是難行。取經人濁骨凡胎，如何得渡？」菩薩正停雲看時，只見那河中潑剌一聲響亮，水波裏跳出一個妖魔，生得十分醜惡。他手執一根寶杖，走上岸就捉菩薩。卻被惠岸掣渾鐵棒擋住，喝聲「休走」，那怪物就持寶杖來迎。兩個在流沙河邊，來來往往，戰上數十合，不分勝負。那怪物架住了鐵棒道：「你是那裏和尚，敢來與我抵敵？」木叉道：「我是托塔天王二太子木叉惠岸行者。你是何怪，敢大膽阻路？」那怪方纔省悟道：「我記得你跟南海觀音在紫竹林中修行，為何來此？」木叉道：「那岸上不是我師父？」怪物聞言，連聲喏喏，收了寶杖，讓木叉揪了，去見觀音，納頭下拜，告道：「菩薩恕我之罪，待我訴告。我不是妖邪，我是靈霄殿下侍鑾輿的捲簾大將。只因在蟠桃會上，失手打碎了玻璃盞，玉帝把我打了八百，貶下界來，變得這般模樣。又叫七日一次，將飛劍來穿我胸脅，故此這般苦惱。沒奈何飢寒難忍，三二日間，出波濤尋一個行人食用，不期今日衝撞了大慈菩薩。」菩薩道：「你在天有罪，既貶下來，今又這等傷生，正所謂罪上加罪。我今領了佛旨，上東土尋取經人。你何不入我門來，皈依善果，跟那取經人做個徒弟，上西天拜佛求經，我叫飛劍不來穿你。那時節功成免罪，復你本職，心下如何？」那怪道：「我願皈正果。」又道：「菩薩，我在此間吃人無數，向來有幾次取經人來，都被我吃了。凡吃的人頭，拋落流沙，竟沈水底，這個水鵝毛也不能浮。惟有九個取經人的骷髏，浮在水面，再不能沈，我以為異物，將索兒穿在一處，閒時拿來頑耍。這去但恐取經人不得到此，卻不是反誤了我的前程也？」菩薩曰：「豈有不到之理！你可將骷髏兒掛在頭項下，等候取經人自有用處。」怪物道：「既然如此，願領教誨。」菩薩即與他摩頂受戒，指沙為姓，起個法名叫作個沙悟淨。當時入了沙門，送菩薩過了河，他洗心滌慮，再不傷生，專等取經人。

菩薩同木叉徑奔東土，行了多時，又見一座高山，山上有惡氣遮漫，不能步上。正欲駕雲過山，不覺狂風起處，又閃上一個妖魔。他生得又甚兇險。手執一柄釘鈀，不分好歹，望菩薩舉鈀就築。被木叉擋住，大喝一聲道：「那潑怪休得無禮，看棒！」妖魔舞鈀相迎。兩個在山底下一衝一撞，賭鬥輸贏。正殺到好處，觀世音在半空中拋下蓮花，隔開鈀杖。怪物見了心驚，便問：「你是那裏和尚，敢弄甚麼眼前花哄我？」木叉道：「我把你這潑物，我是南海菩薩的徒弟，這是我師父拋來的蓮花，你也不認得哩！」那怪道：「南海菩薩，可是掃三災救八難的觀世音麼？」木叉道：「不是他是誰？」怪物撇了釘鈀，納頭下禮道：「老兄，菩薩在那裏？累煩你引見引見。」木叉仰面指道：「那不是。」怪物朝上磕頭，厲聲高叫道：「菩薩，恕罪，恕罪。」觀音按下雲頭，前來問道：「你是那裏成精的野豕，作怪的老彘，敢在此擋我？」那怪道：「我不是野豕，亦不是老彘，我本是天河裏天蓬元帥。只因帶酒戲弄嫦娥，玉帝把我打了二千錘，貶下塵凡。一靈真性，徑來奪舍投胎，不期錯了道路，投在個母豬胎裏，變得這般模樣。是我咬殺母豬，打死群彘，在此處佔了山場，吃人度日。不期撞著菩薩，萬望拔救，拔救。」菩薩道：「此山叫作甚麼山？」怪物道：「叫作福陵山。山中有一洞，叫作雲棧洞。洞裏原有個卵二姐。他見我有些武藝，招我做個家長，又喚作『倒踏門』。不上一年，他死了，一洞家當盡歸我受用。在此日久年深，沒有贍身的勾當，只是依本等吃人度日。萬望菩薩恕罪。」菩薩道：「古人云：『若要有前程，莫做沒前程。』你既上界違法，今又傷生造孽，卻不是二罪俱罰！」那怪道：「前程，前程，若依你，教我嗑風。常言道：『依著官法打殺，依著佛法餓殺。』去也，去也，還不如捉個行人，肥膩膩的吃他家娘，管甚麼二罪，三罪，千罪，萬罪。」菩薩道：「『人有善願，天必從之。』汝若肯歸依正果，自有養身之處。世有五穀，儘能濟飢，為何吃人度日？」怪物聞言，似夢方覺，向菩薩道：「我欲從正，奈何『獲罪於天，無所禱也』。」菩薩道：「我領了佛旨，上東土尋取經人。你可跟他做個徒弟，往西天走一遭來，將功折罪，管教你脫離災瘴。」那怪滿口道：「願隨，願隨。」菩薩纔與他摩頂受戒，指身為姓，就姓了豬，起個法名叫作豬悟能。遂此持齋把素，斷絕了五葷三厭，專候那取經人。

菩薩卻與木叉半興雲霧前來。正走處，只見空中有一條玉龍叫喚。菩薩近前問曰：「你是何龍，在此受罪？」那龍道：「我是西海龍王敖閏之子。因縱火燒了殿上明珠，我父王表奏天庭，告了忤逆，玉帝把我吊在空中，打了三百，不日遭誅。望菩薩搭救，搭救。」觀音聞言，即與木叉撞上南天門裏，煩丘、張二天師引見玉帝道：「貧僧領佛旨上東土尋取經人，路遇孽龍懸吊，特來啟奏，饒他性命，賜與貧僧，與取經人做個腳力。」玉帝聞言，即傳旨差天將解放，送與菩薩，菩薩謝恩而出。這小龍叩謝活命之恩，菩薩把他送在深澗之中，只等取經人來，變作白馬，上西方立功。小龍領命潛身不題。

菩薩帶引木叉行者過了此山，又奔東土。行不多時，忽見金光萬道，瑞氣千條。木叉道：「師父，那放光之處，乃是五行山了，見有如來的壓帖在那裏。此是那大鬧天宮的齊天大聖，壓在此也。」師徒俱上山來，觀看帖子，乃是「唵、嘛、呢、叭、咪、吽」六字真言。菩薩看罷，歎惜不已，作詩一首曰：

堪歎妖猴不奉公，當年狂妄逞英雄。自遭我佛如來困，何日舒伸再顯功？

師徒們正說話間，早驚動了那大聖。大聖在山根下高叫道：「是那個在山上吟詩，揭我的短哩？」菩薩聞言，徑下山來尋看。只見那石崖之下，有土地、山神、監押天將，都來拜接了菩薩。引至那大聖面前看時，他原來壓於石匣之中，口能言，身不能動。菩薩道：「姓孫的，你認得我麼？」大聖睜開火眼金睛，點著頭兒高叫道：「我怎麼不認得你，你好是那南海普陀落伽山救苦救難大慈大悲南無觀世音菩薩。承看顧，承看顧，我在此度日如年，更無一個相知來看我一看。你從那裏來也？」菩薩道：「我奉佛旨，上東土尋取經人去，從此經過，特留殘步看你。」大聖道：「如來哄了我，把我壓在此山，五百餘年了，不能展掙。萬望菩薩方便，救我老孫一救。」菩薩道：「你罪業彌天，救你出來，恐你又生禍害，反為不美。」大聖道：「我已知悔了。但願大慈悲指條門路，情願修行。」那菩薩聞得此言，滿心歡喜，對大聖道：「人心生一念，天地盡皆知。你既有此心，待我到了東土大唐國尋一個取經的人來，教他救你。你可跟他做個徒弟，入我佛門，再修正果如何？」大聖聲聲道：「願去，願去。」菩薩道：「既有善果，我與你起個法名。」大聖道：「我已有名了，叫作孫悟空。」菩薩又喜道：「我前面也有二人歸降，正『悟』字排行。你今也是『悟』字，卻與他相合，甚好，甚好。這等也不消叮囑，我去也。」那大聖見性明心歸佛教，這菩薩留情在意訪神僧。

他與木叉離了此處，一直東來，不一日就到了長安大唐國。斂霧收雲，師徒們變作兩個疥癩遊僧，入長安城裏。不覺天晚，行至大市街旁，見一座土地廟祠，二人徑入。唬得那土地心慌，鬼兵膽戰，知是菩薩，叩頭接入。那土地又急報與城隍、社令，及長安各廟神祇，都來參見告道：「菩薩恕眾接遲之罪。」菩薩道：「汝等切不可走漏一毫消息。我奉佛旨，特來此處尋訪取經人。借你廟宇，權住幾日，待訪著真僧即回。」眾神各歸本處，把個土地趕在城隍廟裏暫住，他師徒們隱遁真形。畢竟不知尋出那個取經人來，且聽下回分解。

第九回　陳光蕊赴任逢災　江流僧復仇報本

話表陝西大國長安城，乃歷代帝王建都之地。自周、秦、漢以來，三州花似錦，八水繞城流，真個是名勝之邦。方今卻是大唐太宗文皇帝登基，改元貞觀，此時已登極十三年，歲在己巳，天下太平，八方進貢，四海稱臣。忽一日，太宗登位，聚集文武眾官，朝拜禮畢，有魏徵丞相出班奏道：「方今天下太平，八方寧靜，武將紛紛，文官少有。微臣欲依古法，開立選場，招取賢士，擢用人才，伏乞聖鑒。」太宗道：「賢卿所奏有理。」就出一道招賢榜文，頒佈天下，各府州縣不拘軍民人等，但有讀書儒流，立志向上，文義明暢，三場精通者，前赴長安應試，考取賢才授官。

此榜行至海州地方，那海州弘農縣聚賢莊有一人，姓陳名蕚，表字光蕊，一日入城見了此榜，即時回家，對母張氏道：「唐王頒下黃榜，詔開南省，考取賢才，孩兒意欲前去應試。倘求得一官半職，封妻蔭子，光耀門閭，乃兒之志也。特此稟告母親前去。」張氏道：「我兒，你去赴舉，路上須要小心，得了官早早回來。」光蕊便吩咐家僮，收拾行李，即日拜辭母親上路。不則一日，已到長安，正值大開選場，光蕊就同眾舉子進場應考。及廷試三策，唐王御筆親賜狀元，跨馬遊街三日。

不期遊到丞相殷開山門首。有丞相所生一女，名喚溫嬌，又名滿堂嬌，未曾匹配，正高結彩樓，抛打繡球。正值陳光蕊在樓下經過，小姐一見光蕊人材出眾，況是新科狀元，心內十分歡喜，就在繡樓上將繡球拋下，正打著光蕊的烏紗帽。只聽得一派笙簫細樂，十數個婢妾走下樓來，把光蕊馬頭挽住，迎狀元入了相府。即請丞相和夫人出堂，喚賓人贊禮，小姐就與光蕊拜了天地。夫妻交拜畢，又拜了岳丈、岳母。丞相吩咐安排酒席，歡飲一宵。二人同攜素手，共入蘭房。次日五更三點，太宗駕坐金鑾寶殿，文武眾臣趨朝。太宗問道：「新科狀元陳光蕊應授何官？」魏徵丞相奏道：「臣查所屬州郡，止有江州缺官，乞我王授他此職。」太宗就命光蕊為江州州主，即收拾起身，勿誤限期。光蕊謝恩出朝，回到相府，與妻商議，拜辭岳丈、岳母，同妻前赴江州之任。

離了長安登途，正是暮春天氣，和風吹柳綠，細雨點花紅。光蕊便道回家，同妻參拜母親張氏。張氏道：「恭喜我兒，且又娶親回來。」光蕊道：「孩兒叨賴母親福庇，忝中狀元。唐王賜兒遊街，路往殷丞相門前經過，丞相將小姐招孩兒為婿。朝廷敕賜孩兒衣錦回家，除孩兒為江州州主，徑來接取母親，同去赴任。」張氏大喜，收拾行程。在路數日，前至萬花店劉小二家安下。張氏身覺不快，與光蕊道：「且在店中安歇兩日再去。」次日早晨，只見店門前有一人把著個金色鯉魚叫賣，光蕊即將一貫錢買了欲待烹與母親吃，只見鯉魚閃閃睜眼，光蕊道：「怪哉！聞人說魚蛇睜眼，決不是等閒之物。」遂問漁人道：「這魚那裏打來的？」漁人道：「離府十五里洪江內打來的。」光蕊就把魚送在洪江裏去了。回店對母親道知此事，張氏道：「我兒，你將去放生甚好。」光蕊道：「此店已住三日了，孩兒們明日起身也。」張氏道：「我身子不快，此時路上炎熱，恐生疾病。你可這裏賃間房屋與我住，付些盤纏在此，你兩口兒先上任去，候秋涼卻來接我。」光蕊與妻商議，就租了屋宇，付了盤纏與母親，同妻拜辭前去。

途路艱苦，甚不可言，曉行夜宿，不覺已到洪江渡口。只見梢水劉洪、李彪二人，撐船到岸迎接。也是光蕊前生合當有此災難，正撞著這冤家。光蕊令家僮將行李搬上船去，夫婦齊齊上船，劉洪睜眼看時只見殷小姐面如滿月，眼似秋波，櫻桃小口，綠柳蠻腰，真個有沈魚落雁之容，閉月羞花之貌，劉洪陡起狼心，私自與李彪設計，將船撐至沒人煙處，候至夜靜三更，先將家僮殺死，次將光蕊打死，把屍首都推進水裏去了。小姐見他打死了丈夫，也便將身赴水。劉洪一把抱住道：「你若從我，萬事皆休。若不從時，一刀兩段！」那小姐沒奈何，只得權時應承，順了劉洪。那賊把船渡到南岸，將船付與李彪自管，他就穿了光蕊衣冠，帶了官憑，同小姐往江州上任去了。

卻說劉洪殺死的家僮屍首，順水流去，惟有陳光蕊的屍首，沈在水底不動。有洪江口巡海夜叉見了，星飛報入龍宮。正值龍王昇殿，夜叉報道：「今洪江口不知甚人，把一個讀書士子打死，將屍撇在水底。」龍王叫將屍擡來，放在面前，仔細一看道：「此人正是救我的恩人，如何被人謀死？常言道：『恩將恩報。』我今日須索救他性命，以報日前之恩。」即寫下牒文一道，差夜叉徑往洪州城隍、土地處投下，要取秀才魂魄，來救他的性命。城隍、土地遂喚小鬼把陳光蕊的魂魄交付與夜叉去。夜叉到水晶宮，稟覆了龍王，就將秀才魂魄放在那死屍上。霎時間，只見他返魂轉來。龍王問道：「你這秀才，姓甚名誰，何方人氏，因甚到此被人打死？」光蕊躬身施禮道：「上告龍君，小生陳萼，表字光蕊，係海州弘農縣人，忝中新科狀元，叨授江州州主，同妻赴任。行至江邊上船，不料梢子劉洪，貪謀我妻，將我打死拋屍。乞大王救我一救，沒世不忘也。」龍王聞言道：「原來如此。先生，你前者所放金色鯉魚，乃是我也。你是我的大恩人，你今有難，吾當救之。」就把光蕊的屍身放在一壁，口內含一顆定顏珠，休教損壞了，日後好待他報仇。龍王道：「汝今權且在我水府中做個都領。」光蕊叩頭拜謝，龍王設宴相待不題。

卻說殷小姐痛恨劉賊，恨不食肉寢皮，只因身懷有孕，未知男女，萬不得已，權且勉強相從，再作區處。轉盼之間，不覺已到江州。吏書門皂，俱來迎接。所屬官員，公堂設宴相敘。劉洪道：「學生到此，全賴諸公大力匡持。」屬官答道：「堂尊至此，視民如子，訟簡刑清，我等合屬有光，何必如此過謙？」公宴已罷，眾人各散。

光陰迅速。一日，劉洪公事遠出，小姐在衙思念親夫，正在花亭上感歎，忽然身體困倦，腹內疼痛，暈悶在地，不覺生下一子。耳邊有人囑曰：「滿堂嬌，聽吾叮囑。吾乃南極星君，奉觀世音菩薩法旨，特送此子與你，異日聲名遠大，非比等閒。劉賊若回，必害此子，汝可用心保護。汝夫已得龍王相救，日後夫妻相會，子母團圓，取冤報仇，定有日也。謹記吾言，快醒，快醒。」言訖而去。小姐醒來，句句記得，將子抱定，無計可施。忽然劉洪回來，一見此子，便要淹殺。小姐再三哀求：「今日天色已晚，容待明日拋去江中。」

幸喜次早劉洪又有公事遠出。小姐且將此子藏在身邊，乳哺已及一月。小姐自思：「此番賊人回來，此子性命休矣。不如及早拋棄江中，聽其生死。倘或皇天見憐，有人收養此子，他日相逢，何以識認？」於是咬破手指，寫下血書一紙，將父母姓名、跟腳緣由備細開載，又將此子左腳上一個小指，用口咬下，以為記驗，取貼身汗衫一件，包裹此子，抱出衙門。幸喜官衙離江不遠。小姐到了江邊，大哭一場。正欲將此子拋棄，忽見江岸岸側飄起一片木板，小姐大喜，莫非天意要救此子，即朝天拜禱，將此子安在板上，用帶縛住，血書繫在胸前，推放江中，聽其所之。小姐仍大哭回衙不題。

卻說此子在木板上，順水流去，一直流到金山寺腳下停住。那金山寺長老叫作法明和尚，修真悟道，已得無生妙訣。當日打坐參禪，忽聞得小兒啼哭之聲。一時心動，急走到江邊觀看，只見一片木板上，睡著一個嬰兒，長老道：「善哉！善哉！不知是何人家所棄？出家人慈悲為本，救人一命，勝造浮圖。」即將此子取起，見了懷中血書，方知來歷。將此子取個乳名，叫作江流，託人撫養，血書緊緊收藏。光陰似箭，日月如梭，不覺其子年長一十八歲，長老就叫他削髮修行，取法名為玄奘，摩頂受戒，堅心修道。

一日暮春天氣，眾人同在松陰之下講經參禪，談說奧妙。那酒肉和尚卻被玄奘難倒。和尚大怒，罵道：「沒爺娘的雜種，我是個前輩，吃鹽多似飯，何事不曉。你這業畜，姓名也不知，父母也不識，還在此搗甚麼鬼。」玄奘被他罵出這般言語，入寺跪告師父，眼淚雙流道：「人生於天地之間，稟陰陽而資五行，盡由父生母養；豈有為人在世而無父母者乎？」再三哀告，求問父母姓名。長老道：「你真個要尋父母，可隨我到方丈裏來。」玄奘就跟著師父，直到方丈。長老到重樑之上，取下一個小匣兒，打開來，取出血書一紙、汗衫一件，付與玄奘。玄奘將血書拆開讀之，纔備細曉得父母姓名，並冤仇事蹟。玄奘讀罷，不覺哭倒在地道：「父母之仇，不能報復，何以為人？十八年來，不識生身父母，至今日方知有母親。此身若非師父撫養成人，亦安得有今日？待弟子去尋見母親，然後頭頂香盆，重建殿宇，報答師父之深恩也。」

師父道：「你要去尋母，可帶這血書與汗衫前去；只作化緣，徑往江州私衙，纔得你母親相見。」

玄奘領了師父言語，就裝作化緣的和尚，徑至江州。適值劉洪有事出外，也是天教他母子相會，玄奘就直至私衙門口鈔化。那殷小姐正在衙內思想，夜來得了一夢，夢見月缺再圓，小姐自思：「我丈夫被這賊謀殺，我的兒子拋在江中，若有人收養，屈指算來，今已十八年矣，或今日天教相會，亦未可知。」正沈吟間，忽聽得私衙前有人念經，連叫「鈔化」，小姐便出來問道：「你是何處來的？」玄奘答道：「貧僧乃是金山寺法明長老的徒弟。」小姐道：「你既是金山寺長老的徒弟，且請坐下。」便將齋飯與玄奘吃，仔細看他舉止言談，好似我丈夫一般。小姐見四壁無人，私自問道：「你這小師父，還是自幼出家，還是中年出家，姓甚名誰，可有父母否？」玄奘答道：「我也不是自幼出家，也不是中年出家。我說起來，冤有天來大，仇有海樣深，我父被人打死，我母卻被賊人佔了。我師法明長老教我在江州衙內尋我母親。」小姐問道：「你母姓甚？」玄奘道：「我母姓殷，名喚溫嬌。我父姓陳，名光蕊。我小名叫作江流，法名取為玄奘。」小姐道：「溫嬌就是我。但你今有何憑據？」玄奘聽說是他母親，雙膝跪下，哀哀大哭：「我娘若不信，見有血書、汗衫為證！」溫嬌接過一看，果然是真，母子相抱而哭，就叫：「我兒快去。」玄奘道：「十八年不識生身父母，今朝纔見母親，教孩兒如何割捨？」小姐道：「我兒，你火速抽身前去，劉賊若回，他必害你性命。我明日假裝一病，只說先年曾許捨百雙僧鞋，來你寺中還願，那時節我有話與你說。」玄奘依言拜別。

卻說小姐自見兒子之後，心內一喜一憂，忽一日推病，茶飯不吃，臥於牀上。劉洪歸衙，問其緣故。小姐道：「我幼時曾許下一願，許捨僧鞋一百雙。昨五日之前，夢見個和尚，手執利刃，要索僧鞋，便覺身子不快。」劉洪道：「這些小事，何不早說？」隨昇堂吩咐王左衙、李右衙，江州城內百姓，每家要辦僧鞋一雙，暑襪一雙，限五日內完納。百姓俱依限完納訖。小姐對劉洪道：「即僧鞋做完，這裏有甚麼寺院，好去還願？」劉洪道：「這江州有個金山寺、焦山寺，聽你在那個寺裏去。」小姐道：「久聞金山寺好個寺院，我就往金山寺去。」劉洪即喚王、李二衙辦下船隻。小姐帶一個心腹人同上了船，梢水將船撐開，就投金山寺去。

卻說玄奘回寺，見法明長老，把前項說了一遍。長老甚喜。次日，只見一個丫鬟先到，說夫人來寺還願，眾僧都出寺迎接。小姐徑進寺門，參了菩薩，大設齋襯，喚丫鬟將僧鞋暑襪，托於盤內，來到法堂，小姐復拈心香禮拜，就教法明長老分俵與眾僧去訖。玄奘見眾僧散了，法堂上並無一人，他卻近前跪下。小姐叫他脫了鞋襪看時，那左腳上果然少了一個小指頭。當時兩個又抱住而哭，雙雙拜謝長老養育之恩。法明道：「汝今母子相會，恐奸賊知之，可速速抽身回去，庶免其禍。」小姐道：「我兒，我與你一隻香環，你徑到洪州西北地方，約有一千五百里之程，那裏有個萬花店，當時留下婆婆張氏在那裏，是你父親生身之母。我再寫一封書與你，徑到唐王皇城之內，金殿左邊殿開山丞相是你外公，你將我的書遞與外公，叫外公奏上唐王，統領人馬，擒殺此賊，與父報仇，那時纔救得老娘的身子出來。我今不敢久停，誠恐賊漢怪我歸遲。」玄奘悲啼，甚難割捨。小姐臨行，又囑道：「我兒緊記我的言語，火速起身，勿得耽誤。」小姐便出寺登舟而去。

玄奘哭回寺中，告過師父，即時拜別，徑往洪州。來到萬花店，問那店主劉小二道：「昔年有陳客官寄下一個婆婆在你店中，如今好麼？」劉小二道：「他原在我店中。後來昏了眼，三四年並無店租還我，如今在南門頭一個破瓦窰裏，每日上街叫化度日。那客官一去許久，到如今竟無消息，不知為何？」玄奘聽罷，即時問到南門頭破瓦窰，尋著婆婆。婆婆道：「你聲音好似我兒陳光蕊。」玄奘道：「我不是陳光蕊，我是陳光蕊的兒子，溫嬌小姐是我的娘。」婆婆道：「你爹娘怎麼不來？」玄奘道：「我爹爹被強盜打死了，我娘被強盜霸佔為妻。」婆婆道：「你怎麼曉得來尋我？」玄奘道：「是我娘著我來尋婆婆。我娘有書在此，又有香環一隻。」那婆婆接了書並香環，放聲痛哭道：「我兒為功名到此，我只道他背義忘親，那知他被人謀死。且喜得皇天憐念，不絕我兒之後，今日孫子來見我。」玄奘問：「婆婆的眼，如何都昏了？」婆婆道：「我因思量你父親，終日懸望，不見他來，因此上哭得兩眼都昏了。」玄奘出了窰門，向天拜告道：「念玄奘一十八歲，父母之仇，不能報復。今日領母命來尋婆婆，天若憐鑒弟子誠意，保我婆婆雙眼光明。」玄奘祝罷，就進窰中，將舌尖與婆婆絛眼。須臾之間，將雙眼絛開，仍復如初。婆婆覷了小和尚道，「你果是我的孫子，恰和我兒子光蕊形容無二。」婆婆又喜又悲。玄奘就領婆婆出了窰門，還到劉小二店內，將些房錢賃屋一間，與婆婆棲身，又將盤纏與婆婆道：「我此去只月餘就回。」隨即辭了婆婆，徑往京城，尋到皇城東街殷丞相府上。玄奘及門上人道：「小僧是親眷，來探相公。」門上人稟知丞相，丞相道：「我與和尚並無親戚。」夫人道：「我昨夜夢見我女兒滿堂嬌來家，莫不是女婿有書信回來也。」丞相便教請小和尚來到廳上。小和尚見了丞相與夫人，哭拜在地，就懷中取出一封書來，遞與丞相。丞相拆開，從頭讀罷，放聲痛哭。夫人問道：「相公，有何事故？」丞相道：「這和尚是我與你的外甥。女婿陳光蕊被賊謀死，滿堂嬌被賊強佔為妻。」夫人聽罷，亦痛哭不止。丞相道：「夫人休得煩惱，來朝奏知主上，親自統兵，定要與女婿報仇。」

次早丞相入朝，啟奏唐王曰：「今有臣婿狀元陳光蕊，帶領家小往江州赴任，被梢水劉洪打死，佔女為妻，假冒臣婿，為官多年，事屬異變。乞陛下立發人馬，剿除賊寇。」唐王見奏大怒，就發御林軍六萬，著殷丞相押兵前去。丞相領旨出朝，即到教場內點了兵，徑往江州進發。曉行夜宿，星落鳥飛，不覺已到江州。殷丞相兵馬俱在北岸下了營寨，星夜令金牌下户喚到江州同知、州判二人，丞相對他說知此事，叫他提兵相助，一同過江而去，天尚未明，就把劉洪衙門圍了。劉洪正在夢中，聽得火炮一響，金鼓齊鳴，眾兵殺進私衙，劉洪措手不及，早被擒倒。丞相傳下軍令，將劉洪一干人犯，綁赴法場，令眾軍俱在城外安營去了。

丞相直入衙內正廳坐下，請小姐出來相見。小姐欲待要出，又羞見父，就將繩索自縊。玄奘聞知，忙進宅內，急急將母救解，雙膝跪下，對母道：「兒與外公統兵至此，與父報仇。今日賊已擒捉，母親何故反要尋死？母親若死，孩兒豈能存乎！」丞相亦進衙勸解。小姐道：「吾聞婦人從一而終。痛夫已被賊人所殺，豈可靦顏從賊？止因遺腹在身，只得忍恥偷生。今幸兒已長大，又見老父提兵報仇，為女兒者，有何面目相見，惟有一死以報丈夫耳！」丞相道：「此非我兒以盛衰改節，皆因出乎不得已，何得為恥。」父子相抱而哭，玄奘亦哀哀不止。丞相拭淚道：「你二人且休煩惱，我今已擒捉仇賊，且去發落去來。」即起身到法場。恰好江州同知亦差哨兵拿獲水賊李彪解到。丞相大喜，就令軍牢押過劉洪、李彪，每人痛打一百大棍，取了供狀，招了先年不合謀死陳光蕊情由。先將李彪釘在木驢上，推去市曹，剮了千刀，梟首示眾訖。把劉洪拿至洪江渡口，先年原打死陳光蕊處。丞相與小姐、玄奘三人親到江邊，望空祭奠，活剜取劉洪心肝，祭了光蕊，燒了祭文一道。

三人望江痛哭，早已驚動水府。有巡海夜叉將祭文呈與龍王，龍王看罷，就差鱉元帥去請光蕊來到，道：「先生，恭喜，恭喜，今有先生的夫人、公子同岳丈俱在江邊祭你，我今送你還魂去也。再有如意珠一顆、走盤珠二顆、絞綃十端、明珠玉帶一條奉送。你今日便可夫妻父子相會也。」光蕊再三拜謝。龍王就令夜叉將光蕊送出江口還魂，夜叉領命而去。

卻說殷小姐哭奠丈夫一番：又欲將身赴水而死，慌得玄奘拚命扯住。正在倉皇之際，忽見水面上一個死屍浮出，靠近江岸之旁。小姐忙向前認看，認得是丈夫的屍首，一發嚎啕大哭不已。眾人俱來觀看，只見光蕊舒拳伸腳，身子漸漸展動，忽地爬將起來坐下，眾人不勝驚駭。光蕊睜開眼，早見殷小姐與丈人殷丞相同著小和尚俱在身邊啼哭。光蕊道：「你們為何在此？」小姐道：「因汝被賊人打死，後來妾身生下此子，幸遇金山寺長老撫養。此子大來尋我，我教他去尋外公。父親得知，奏聞主上，統兵到此，拿住賊人。適纔生取心肝，望空祭奠我夫，不知我夫怎生又得還魂。」光蕊道：「皆因我與你昔年在萬花店時，買放了那尾金色鯉魚，誰知那鯉魚就是此處龍王。後來逆賊把我推在水中，全虧得他救我。方纔又賜我還魂，送我寶物，俱在身上。更不想你生下這兒子，又得岳丈為我報仇。真是苦盡甘來，莫大之喜。」眾官聞知，都來賀喜。丞相就令安排酒席，答謝所屬官員，即日軍馬起程。不覺來到萬花店，丞相傳令眾人安營。光蕊便同玄奘到劉家店來尋婆婆。那婆婆當夜得一夢，夢見枯木開花，屋後喜鵲頻頻喧噪，婆婆想道：「莫不是我孫兒來也？」說猶未了，只見店門外光蕊父子齊到。小和尚指道：「這不是俺婆婆？」光蕊見了老母，連忙拜倒。母子抱頭痛哭一場，把上項事說了一遍。算還了小二店錢，回見丞相。丞相即令起程，將軟車護送婆婆與小姐，一同到了京城。丞相進府，光蕊同小姐與婆婆、玄奘都來見了夫人。夫人不勝之喜，吩咐家僮，大排筵宴慶賀。丞相道：「今日此宴可取名為團圓會。」真正闔家歡樂。

次日早朝，唐王登殿。殷丞相出班叩首，將前後事情，備細啟奏一本，並薦光蕊才可大用。唐王准奏，即命昇陳萼為學士之職，隨朝理政。玄奘立意安禪，送在洪福寺內修行。後來殷小姐畢竟從容自盡。玄奘自到金山寺中報答法明師父。不知後來事體若何，且聽下回分解。

第十回　老龍王拙計犯天條　魏丞相遺書託冥吏

且不題光蕊盡職，玄奘修行。卻說長安城外，涇河岸邊，有兩個賢人：一個是漁翁，名喚張稍；一個是樵子，名喚李定。他兩個是不登科的進士，能識字的山人。一日在長安城裏，賣了肩上柴，貨了籃中鯉，同入酒館之中，吃了半酣，順涇河岸邊，徐步而回。張稍道：「李兄，我想那爭名的，因名喪體；奪利的，為利忘身；受爵的，抱虎而眠；承恩的，袖蛇而走。算起來，還不如我們水秀山青，逍遙自在；甘淡薄，隨緣而過。」李定道：「張兄說得有理。」兩人且說且行，行到那分路去處，舉手作別。張稍道：「李兄呵，前途保重。上山仔細看虎，假若有些差池，正是『明日街頭少故人』。」李定聞言，大怒道：「你這廝憊懶。常言道：『好朋友替得生死』，你怎麼咒我？我若遇虎遭害，你必遇浪翻江。」張稍道：「我永世也不得翻江。」李定道：「天有不測風雲，人有暫時禍福，你怎麼就保得無事？」張稍道：「李兄，你雖這等說，你不知我的生意極有捉摸，定不遭此等事。」李定道：「你那水面上營生，極凶極險，有甚麼捉摸？」張稍道：「你是不曉得。這長安城裏，西門街上，有一個賣卦的先生。我每日送他一尾金色鯉魚，他就與我袖一課，依方位百下百著。今日我又去買卦，他教我在涇河灣頭東邊下網，西岸拋鉤，定獲滿載魚蝦而歸。明日上城來賣錢沽酒，再與老兄相敘。」二人從此敘別。

這正是「路上説話，草裏有人」。原來這涇河水府，有一個巡水的夜叉，聽見了「百下百著」之言，急轉水晶宮，慌忙報與龍王道：「禍事了，禍事了！」龍王問有甚禍事？夜叉道：「臣巡水去到河邊，只聽得兩個漁樵攀話，相別時言語甚是利害。那漁翁説，長安城裏西門街上，有個賣卦先生算得最準，他每日送他鯉魚一尾，他就占一課，教他百下百著。若依此等算準，卻不將水族盡行打去，何以壯觀水府，輔助大王威力。」龍王甚怒，急提了劍，就要上長安城，誅滅這賣卦的。旁邊閃過龍子、龍孫、蝦臣、蟹士、鰣軍師、鱖少卿、鯉太宰，一齊奏道：「大王且息怒，常言道：『過耳之言，不可聽信。』大王此去，必有雲從雨助，恐驚了長安黎庶，上天見責。大王變化無方，但只變一秀士，到長安城內訪問一番。果有此事，容加誅滅不遲；若無此事，何必介懷。」

龍王依奏，遂棄寶劍，也不興雲雨，登岸搖身一變，變作一個白衣秀士。徑到長安城西門大街上。只見一簇人擠雜鬧鬨，內有高談闊論的道：「屬龍的本命，屬虎的相沖，寅辰巳亥，雖稱合局，但只怕的是日犯歲君。」龍王聞言，情知是那賣卜之處，走上前分開眾人，望裏觀看。此人是誰？原來是當朝欽天監臺正先生袁天罡的叔父袁守誠是也。那先生果然相貌希奇，儀容秀麗。龍王入門來，與先生相見禮畢，請坐獻茶。先生曰：「公問何事？」龍王曰：「請卜天上陰晴事如何。」先生即袖占一課，斷曰：「雲迷山頂，霧罩林梢。若占雨澤，準在明朝。」龍王曰：「明日甚時下雨，雨有多少尺寸？」先生道：「明日辰時佈雲，巳時發雷，午時下雨，未時雨足，共得水三尺三寸零四十八點。」龍王笑曰：「此言不可作戲。如若明日有雨，依你斷的時辰、數目，我送課金五十兩奉謝。若無雨，或不按時辰、數目，我與你實説：定要打壞你門面，扯碎你招牌，即時趕出長安，不許在此惑眾。」先生忻然而答：「這個一定任你。請了，請了。」

龍王辭回水府。大小水神接著，問曰：「大王訪那賣卦的如何？」龍王道：「有，有，有，但是一個掉口嘴討春的先生。我問他幾時有雨，他就說明日下雨；問他甚麼時辰、雨數，他就說辰時佈雲，巳時發雷，午時下雨，未時雨足，得水三尺三寸零四十八點。我與他打了個賭賽：若果如他言，送他謝金五十兩；如略差些，就打破門面，趕他起身，不許在長安惑眾。」眾水族笑曰：「大王是八河都總管，司雨大龍神，有雨無雨，惟大王知之，他怎敢這等胡言。那賣卦的定是輸了！」正爾笑談未畢，只聽得半空中叫涇河龍王接旨。眾擡頭上看，是一個金衣力士，手擎玉帝敕旨，徑投水府而來。慌得龍王整衣端肅，焚香接了旨，力士回空而去，龍王拆封看時，上寫著：

敕命八河總，驅雷掣電行。明朝施雨澤，普濟長安城。

旨意上時辰、數目，與那先生判斷者毫髮不差。唬得那龍王魂飛魄散，對眾水族曰：「塵世上有此靈人，真個通天徹地，卻不輸與他呵！」鰣軍師奏云：「大王放心，要贏他何難？臣有小計，管教滅那廝的口嘴。」龍王問計，軍師道：「行雨差了時辰，少些點數，就是那廝斷卦不準，怕不贏他？」

龍王便依他所奏。至次日點札風伯、雷公、雲童、電母，直至長安城九霄空上。他挨到那巳時方佈雲，午時發雷，未時下雨，申時雨止，卻只得三尺零四十點：改了他一個時辰，剋了他三寸八點雨。發放眾將已畢，他又按落雲頭，還變作白衣秀士，到袁守誠卦舖，不容分說，就把他招牌、筆、硯等一齊捽碎。那先生坐在椅上，公然不動。這龍王又輪起門板亂打，罵道：「這妄言禍福、煽惑眾心的妖人。你卦又不靈，言又狂謬，説今日下雨的時辰、點數俱不相對，你還危然高坐，趁早去，饒你死罪。」守誠不惧分毫，仰面朝天冷笑道：「我不怕，我不怕，我無死罪，只怕你倒有個死罪哩！別人好瞞，只是難瞞我。我認得你，你不是秀士，乃是涇河龍王。你違了玉帝敕旨，改了時辰，剋了點數，犯了天條。你在那『剮龍臺』上，恐難免一刀。你還在此罵我！」

龍王見説，心驚膽戰，毛骨悚然。急丢了門板，向先生跪下道：「先生休怪，前言戲之耳，豈知弄假成真，果然違犯天條，望先生救我一救！不然，我死也不放你。」守誠曰：「我救你不得，只是指條生路與你投生便了。」龍王曰：「願求指教。」先生曰：「你明日午時三刻，該赴人曹官魏徵處聽斬。你須急去告當今皇帝。那魏徵是唐王駕下的丞相，若是討他人情，方保無事。」龍王聞言，拜辭而去。不覺紅日西沈，太陽星上。正是那：

蝴蝶夢中人不見，月移花影上欄杆。

這涇河龍王也不回水府，只在空中。等到子時前後，收了雲頭，徑來皇宫門首。此時唐王正夢出宫門之外，步月花陰。忽然龍王變作人相，上前跪拜，口叫：「陛下，救我，救我，救我。」太宗云：「你是何人？」龍王云：「陛下是真龍，臣是業龍。臣因犯了天條，該陛下賢臣魏徵處斬，故來拜求，望陛下救我一救。」太宗曰：「既是魏徵處斬，朕可以救你，你放心前去。」龍王歡喜叩謝而去。

卻説太宗夢醒後，念念在心。早已至五更三點，太宗設朝，聚集文武衆官，朝賀已畢，各各分班。唐王閃鳳目龍睛，一一從頭觀看，只見那文官内是房玄齡、杜如晦、徐世勣、許敬宗等，武官内是殷開山、程咬金、胡敬德、秦叔寶等，一個個威儀端肅，卻不見魏徵丞相。唐王召徐世勣上殿道：「朕夜間得一怪夢，夢見一人迎面拜謁，口稱是涇河龍王，犯了天條，該魏徵處斬，拜告寡人救他，朕已許諾。今日班前獨不見魏徵何也？」世勣對曰：「此夢告許，須喚魏徵來朝，陛下不要放他出門，過此一日，可救夢中之龍。」唐王大喜，即傳旨宣魏徵入朝。

卻說魏徵丞相在府，夜觀乾象，正爇寶香，只聞得鶴唳九霄，卻是天差仙使，捧玉帝金旨一道，著他午時三刻，夢斬涇河老龍。這丞相謝了天恩，齋戒沐浴，在府中試慧劍，運元神，故此不曾入朝，一見當駕官齎旨來宣，惶懼無任；又不敢遲違君命，只得急急整衣束帶入朝，在御前叩頭請罪。唐王道：「赦卿無罪。」即命諸臣捲簾散朝，獨留魏徵入便殿，議論安邦定國之謀。將近巳末午初時候，卻命宮人取過棋來，「朕與賢卿對弈一局。」眾嬪妃隨取棋枰，鋪設御案，魏徵謝了恩，君臣二人擺開陣勢，一遞一著。正下到午時三刻，一盤殘局未終，魏徵忽然俯伏案邊，鼾鼾盹睡。太宗任他睡著，更不呼喚。不多時，魏徵醒來，俯伏在地道：「臣該萬死！適纔困倦，不知所為，望陛下赦臣慢君之罪。」太宗道：「卿有何罪？且起來，拂退殘棋，與卿從新更著。」魏徵謝了恩，卻纔捻子在手，只聽得朝門外大呼小叫，原來是秦叔寶、徐茂公等，將著一個血淋淋的龍頭，擲於帝前，啟奏道：「陛下，海淺河枯曾有見，這般異事卻無聞。」太宗道：「此物何來？」叔寶、茂公道：「千步廊南，十字街頭，雲端裏落下這顆龍頭，微臣不敢不奏。」唐王驚問魏徵：「此是何說？」魏徵轉身叩頭道：「是臣纔一夢斬的。」唐王大驚道：「賢卿盹睡之時，又不曾見動身動手，又無刀劍，如何卻斬此龍？」魏徵奏道：「臣啟陛下，臣夜來奉上帝敕旨，命臣今日午時斬此罪龍。適蒙陛下召臣對弈，臣身不能離，故此夢中出神，到剮龍臺上，揮劍斬之，所以龍頭從空落下也。」太宗聞言，心中一喜一悲：喜者誇獎魏徵好臣，朝中有此豪傑；悲者謂夢中曾許救龍，不料畢竟遭誅。只得強打精神，傳旨著叔寶將龍頭懸掛市曹，曉諭長安黎庶。一壁廂賞了魏徵，眾官散訖。

當晚回宮，心中憂悶，漸覺神魂倦怠，身體不安。到二更時，忽聽得宮門外有號泣之聲，太宗愈加驚恐。朦朧之間，只見那涇河龍王，手提著一顆血淋淋的首級，高叫：「唐王，還我命來，還我命來！你昨夜滿口許諾救我，怎麼反宣人曹官來斬我？你出來，我與你到閻君處折辯折辯。」他扯住太宗，再三嚷鬧不放。太宗箝口難言，只掙得汗流遍體。正在那難分難解之時，只見正南上香雲繚繞，彩霧飄颻，有一個女真人上前，將楊柳枝用手一擺，那沒頭的龍，悲悲啼啼，徑往西北而去。原來這是觀音菩薩，住在土地廟裏，夜聞鬼泣神號，特來喝退業龍，救脫皇帝。那龍徑到陰司地獄具告不題。

卻說太宗甦醒回來，只叫：「有鬼，有鬼！」驚得那三宮六院后妃，與近侍太監，戰兢兢一夜無眠。不覺五更三點，那滿朝文武多官，都在朝門外候朝，等到天明，不見臨朝。及日上三竿，方有旨意道：「朕心不快，眾官免朝。」不覺倏至五七日，眾官憂惶，都要見駕問安。只見太后有旨，召醫官入宮用藥。眾人在朝門外候信。少時，醫官出來，眾問何疾。醫官道：「皇上脈氣不正，虛而又數，狂言見鬼，又診得十動一代，五臟無氣，恐不諱只在七日之內矣。」眾官聞言大驚。

正愴惶間，又聽得太后有旨宣徐茂公、護國公、尉遲公見駕。三公奉旨，急入到分宮樓下。拜畢，太宗正色強言道：「賢卿，寡人十九歲領兵，南征北伐，東擋西除，更不曾見半點邪祟，今日卻反見鬼。」尉遲公道：「創立江山，殺人無數，何怕鬼乎？」太宗曰：「卿是不信，朕這寢宮門外，入夜就拋磚弄瓦，鬼魅呼號。白日猶可，昏夜難禁。」叔寶道：「陛下寬心，今晚臣與敬德把守宮門，看有甚麼鬼祟。」太宗准奏。茂公謝恩而出。當日天晚，各取披掛，他兩個介胄整齊，執金瓜、鉞斧，在宮門外把守。好將軍侍立門旁，一夜天曉，更不曾見一點邪祟。是夜太宗在宮，安寢無事。曉來宣二將軍，重重賞勞：「朕自得疾，數日不能得睡，今夜仗二將軍威勢甚安。卿且請出安息，待晚間再一護衛。」二將謝恩出去。遂此二三夜把守俱安。太宗不忍二將辛苦，又宣諸臣入宮，吩咐道：「這兩日朕雖得安，卻只難為秦、胡二將軍徹夜辛苦。朕欲召巧手丹青，傳二將軍真容，貼於門上，免得勞他如何？」眾臣即依旨，選兩個會寫真的，著胡、秦二公，依前披掛，照樣畫了，貼在門上。夜間也即無事。

如此二三日，又聽得後宰門乒乓乒乓，磚瓦亂響。曉來宣眾臣曰：「連日前門幸喜無事，今夜後門又響，卻不又驚殺寡人也。」茂公奏道：「前門不安，是敬德、叔寶護衛；後門不安，該著魏徵護衛。」太宗准奏，又宣魏徵今夜把守後門。徵領旨，當夜結束整齊，提著那誅龍的寶劍，侍立在後宰門前，真個的好英雄也！一夜通明，也無鬼魅。

雖是前後門無事，只是病體漸重。一日，太后傳旨，召眾臣商議後事。太宗又宣徐茂公吩咐國家大事。言畢，沐浴更衣，待時而已。旁邊閃過魏徵，手執龍衣，奏道：「陛下寬心，臣有一策，管保陛下長生。」太宗道：「病勢已入膏肓，如何保得？」徵云：「臣有書一封，進與陛下，捎去到陰司，付酆都判官崔珏。」太宗道：「崔珏是誰？」徵云：「崔珏乃是太上先皇帝駕前之臣，先授磁州令，後昇禮部侍郎。在日與臣八拜為交，相知甚厚。他如今已死，現在陰司做掌生死文簿的酆都判官，夢中常與臣相會。若將此書付與他，他念微臣薄分，必然放陛下回來。」太宗聞言，接在手中，籠入袖裏，遂瞑目而亡。那三宮六院、侍長儲君、兩班文武，俱舉哀戴孝，如法殯殮已畢，且在白虎殿上停著梓宮。畢竟不知太宗得回生否，且聽下回分解。

卻說太宗渺渺茫茫，魂靈徑出五鳳樓前，只見那御林軍馬，請大駕出朝採獵，太宗欣然從之而去。行了多時，人馬俱無，獨自一個散步荒郊草野之間。正驚惶難尋道路，只見那邊有人高叫道：「大唐皇帝，往這裏來！」太宗聞言，擡頭觀看，只見一個人，頭頂烏紗，腰圍犀帶，手擎牙笏，身著羅袍，跪拜路旁，口稱：「陛下，赦臣失迎之罪。」太宗近前問曰：「你是何人？」那人道：「微臣存日，在陽曹先君駕前為磁州令，後拜禮部侍郎，姓崔名珏。今在陰司，得受酆都掌案判官。前見涇河鬼龍之事，知陛下今日到此，特來候接，乞恕遲誤之罪。」太宗大喜，御手忙攙道：「先生遠勞。朕駕前魏徵，正有書一封，寄與先生，卻好相遇。」即向袖中取出遞與崔珏。珏拜接了，拆封而看。其書曰：

辱愛弟魏徵，頓首書拜大都案契兄崔老先生台下：憶昔交遊，音容如在。倏爾數載，不聞清教。屢承不棄，夢中臨示，始知兄長高遷。奈何陰陽各天，不能面覿。今因我主倏然入冥，料是對案三曹，必然得與兄長相會。萬祈俯念交情，設法放我主回陽，殊為愛也，容再修謝。不盡。

那判官看了書，滿心歡喜道：「魏人曹前日夢斬老龍一事，臣已早知。又蒙他早晚看顧臣的子孫。今日既有書來，陛下寬心，微臣管送陛下還陽，重登玉闕。」太宗稱謝了。

二人正説間，只見那邊有一對青衣童子，執幢幡寶蓋，叫道：「閻王有請。」太宗遂與崔判官並二童子舉步前進。忽見一座城，城門上掛著一面大牌，上寫著「幽冥地府鬼門關」七個大金字。那青衣將幢幡搖動，引太宗徑入城中，順街而走。只見那街旁邊有先主李淵、先兄建成、故弟元吉，上前道：「世民來了，世民來了！」那建成、元吉就來揪打索命，太宗躲閃不及，被他扯住。幸有崔判官喝退了建成、元吉，太宗方得脱身而去。行不數里，見一座碧瓦樓臺，真個壯麗。

太宗正在外面觀看，只見那壁廂環珮叮噹，仙香奇異，前有兩對提燭，後面卻是十代閻王降階而至，躬身迎迓太宗。太宗謙下，不敢前行。十王道：「陛下是陽間人王，我等是陰間鬼王，分所當然，何須過讓？」太宗道：「朕得罪麾下，豈敢論陰陽人鬼之道。」遜之不已，太宗前行，徑入森羅殿上，與十王禮畢，分賓主坐定。約有片時，秦廣王拱手言曰：「涇河鬼龍告陛下許救而反殺之，何也？」太宗道：「朕曾夢老龍求救，實是允他無事。不期他犯罪當刑，該我那人曹官魏徵處斬，朕宣魏徵在殿著棋，不知他一夢而斬。這是那人曹官出沒神機，又是那龍王犯罪當死，豈是朕之過也！」十王聞言，伏禮道：「自那龍未生之前，南斗星死簿上已註定該遭殺於人曹之手，我等早已知之。但只是他在此折辯，定要陛下來此，三曹對案，是我等將他送入輪藏，轉生去了。今又有勞陛下降臨，望乞恕我催促之罪。」言畢，命掌生死簿判官急取簿子來看，陛下陽壽天祿該有幾何？崔判官急轉司房，將天下萬國國王天祿總簿，先逐一簡閱，只見南贍部洲大唐太宗皇帝註定貞觀一十三年。崔判官吃了一驚，急取濃墨大筆，將「一」字上添了兩畫，卻將簿子呈上。十王從頭看時，見太宗名下註定三十三年，閻王驚問：「陛下登基多少年了？」太宗道：「朕即位今一十三年。」閻王道：「陛下寬心勿慮，還有二十年陽壽。此一來已是對案明白，請返本還陽。」太宗聞言，躬身稱謝。十王差崔判官、朱太尉二人，送太宗還魂。太宗出森羅殿，又起手問十王道：「朕宮中老少安否如何？」十王道：「俱安，但恐御妹壽似不永。」太宗又再拜啟謝：「朕回陽世，無物可酬謝，惟答瓜果而已。」十王喜曰：「我處頗有東瓜、西瓜，只少南瓜。」太宗道：「朕回去即送來。」從此遂相揖而別。

那太尉執一首引魂旛，在前引路，崔判官隨後保著太宗，徑出幽司。太宗舉目而看，不是舊路，問判官曰：「此路差矣？」判官道：「不差。陰司裏是這般，有去路，無來路。如今送陛下自轉輪藏出身，一則請陛下遊觀地府，一則教陛下轉託超生。」太宗只得隨他兩個，前行數里，忽見一座高山，陰雲垂地，黑霧迷空。太宗道：「崔先生，那廂是甚麼山？」判官道：「乃幽冥背陰山。」太宗悚懼道：「朕如何去得？」判官道：「陛下寬心，有臣等引領。」太宗戰戰兢兢，相隨二人，過了陰山前進。又歷了許多衙門，一處處俱是悲聲振耳，惡怪驚心。太宗又道：「此是何處？」判官道：「此是陰山背後一十八層地獄。」太宗道：「是那十八層？」判官道：「你聽我說：

吊觔獄、幽枉獄、火坑獄，盡皆是生前作下千般業，死後通來受罪名。酆都獄、拔舌獄、剝皮獄，只因不忠不孝傷天理，佛口蛇心墮此門。磨捱獄、碓搗獄、車崩獄，乃是瞞心昧己不公道，巧語花言暗損人。寒冰獄、脫殼獄、抽腸獄，都是大斗小秤欺癡蠢，致使災迍累自身。油鍋獄、黑暗獄、刀山獄，皆因強暴欺良善，藏頭縮頸戰兢兢。血池獄、阿鼻獄、秤桿獄，也只為謀財害命陰機重，宰畜屠生罪業深。墮落千年難解釋，沈淪永世不翻身。叫地叫天無救應，愁眉皺面苦伶仃。正是人生切莫把心欺，神鬼

昭彰放過誰？善惡到頭終有報，只爭來早與來遲。」

太宗聽說，心中驚慘。

進前又走不多時，見一起鬼卒，各執幢幡，路旁跪下道：「橋樑使者來接。」判官喝令起去，上前引著太宗，從金橋而過。太宗又見那一邊有一座銀橋，橋上行幾個忠孝賢良之輩，公平正大之人，亦有幢幡接引。那壁廂又有一橋，寒風滾滾，血浪滔滔，號泣之聲不絕。太宗問道：「那座橋是何名色？」判官道：「陛下，那叫作奈何橋，若到陽間，切須傳記。」那橋長可數里，闊只三揸，高有百尺，深卻千重，上無扶手欄杆，下有搶人惡怪。你看那橋邊神將甚兇頑，河內孽魂真苦惱，銅蛇鐵狗任爭餐，永墮奈何無出路。

詩曰：

時聞鬼哭與神號，血水渾波萬丈高。無數牛頭並馬面，猙獰把守奈何橋。

正說間，那幾個橋樑使者早已回去了。太宗心又驚惶，隨著判官、太尉，過了奈何惡水，血盆苦界。前又到枉死城，只聽鬨鬨人嚷，分明說「李世民來了，李世民來了」。太宗聽叫，心驚膽戰。見一夥拖腰折臂、有足無頭的鬼魅，上前攔住，都叫道：「還我命來，還我命來！」慌得那太宗無處藏躲，只叫「崔先生救我，崔先生救我」。判官道：「陛下，那些人都是那六十四處煙塵，七十二處草寇，枉死的冤魂無收無管，不得超生，又無錢鈔盤纏。陛下得些錢鈔與他，我纔救得你。」太宗道：「寡人空身到此，卻那得有錢鈔？」判官道：「陛下，陽間有一人，金銀若干，在我這陰司裏寄放。陛下可出名立一約，小判作保，且借他一庫，給散這些餓鬼，方得過去。」太宗問曰：「此人是誰？」判官道：「他是河南開封府人氏，姓相名良。他有十三庫金銀在此。陛下若借用過他的，到陽間還他便了。」太宗甚喜，情願出名借用。遂立了文書與判官，借他金銀一庫，著太尉給散眾鬼。判官復吩咐道：「這些金銀，汝等可均分用度，放你大唐爺爺過去，他的陽壽還早哩。我教他到陽間做一個水陸大會，超度汝等，再休生事。」眾鬼得了金銀，唯唯而退。判官令太尉搖動引魂旛，領太宗出了枉死城中，奔上平陽大路。

飄飄前進多時，卻來到「六道輪迴」之所，又見那騰雲的身披霞帔，受籙的腰掛金魚，僧尼道俗，走獸飛禽，魑魅魍魎，滔滔都奔走那輪迴之下，各進其道。唐王問曰：「此意何如？」判官道：「陛下明心見性，是必記了傳與陽間人知。這喚作『六道輪迴』：那行善的昇化仙道，進忠的超生貴道，行孝的再生福道，公平的還生人道，積德的轉生富道，惡毒的沈淪鬼道。」唐王聽說，點頭歎曰：

善哉真善哉，作善果無災。休言不報應，神鬼有安排。

判官送唐王至那超生貴道門，拜呼唐王道：「陛下呵，此間乃出頭之處，小判告回，著朱太尉再送一程。」唐王謝道：「有勞先生遠涉。」判官道：「陛下到陽間，千萬做個水陸大會，超度那無主的冤魂，切勿忘了。若是陰司裏無怨恨之聲，陽世間方得享太平之慶。凡百不善之處，俱可一一改過。普諭世人為善，管教你後代綿長，江山永固。」唐王一一謹記，辭了崔判官，隨著朱太尉同入門來。那太尉見門裏有一匹海騮馬，鞍轡齊備，急請唐王上馬，馬行如箭，早到了渭水河邊。只見那水面上有一對金色鯉魚翻波跳鬥，唐王兜馬貪看不捨，太尉道：「陛下趲動些，趁早趕時辰進城去也。」那唐王只管貪看，被太尉撮著腳，高呼道：「還不走，等甚！」撲的一聲，望那渭河推下馬去，卻就脫了陰司，徑回陽世。

卻說那唐朝駕下有兩班文武，俱保著東宮太子，與后妃宮娥，都在那白虎殿上舉哀。一壁廂議傳哀詔，曉諭天下，欲扶太子登基。時有魏徵在旁道：「列位且住，再候一日，我王必還魂也。」下邊閃上許敬宗道：「魏丞相言之甚謬。自古云：『潑水難收，人逝不返。』你怎麼說這等的虛言。」魏徵道：「不瞞許先生說，下官自幼得授仙術，推算最明，管取陛下不死。」正講處，只聽得棺中連聲大叫道：「淹殺我耶！」唬得個文官武將心慌，皇后嬪妃膽戰，那個敢近靈扶柩。多虧了正直的徐茂公，理烈的魏丞相，有膽量的秦瓊，忒猛撞的敬德，上前來扶著棺材，叫道：「陛下有甚放心不下處，說與我等，不要弄鬼，驚駭眷屬。」魏徵道：「不是弄鬼，此乃陛下還魂也。快取器械來！」打開棺蓋，果見太宗坐在裏面，還叫：「淹死我了，是誰救撈？」茂公等上前扶起道：「陛下甦醒莫怕，臣等都在此護駕哩。」唐王方纔開眼道：「朕適纔好苦，躲過陰司惡鬼難，又遭水面喪身災。」眾臣道：「陛下有甚水災來？」唐王道：「我騎著馬，正行至渭水河邊，見雙頭魚戲，被朱太尉欺心，將朕推落河中，幾乎淹死。」魏徵道：「陛下鬼氣尚未解。」急著太醫院進安神定魄湯藥，又安排粥膳，連服一二次，方纔反本還原，知得人事。計唐王死去，已三晝夜，復回陽間為君。當日天色已晚，眾臣請王歸寢，各各散訖。次早，脫卻孝衣，換了彩服，一個個紅袍烏帽，紫綬金章，在那朝門外等候宣召。

卻說太宗一夜穩睡，保養精神，直至天明方起，抖擻威儀，上金鑾寶殿。聚集兩班文武，山呼已畢，依品分班。只聽得傳旨道：「有事出班來奏，無事退朝。」那東廂閃過徐世勣、魏徵等，西廂閃過殷開山、胡敬德等，一齊上前俯伏啟奏道：「陛下前朝一夢，如何許久方覺？」太宗將地府還魂前後之事，備細說了一遍，又道：「朕與十王作別，允了送他瓜果謝恩。自出森羅殿，見那陰司裏不忠不孝，非禮非義，作踐五穀，明欺暗騙，大斗小秤，姦盜詐偽，淫邪欺罔之徒，受那些磨燒舂銼之苦，煎熬吊剝之刑，有千千萬萬，看之不足。又過枉死城中，有無數的冤魂，擋住朕之來路。幸虧崔判官作保，借得河南相老兒金銀一庫，買轉鬼魂，方得前行。崔判官教朕回陽世，千萬作一場水陸大會，超度那無主的孤魂也。」眾臣聞此言，無不稱賀。遂傳報天下，各官員上表稱慶不題。

卻說太宗又傳旨赦天下罪人。查獄中重犯，絞斬罪人，有四百餘名，太宗盡放赦回家，拜辭父母兄弟，明年今日赴曹，仍領應得之罪。眾犯謝恩而退。又出恤孤榜文，查宮中彩女三千六百人，出旨配軍。自此內外俱善。太宗又出御製榜文，遍傳天下。榜曰：

乾坤浩大，日月照鑒分明；宇宙寬洪，天地不容奸黨。使心用術，果報只在今生；善佈淺求，獲福休言後世。千般巧計，不如本分為人；萬種強徒，爭似隨緣節儉。心行慈善，何須努力看經；意欲損人，空讀如來一藏。

自此之時，蓋天下無一人不行善者。一壁廂又出招賢榜，招人進瓜果到陰司裏去；一壁廂將寶藏庫金銀一庫，差鄂國公胡敬德上河南開封府，訪相良還債。

榜張數日，有一赴命進瓜果的賢者，本是均州人，姓劉名全，家有萬貫之資。只因妻李翠蓮在門首拔金釵齋僧，劉全罵了他幾句，說他不遵婦道，擅出閨門。李氏忍氣不過，自縊而死，撇下一雙兒女年幼，晝夜悲啼。劉全又不忍見，遂捨了性命，情願以死進瓜，將皇榜揭了，來見唐王。王傳旨意，教他去金亭館裏，頭頂一對南瓜，袖帶黃錢，口噙藥物，那劉全果服毒而死。一點魂靈，頂著瓜果，早到鬼門關上，對把關的鬼使說了，那鬼使欣然接引。劉全徑至森羅寶殿，見了閻王，將瓜果進上道：「奉唐王旨意，遠進瓜果，以謝十王之恩。」閻王大喜道：「好一個有信有德的皇帝！」遂收了瓜果，問那進瓜的人姓名，那方人氏，劉全道：「小人是均州城民籍，姓劉名全，因妻李氏縊死，撇下兒女，小人情願捨家棄子，特與我王進貢瓜果。」十王聞言，即命速查李氏，取來與劉全相會。卻檢生死簿子看時，他夫妻們都有登仙之壽，急差鬼使送回。鬼使啟上道：「李翠蓮歸陰日久，屍首無存，魂將何附？」閻王道：「唐御妹李玉英，今該促死，你可借他屍首，教他還魂去也。」鬼使領命，即將劉全夫妻二人同出陰司而去。畢竟不知二人如何還魂，且聽下回分解。

卻說那鬼使同劉全夫妻二人，出了陰司，徑到了長安大國，將劉全的魂靈推入金亭館裏，將翠蓮的靈魂帶進皇宮內院。只見那玉英公主，正在花陰下徐步綠苔而行，被鬼使撲個滿懷，推倒在地，活捉了他魂，卻將翠蓮的魂靈推入玉英身內。鬼使回轉陰司不題。

卻說宮院中的大小侍婢，見玉英跌死，急報與三宮皇后道：「公主娘娘跌死也！」皇后大驚，隨報太宗。太宗聞言，點頭歎曰：「此事信有之也。朕曾問十代閻君，他道：『恐御妹壽促。』果中其言。」合宮人都來悲切，盡到花陰下看時，只見那公主微微有氣。唐王道：「莫哭，莫哭，休驚了他。」遂上前將御手扶起頭來，叫道：「御妹，甦醒，甦醒。」那公主忽的翻身，叫：「丈夫慢行，等我一等。」太宗道：「御妹，是我等在此。」公主擡頭睜眼看道：「你是誰人，敢來扯我？」太宗道：「是你皇兄、皇嫂。」公主道：「我那裏得個甚麼皇兄、皇嫂。我娘家姓李，我的乳名喚作李翠蓮；我丈夫姓劉名全，兩口兒都是均州人氏。因為我三個月前在門首齋僧，我丈夫怪我擅出內門，罵了我幾句，是我將白綾帶縊死。今因我丈夫被唐王欽差陰司進瓜果，閻王憐憫，放我夫妻回來。他在前走，因我行遲，趕不上他，我絆了一跌。你等無禮，怎敢扯我！」太宗與眾宮人道：「想是御妹跌昏了，胡說哩。」傳旨教太醫院進湯藥，將玉英扶入宮中。

唐王當殿，急有當駕官奏道：「萬歲，今有進瓜人劉全還魂，在朝門外等旨。」唐王大驚，急傳旨將劉全召進，問進瓜果之事。劉全道：「臣頂瓜果，徑至森羅殿，見了那十代閻君，將瓜果奉上，閻君甚喜，多多拜上我王。又問臣鄉貫、姓名，知臣妻縊死之事，他急差鬼使，引臣妻相會，又檢看死生文簿，說臣夫妻都有登仙之壽，便差鬼使送回。臣在前走，我妻後行，幸得還魂，但不知妻投何所？」唐王驚問道：「那閻王可曾說你妻甚麼？」劉全道：「閻王不曾說甚麼，只聽得鬼使說：『李翠蓮歸陰日久，屍首無存。』閻王道：『唐御妹李玉英今該促死，教翠蓮即借玉英屍還魂去罷。』臣不知『唐御妹』是甚人，家居何處，還未曾得去尋哩。」

唐王聞奏，滿心歡喜，當對多官道：「朕別閻君，曾問宮中之事，他言恐御妹壽促。卻纔御妹玉英花陰下跌死，須臾甦醒，他說的話，與劉全一般。」魏徵奏道：「借屍還魂，此事也有。可請公主出來，看他有甚話說。」唐王道：「朕纔命太醫院去進藥，不知何如？」便教妃嬪入宮去請。那公主在裏面亂嚷道：「我吃甚麼藥！這裏那是我家，我家是清涼瓦屋，不像這個害黃病的房子，花狸狐哨的門扇。放我出去，放我出去。」正嚷間，只見四五個女官、太監，扶著他直至殿上，到白玉階前，見了劉全，一把扯住道：「丈夫，你往那裏去，就不等我一等。我跌了一跤，被這些驀生的人圍住我嚷，是怎的說？」那劉全聽他說的話是妻之言，觀其人非妻之面，不敢相認。唐王道：「這正是山崩地裂有人見，捉生替死卻難逢。」好一個有道的君王，即將御妹的粧奩、衣物、首飾，盡賞賜了劉全，就如陪嫁一般，又賜與他永免差徭的御旨，著他帶領御妹回去。他夫妻兩個，便在階前謝了恩，歡歡喜喜還鄉。徑來均州城裏，見舊家業兒女俱好，兩口兒宣揚善果不題。

卻說那尉遲公將金銀一庫，上河南開封府訪著相良，原來賣水為活，同妻張氏在門首販賣烏盆瓦器營生，但賺得些錢兒，除了盤纏之外，盡數齋僧佈施，買金銀紙錠焚燒，故有此善果，今世間是一條好善的窮漢，那世裏卻是個積玉堆金的長者。尉遲公將金銀送上他們，又兼有本府官員，茅舍外車馬駢集，唬得那相公、相婆如癡如啞，跪在地下，只是磕頭禮拜。尉遲公道：「老人家請起。我雖是個欽差官，卻齎著我王的金銀送來還你。」他戰兢兢的答道：「小的沒有甚麼金銀放債，如何敢受這不明之財？」尉遲公道：「我也訪得你是個窮漢，只是你齋僧佈施，陰司裏有那積下的錢鈔。是我主死去還魂，曾在陰司裏借了你一庫金銀，有崔判官作保，今照數送還與你。你可收下，等我好去回旨。」那相良兩口兒只是朝天禮拜，那裏敢受，道：「小的若受了這些金銀，就死得快了。雖然是燒紙記庫，此乃冥冥之事，萬歲爺爺在那裏借了金銀，有何憑據？就死也是不敢受的。」

尉遲公見他苦苦推辭，只得具本啟奏。太宗見了本道：「此誠為良善長者。」即傳旨教胡敬德將金銀與他修理寺院，起蓋生祠，請僧作善，就當還他一般。旨意到日，敬德遂將金銀買到城裏無礙的地基一段，周圍有五十畝寬闊，在上興工，起蓋寺院，名「敕建相國寺」，左有相公相婆的生祠，鐫碑刻石，上寫著「尉遲公監造」。即今大相國寺是也。

工完回奏，太宗甚喜。卻又出榜招僧，修建水陸大會，超度冥府孤魂。榜行天下，著各處官員推選有道的高僧，上長安做會。那消個月之期，天下多僧俱到。唐王傳旨，著太史丞傅奕選舉高僧，修建佛事。傅奕即上疏諫止，表曰：

西域之法，無君臣父子，以三塗六道，蒙誘愚蠢，口誦梵言，以圖偷免。且生死壽天，本諸自然，刑德威福，繫之人主。今俗徒矯託，皆云由佛。自五帝、三王，未有佛法，君明臣忠，年祚長久。至漢明帝始立胡神，然惟西域桑門，自傳其教，不足為信。

太宗將此表擲付群臣議之。時有宰相蕭瑀，出班奏曰：「佛法興自屢朝，弘善遏惡，冥助國家，理無廢棄。佛，聖人也。非聖者無法，請寘嚴刑。」傅奕與蕭瑀論辨，言：「禮本於事親事君，而佛背親出家，以匹夫抗天子，以繼體悖所親。蕭瑀不生於空桑，乃遵無父之教，正所謂非孝者無親。」蕭瑀但合掌曰：「地獄之設，正為是人。」太宗召太僕卿張道源、中書令張士衡，問佛事營福，其應何如。二臣對曰：「佛在清淨仁恕，果正佛空。周武帝以三教分次。大慧禪師有贊幽遠，歷眾供養而無不顯。五祖投胎，達摩現象。自古以來，皆云三教至尊而不可廢。伏乞聖裁。」太宗甚喜道：「卿之言合理。再有所陳者罪之。」遂著魏徵與蕭瑀、張道源邀請諸僧，選舉一名有大德行者作壇主，設建道場。眾皆頓首而退。

次日，三位朝臣，聚眾僧，在山川壇逐一查選。內中選得洪福寺內一名有德行的高僧，你道他是誰？卻正是那西方金蟬長老轉世，小字江流和尚，法名玄奘禪師。查得他根源又好，德行又高；千經萬典，無所不通，佛號仙音，無所不會。當時三位引至御前，揚塵舞蹈，拜罷奏曰：「臣瑀等奉聖旨選得高僧一名陳玄奘。」太宗沈思良久道：「可是學士陳光蕊之兒否？」玄奘叩頭曰：「臣正是。」太宗喜道：「果然舉之不錯。朕賜你為天下大闡都僧綱之職。」玄奘頓首謝恩。又賜五彩織金袈裟一件，毗盧帽一頂。教他前赴化生寺，擇定吉日良時，開演經法。

玄奘領旨而出，遂到化生寺裏，聚集大小名僧，共計一千二百名，分派上中下三堂，一切佛事，件件皆齊。選定日期，乃是貞觀十三年，歲次己巳，九月甲戌，初三日癸卯也。其日係黃道良辰，開壇做七七四十九日水陸大會，演說諸品妙經。玄奘具表申奏，請唐王至期赴會拈香。到了初三那日，太宗早朝已畢，帥文武多官，乘鳳輦龍車，出離金鑾寶殿，逕來到化生寺前。吩咐住了音樂響器，下了車輦，引著多官，拜佛拈香。三匝已畢，又見那大闡都綱陳玄奘法師，引眾僧羅拜唐王。禮畢分班，各安禪位。法師獻上濟孤榜文與太宗看。榜曰：

至德渺茫，禪宗寂滅。周流三界，統攝陰陽，觀彼孤魂，深宜哀愍。茲奉至尊聖命，選集諸僧，參禪講法，大開方便門庭，廣運慈悲舟楫，普濟苦海群生，脫免沈疴六趣。引歸真路，普接鴻濛，仗此良因，脫離地獄，早登極樂任逍遙，來往西方隨自在。

太宗看了，滿心歡喜，對眾僧道：「汝等切休怠慢，待功成完備，朕當重賞，決不空勞。」眾僧一齊頓首稱謝。當日三齋已畢，唐王駕回。次早，法師又昇坐聚眾誦經不題。

卻說觀世音菩薩自領了佛旨，在長安城訪察取經的善人，日久未逢。忽聞太宗選舉高僧，開建大會，主壇法師乃是江流和尚，正是極樂中降來的佛子，又是他原引送投胎的長老。菩薩十分歡喜，就將佛賜的錦襴袈裟、九環錫杖二件，捧上長街，與木叉貨賣。長安城裏，有那選不中的愚僧，倒有幾貫村鈔。見菩薩疥癩形容，身穿破衲，赤腳光頭，將袈裟捧定，豔豔生光，上前問道：「那癩和尚，你要賣多少價錢？」菩薩道：「袈裟價值五千兩，錫杖價值二千兩。」那愚僧笑道：「這兩個癩和尚是瘋子，是傻子，這兩件東西就賣得七千兩銀子，除非穿上身長生不老，就會成佛作祖，也值不得這許多。拿了去，賣不成。」那菩薩更不爭吵，與木叉往前又走。行的多時，來到東華門前，正撞著宰相蕭瑀散朝而回，眾頭踏喝開街道。那菩薩公然不避，當街上拿著袈裟，徑迎著宰相。宰相勒馬觀看，見袈裟豔豔生光，著手下人問那賣袈裟的要價幾何。菩薩道：「袈裟要五千兩，錫杖要二千兩。」蕭瑀道：「有何好處，值這般高價？」菩薩道：「袈裟有好處，有不好處；有要錢處，有不要錢處。」蕭瑀道：「何為好，何為不好？」菩薩道：「著了我袈裟，不入沈淪，不墮地獄，不遭惡毒，不遇虎狼，便是好處。若貪淫樂禍、不齋不戒、毀經謗佛的愚僧，難見我袈裟之面，這便是不好處。」又問道：「何為要錢，不要錢？」菩薩道：「不遵佛法，不敬三寶，強要買此袈裟、錫杖，定要賣他七千兩，這便是要錢。若敬重三寶，見善隨喜，皈依我佛，我這袈裟、錫杖，情願送他，結個善緣，這便是不要錢。」蕭瑀聞言，倍添春色，知他是個好人，即便下馬相見。口稱：「大法長老，恕蕭瑀之罪。我大唐皇帝十分好善，即今起建水陸大會，這袈裟正好與玄奘法師穿用。我和你入朝見駕去來。」

菩薩欣然從之，徑進東華門裏。黃門官轉奏，蒙旨宣至寶殿。見蕭瑀引著兩個疥癩僧人，立於階下。唐王問所奏何事，蕭瑀備述前情。太宗大喜，便問那袈裟價值幾何。菩薩與木叉侍立階下，更不行禮，答道：「袈裟五千兩，錫杖二千兩。」太宗道：「那袈裟有何好處，就值許多？」菩薩道：「這袈裟乃是

仙娥織就，神女機成，重重嵌就西番蓮，灼灼懸珠星斗象，四角上有夜明珠，攢頂間一顆祖母綠，上邊有如意珠、摩尼珠、辟塵珠、定風珠；又有那紅瑪瑙、紫珊瑚、夜明珠、舍利子，沿邊兩道銷金鎖，叩領連環白玉琮。詩曰：

三寶巍巍道可尊，四生六道盡評論。明心解養人天法，見性能傳智慧燈。
護體莊嚴金世界，身心清淨玉壺冰。自從佛製袈裟後，萬劫誰能敢斷僧？」

唐王聞言，十分歡喜。又問：「錫杖有甚好處？」菩薩道：「我這錫杖是那

銅鑲鐵造九連環，九節仙藤永駐顏。入手厭看青竹瘦，下山輕帶白雲還。
摩訶參祖遊天闕，羅卜尋娘破地關。不染紅塵些子穢，喜隨大德上靈山。」

唐王聞言，即命展開袈裟，從頭細看，果然是件好物。道：「大法長老，實不瞞你。朕今大開善教，見在那化生寺敷演經法。內中有一個大德行者，法名玄奘，朕買你這兩件寶物賜他。你端的要價幾何？」菩薩與木叉合掌道：「阿彌陀佛！既有德行，貧僧情願送他，決不要錢。」說罷，抽身便走。唐王急著蕭瑀扯住，欠身問曰：「你原說袈裟五千兩，錫杖二千兩，你見朕要買，就不要錢，敢是說朕倚恃君位，強要你的物件？更無此理。朕照你原價奉償，卻不可推避。」菩薩起手道：「貧僧有願在前。今見陛下明德正善，敬我佛門，況又高僧有德有行，宣揚大法。理當奉上，決不要錢。」唐王見他這等真懇，隨命光祿寺，大排素宴酬謝。菩薩又堅辭不受而去，依舊望土地廟中隱避不題。

卻說太宗設午朝，宣玄奘入朝見駕。太宗道：「有勞法師，無物酬謝。早間蕭瑀迎著二僧，願送錦襴袈裟一件，九環錫杖一條。今特召法師領去受用。」玄奘叩頭謝恩。太宗道：「法師可穿上與朕看看。」長老遂將袈裟抖開，披在身上，手持錫杖，侍立階前，威儀濟濟，瑞彩紛紛。文武見了，齊聲喝采。太宗喜之不勝，即著法師穿了袈裟，持了寶杖，又賜兩隊儀從，多官送出朝門，教他由大街往寺裏去，就如狀元遊街的一般。那長安城裏，大男小女，無不爭看誇獎，俱道：「好個法師！真是個羅漢下降，菩薩臨凡。」寺裏僧人出迎，一見玄奘，都道是地藏王來了。玄奘上殿，炷香禮佛已畢，各歸禪座不題。

光陰捻指，卻當七日正會，玄奘又具表請唐王拈香。此時善聲遍滿天下，太宗即排駕，率文武多官，后妃國戚，無論大小人民，俱詣寺聽講。當有菩薩與木叉道：「今日是水陸正會，我和你雜在眾人叢中，一則看他那會何如，二則看金蟬子可有福穿我的寶貝，三則聽他講的是那一門經法。」兩人隨投寺裏。正是有緣得遇舊相識，般若還歸本道場。入寺觀看，只聞得那一派仙音響亮，佛號喧嘩。這菩薩直至多寶臺邊，果然是明智金蟬之相。那法師在臺上，念一會《受生度亡經》，談一會《安邦天寶篆》，又宣一會《勸修功卷》。這菩薩近前來，拍著寶臺，厲聲高叫道：「那和尚，你只會談小乘教法，可會談大乘教法麼？」玄奘聞言，心中大喜，翻身下臺，對菩薩起手道：「老師父，弟子失瞻多罪。見前的概眾僧人，都講的是小乘教法，卻不知大乘教法如何？」菩薩道：「你這小乘教法，度不得亡者超昇，只可渾俗和光而已。我有大乘佛法三藏，能超亡者昇天，能度難人脱苦，能修無量壽身。」

正講處，有那司香巡堂官急奏唐王道：「法師正講談妙法，被兩個疥癩遊僧，扯下來説混話。」王令擒來。只見許多人將二僧推擁進後法堂，見了太宗，那僧人手也不起，拜也不拜，仰面道：「陛下問我何事？」唐王卻認得他道：「你是前日送袈裟的和尚？」菩薩道：「正是。」太宗道：「你既來此處聽講，只該吃些齋便了，為何與我法師亂講，擾亂經堂？」菩薩道：「你那法師講的是小乘教法，度不得亡者昇天。我有大乘佛法三藏，可以度亡脱苦，壽身無壞。」太宗正色喜問道：「你那大乘佛法，在於何處？」菩薩道：「在大西天天竺國大雷音寺我佛如來處，能解百冤之結，能消無妄之災。」太宗道：「你可記得麼？」菩薩道：「我記得。」太宗大喜道：「教法師引去，請上臺開講。」

那菩薩帶了木叉飛上臺，遂踏祥雲，直至九霄，現出救苦原身，托了淨瓶楊柳。左邊是木叉惠岸，執著棍，抖擻精神。喜的個唐太宗忘了江山，愛的那文武官失卻朝禮，一齊朝天禮拜，跪地焚香。滿寺中僧尼道俗，無一人不拜倒道：「好菩薩，好菩薩。」齊聲都念：「南無觀世音菩薩。」太宗即傳旨，教巧手丹青吳道子展開妙筆，圖寫真形。那菩薩祥雲漸遠，霎時間不見了金光。只見那半空中滴溜溜落下一張簡帖，上有幾句頌子道：

禮上大唐君，西方有妙文。程途十萬八，大乘進殷勤。
此經回上國，能超鬼出群。若有肯去者，求正裏金身。

太宗見了頌子，即命眾僧且收勝會，待朕差人取得大乘經來，再秉丹誠，從修善果。當時在寺中問曰：「誰肯領朕旨意，上西天拜佛求經？」問不了，旁邊閃過法師，向前施禮道：「貧僧不才，願效犬馬之勞，與陛下求取真經，祈保我王江山永固。」唐王大喜，上前將御手扶起道：「法師果能盡此忠賢，朕情願與你拜為兄弟。」就去佛前，與玄奘拜了四拜，口稱「御弟聖僧」。玄奘感謝不盡道：「陛下，貧僧有何德何能，敢蒙天恩看顧如此？我這一去，定要捐軀努力，直至西天。如不到西天，不得真經，誓不回國，永墮沈淪地獄。」隨在佛前拈香為誓。唐王甚喜，即命回鑾，待選吉日良辰，發牒出行。

玄奘亦回洪福寺裏。那寺僧與幾個徒弟，早聞取經之事，都來相見道：「師父呵，嘗聞人言，西天路遠，更多虎豹妖魔，只怕有去無回，難保身命。」玄奘道：「我已發了誓願，不取真經，永墮地獄。我此去真是渺渺茫茫，吉凶難定。大抵是受王恩寵，不得不盡忠報國。徒弟們，我去後，或三二年，或五七年，但看那山門裏松枝頭向東，我即回來，不然斷不回矣。」眾徒將此言切切而記。

次早，太宗設朝，聚集文武，寫了取經文牒，用了通行寶印。有欽天監奏曰：「今日是人專吉星，堪宜出行。」又見黃門官奏道：「御弟法師朝門外候旨。」太宗大喜，隨即宣上寶殿道：「御弟，今日是出行吉日。這是通關文牒。朕又有一個紫金缽盂，送你途中化齋而用。再選兩個長行從者，白馬一匹，送為遠行腳力。你可就此行程。」玄奘謝了恩。唐王排駕，與多官同送至關外。只見那洪福寺僧徒，將玄奘的冬夏衣服，俱送在關外相等。唐王先教收拾行囊，馬匹俱備，然後著宮人執壺酌酒。太宗舉爵問曰：「御弟雅號甚稱？」玄奘道：「貧僧出家人，未敢稱號。」太宗道：「前日菩薩說，西天有經三藏。御弟可即號作『三藏』何如？」玄奘又謝恩，接了御酒道：「陛下，酒乃僧家頭一戒，貧僧自來不飲。」太宗道：「今日比他事不同。此乃素酒，只飲此一杯，以盡朕奉餞之意。」三藏方待要飲，只見太宗低頭，將御指拾一撮塵土，彈入酒中。三藏不解其意。太宗笑道：「御弟呵，這一去，幾時可回？」三藏道：「只在三年。」太宗道：「日久年深，山遙路遠，御弟可飲此酒，寧戀本鄉一捻土，莫愛他鄉萬兩金。」三藏方悟捻土之意，復謝恩飲盡，辭謝出關而去。唐王駕回。畢竟不知此去何如，且聽下回分解。

第十三回　陷虎穴金星解厄　雙叉嶺伯欽留僧

卻說三藏自貞觀十三年九月望前三日，唐王與多官送出長安關外，馬不停蹄，早至法雲寺。本寺住持帶領眾僧有五百人接至裏面，相見，獻茶進齋，不覺天晚。眾僧們燈下議論西天取經之事，有的說水遠山高難走，有的說毒魔惡怪難降。三藏箝口不言，但以手指自心，點頭幾度。眾僧請問其故，三藏答曰：「心生，種種魔生；心滅，種種魔滅。我弟子曾在化生寺對佛說下誓願，不由我不盡此心，這一去定要到西天，見佛求經，願使法輪回轉，皇圖永固。」眾僧聞言，人人稱羨。

到次日，早齋已罷，玄奘穿了袈裟，上正殿佛前禮拜道：「弟子陳玄奘，前往西天取經，但肉眼愚迷，不識活佛真形。今立誓隨路遇佛拜佛，遇塔掃塔。但願我佛慈悲，早現丈六金身，賜真經留傳東土。」祝罷，那二從者整頓鞍馬，促趲行程。三藏出了山門，辭別眾僧，直西前進。正是那季秋天氣。行了數日，到了鞏州城。早有鞏州官吏人等，迎接入城。安歇一夜，次早出城前去。飢餐渴飲，夜住曉行。三日又至河州衛，此乃是大唐的山河邊界。早有鎮邊的總兵與本處僧道，接至裏面供給，請往福原寺安歇。及雞方鳴，隨喚從者，鞴馬而行，出離邊界。

這長老心忙，太起早了。原來此時秋深時節，雞鳴得早，只好有四更天氣。迎著青霜，看著明月，行有數十里遠近，見一山嶺，只得撥草尋路，說不盡崎嶇難走，正疑思之間，忽然失足，三人連馬都跌落坑坎之中。三藏卻纔悚懼，又聞得裏面哮吼高呼，叫「拿將來」。只見狂風滾滾，擁出五六十個妖邪，將三藏、從者揪了上去。這法師戰戰兢兢的，偷眼觀看，上面坐的那魔王，十分兇惡，唬得個三藏魂飛魄散，二從者骨軟筋麻。魔王喝令綁了，眾妖將三人用繩索綁縛。正要安排吞食，只聽得外面喧嘩，報道：「熊山君與特處士二位來也。」三藏聞言，擡頭觀看，前走的是一條黑漢，後邊來的是一條胖漢。這兩個搖搖擺擺，走入裏面，那魔王忙出迎接。敍罷寒温，各坐談笑。只見那從者綁得痛切悲啼。黑漢道：「寅將軍，此三者何來？」魔王道：「自送上門來者。」處士笑云：「可能待客否？」魔王道：「奉承，奉承。」山君道：「不可盡用，食其二，留其一可也。」魔王即呼左右，將二從者剖腹剜心，剁碎其屍，將首級與心肝獻客，將四肢自食，其餘骨肉，分給各妖。只聽得嘓啅之聲，真似虎啖羊羔，霎時食盡。把個長老，幾乎唬死。這纔是初出長安第一場苦難。

正愴慌之間，漸漸的東方發白，那二怪至天曉方散。三藏昏昏沈沈，正在那不得命處，忽然見一老叟，手持拄杖而來。走上前，用手一拂，繩索皆斷，對面吹了一口氣，三藏方甦，跪拜於地道：「多謝公公搭救貧僧性命。」老叟答禮道：「你起來。你可曾疏失了甚麼東西？」三藏道：「貧僧的兩個從人，已是被怪吃了。只不知行李、馬匹，在於何處？」老叟用杖指道：「那廂不是一匹馬，兩個包袱？」三藏回頭看時，果是他的物件。問老叟曰：「老公公，此處是甚所在？那三個妖魔果是何物？」老叟道：「此是雙叉嶺，乃虎狼巢穴處。處士者是個野牛精，山君是個熊羆精，寅將軍是個老虎精。左右妖邪，盡都是山精怪獸。只因你的本性元明，所以吃不得你。你跟我來，引你上路。」三藏不勝感激，將包袱捎在馬上，牽著韁繩，相隨老叟出了坑坎，走上大路。卻將馬拴在道旁，轉身拜謝老叟。只見那老叟化作一陣清風，跨一隻白鶴，騰空而去。風飄下一張簡帖，上書四句頌子曰：

吾乃西天太白星，特來拯救汝生靈。前行自有神徒助，莫為艱難怨佛經。

三藏看了，又對天禮拜。拜畢，牽了馬匹，獨自個孤孤淒淒，往前苦進，捨身拚命，上了峻嶺，行經半日，更不見個人煙村舍。一則腹中飢了，二則路又不平。正在危急之際，只見前面有兩隻猛虎咆哮，後邊有幾條長蛇盤繞，左有毒蟲，右有怪獸，三藏孤身無策，只得放下身心，聽天所命，又無奈那馬腰軟蹄彎，即便跪下，伏倒在地，扯又扯不起，牽又牽不動，苦得個法師襯身無地，萬分悽惶，自分必死，莫可奈何。忽然間毒蟲奔走，妖獸飛逃，猛虎潛蹤，長蛇遁跡。三藏擡頭看時，只見一人，手執鋼叉，腰懸弓箭，自那山坡前轉出，果然是一條好漢。三藏見他來得漸近，跪在路旁，合掌高叫道：「大王救命！」那漢到跟前，放下鋼叉，用手挽起道：「長老休怕。我是這山中的獵户，姓劉名伯欽，綽號鎮山太保。我纔自來要尋兩隻山蟲食用，不期遇著你，多有衝撞。」三藏道：「貧僧是大唐駕下欽差往西天拜佛求經的。適間來到此處，遇著些狼虎蛇蟲，四邊圍繞，不能前進。忽見太保來，眾獸皆走，救了貧僧性命，多謝，多謝！」伯欽道：「我在這裏住的人，專靠打些狼虎、捉些蛇蟲過活，故此眾獸怕我走了。你既是唐朝來的，與我都是鄉里。此間還是大唐的地界，我和你同是一國之人。你休怕，跟我來，到我舍下歇馬，明朝我送你上路。」三藏聞言，滿心歡喜，謝了伯欽，牽馬隨行。

過了山坡，又聽得呼呼風響。伯欽道：「風響處，是個山貓來了。長老且坐在此間，等我拿他家去管待你。」三藏見說，又膽戰心驚。那太保執了鋼叉，拽開步迎將上去。只見一隻斑斕虎，他看見伯欽，回頭就走。這太保霹靂一聲，咄道：「業畜，那裏走！」那虎見趕得急，轉身輪爪撲來，這太保三股叉舉手迎敵。唬得個三藏軟癱在地，他生來何曾見這樣兇險勾當。太保與那虎在山坡下鬥了有一個時辰，只見那虎爪慢腰鬆，被太保舉叉平胸刺倒，霎時間血流滿地。揪著耳朵拖上路來，面不改色，對三藏道：「造化，造化，這隻山貓夠長老食用幾日。」三藏誇讚不盡道：「太保真山神也！」伯欽道：「何勞過獎！」他一手執叉，一手拖虎，在前引路。三藏牽著馬，隨後而行。

行過山坡，忽見一座山莊。伯欽到了門首，將死虎擲下，叫小的們把隻虎扛將進去，吩咐教剝了皮，安排待客，復回身迎接三藏進內。彼此相見罷，伯欽又令母妻出見道：「母親呵，這位長老是唐王駕下差往西天見佛求經者。孩兒請他來家歇馬，明日送他上路。」老嫗歡喜道：「好，好，明日你父親週忌，就浼長老做些好事，念卷經文，到後日送他去罷。」這伯欽雖是一個殺虎鹵夫，卻有孝順之心，聞得母言，就要安排香紙，留住三藏。不覺的天色將晚，小的們排開桌凳，拿幾盤煮爛虎肉，熱騰騰的放在上面。伯欽請三藏權用，再另辦飯。三藏合掌當胸道：「善哉！貧僧不瞞太保說，自出娘胎做和尚，更不曉得吃葷。」伯欽聞得此說，沈吟半晌道：「長老，寒家歷代以來，卻從不曉得吃素，這等奈何？反是請長老的不是。」伯欽的母親聞說，叫道：「孩兒不要閒講，我自有素物，可以管待。」叫媳婦煮些黃糧米飯，安排素菜，拿出來鋪在桌上。三藏坐下，又念了一卷揭齋之咒，纔舉筯吃齋。伯欽自將虎肉相陪。吃罷，各各安歇。

次早，那闔家老小都起來，又整素齋，管待長老，請開啟念經。這長老淨了手，同太保家堂前拈了香，拜了家堂，方敲響木魚，先念了《淨口業真言》、《淨身心神咒》，又寫《薦亡疏》一道，再開誦各樣經典，及談苾蒭洗業的故事。早又天晚。佛事已畢，然後安寢。伯欽夫妻同宿。到次早太陽東上，伯欽的娘子道：「太保，我夜裏夢見公公來家說，在陰司苦難難脫，日久不得超生，今幸得聖僧念了經卷，消了罪業，閻王差人送他上中華富地長者人家託生去了，教我們好生謝那長老，不得怠慢。醒來卻是一夢。」伯欽道：「我也夢見如此，與你一般。我們起去對母親說去。」他兩個走到母親牀前，與母親說了。誰知那老母也是這等一夢。三口兒呵呵大笑，遂叫一家大小起來，安排謝意，替他收拾馬匹，都至前拜謝道：「多謝長老超薦亡父脫難超生，報答不盡。」三藏道：「貧僧有何能處，敢勞致謝？」伯欽把三口兒的夢對三藏陳說一遍，三藏也喜。早供了素齋，又具白銀為謝。三藏分文不受，但道：「太保肯發慈悲，送我一程，足感至愛。」伯欽便叫妻子急做了些燒餅乾糧，喚兩三個家僮，各帶器械，同上大路。

　　行經半日，只見對面一座大山，真個是高接青霄，崔巍險峻。正走到半山之中，伯欽回身，立於路下道：「長老，你自前進，我卻告回。」三藏聞言，滾鞍下馬道：「千萬敢勞太保再送一程。」伯欽道：「長老不知，此山喚作兩界山，東半邊屬我大唐所管，西半邊乃是韃靼的地界。那廂狼虎，不伏我降，我卻也不能過界，故此告回，你自去罷。」三藏心驚，輪開手，牽衣執袂，滴淚難分。正在那悽惶苦切之處，只聽得山腳下叫喊如雷道：「我師父來也，我師父來也！」唬得個三藏癡獃，伯欽打掙。畢竟不知是甚人叫喊，且聽下回分解。

第十四回　心猿歸正　六賊無蹤

佛即心兮心即佛，心佛從來皆要物。若知無物又無心，便是真如法身佛。法身佛，沒模樣，一顆圓光涵萬象。無體之體即真體，無相之相即實相。非色非空非不空，不來不向不回向。內外靈光到處同，一佛國在一沙中。一粒沙含大千界，一個身心萬法同。知之須會無心訣，不染不滯為淨業。善惡千端無所為，便是南無釋迦佛。

卻說那伯欽與三藏驚驚慌慌，又聞得叫聲「師父來也」。眾家僮道：「這叫的必是那山腳下石匣中老猿。」太保道：「是他，是他。」三藏問是甚麼老猿，太保道：「這山舊名五行山，今改名兩界山。先年曾聞得老人家說，王莽篡漢之時，天降此山，下壓著一個神猿，不怕寒暑，不吃飲食，自有土神監押，教他飢餐鐵丸，渴飲銅汁，至今凍餓不死。這叫的必定是他，長老莫怕，我們下山去看來。」三藏依從，牽馬下山。行不數里，只見那石匣之間，果有一猴，露著頭，伸著手，亂招手道：「師父，你怎麼此時纔來？來得好，來得好，救我出來，我保你上西天去也！」這長老近前細看，只見他：

尖嘴槊腮，金睛火眼。頭上堆苔蘚，耳中生薜蘿。鬢邊少髮多青草，頷下無鬚有綠莎。

劉太保誠然膽大，走上前來，與他拔去了鬢邊草，頷下莎，問道：「你有甚麼話說？」那猴道：「我沒話說，教那個師父上來，我問他一問。」三藏道：「你問我甚麼？」那猴道：「你可是東土唐王差往西天取經去的麼？」三藏道：「我正是，你問怎麼？」那猴道：「我是五百年前大鬧天宮的齊天大聖，只因犯了誑上之罪，被佛祖壓於此處。前者觀音菩薩領佛旨意，上東土尋取經人，我教他救我一救。他勸我皈依佛法，殷勤保護取經人，往西方拜佛，功成後自有好處。故此晝夜提心，只等師父來救我脱身。我願保你取經，與你做個徒弟。」三藏聞言，滿心歡喜道：「你雖有此善心，只是我又沒斧鑿，如何救得你出？」那猴道：「不用斧鑿，你但肯救我，這山頂上有我佛如來的金字壓帖。你只上山去將帖兒揭起，我就出來了。」三藏依言，回頭央浼伯欽，復上高山，扳藤附葛，直行到那極巔之處，果然見金光萬道，瑞氣千條，有塊四方大石，石上貼著一封皮，卻是「唵、嘛、呢、叭、𠺗、吽」六個金字。三藏近前拜祝道：「弟子陳玄奘奉旨求經，若果有徒弟之分，揭得金字，救出神猴，同證靈山。若此輩是個兇頑怪物，哄賺弟子，不成吉慶，便揭不得起。」祝罷又拜，拜畢，上前將六個金字，輕輕揭下。只聞得一陣香風，把壓帖兒颳在空中，叫道：「吾乃監押大聖者。今日他的難滿，吾等回見如來，繳此封皮去也。」嚇得個三藏與伯欽一行人望空禮拜。下山又至石匣邊，對那猴道：「揭了壓帖矣，你出來麼？」那猴歡喜叫道：「師父，你請走開些，我好出來。莫驚了你。」伯欽聽説，領著三藏，回東即走。走了五七里遠近，又聽得那猴高叫道：「再走，再走！」三藏又行了許遠，下了山，只聞得一聲響亮，真個是地裂山崩。眾人盡皆悚懼。

只見那猴早到了三藏的馬前，赤淋淋跪下，道聲：「師父，我出來也。」對三藏拜了四拜，急起身，與伯欽唱個大喏道：「有勞大哥送我師父，又承大哥替我臉上薅草。」謝畢，就去收拾行李，扣轡馬匹。那馬見了他，腰軟蹄矬，戰兢兢的立站不住。蓋因那猴原是弼馬溫，在天上看養龍馬的，有些法則，故此凡馬見他害怕。三藏見他意思，實有好心，真像沙門中人物，便叫：「徒弟啊，你姓甚麼？」猴王道：「我姓孫。」三藏道：「我與你起個法名，卻好呼喚。」猴王道：「我原有個法名，叫作孫悟空。」三藏歡喜道：「也正合我們的宗派。你這個模樣，就像那小頭陀一般，我與你再起了混名，稱為行者，好麼？」悟空道：「好，好，好。」自此又稱為孫行者。那伯欽見孫行者一心收拾要行，卻轉身對三藏唱個喏道：「長老，你幸此間收得個好徒，甚喜，甚喜。此人果然去得，我卻告回。」三藏躬身作謝，遂此兩下分別。

行者請三藏上馬，他在前邊，背著行李，赤條條，拐步而行，不多時，過了兩界山。忽然見一隻猛虎，咆哮剪尾而來，三藏在馬上心驚。行者歡喜道：「師父莫怕他，他是送衣服與我的。」放下行李，耳躲裏拔出一個針兒，迎著風，幌一幌，原來是個碗來粗細一條鐵棒。他拿在手中，笑道：「這寶貝五百餘年不曾用著他，今日拿出來掙件衣服兒穿穿。」你看他拽開步，迎著猛虎，道聲：「業畜，那裏去？」那隻虎伏在塵埃，動也不敢動動，卻被他照頭一棒，就打的腦漿迸流，牙齒碎綻。唬得那三藏滾鞍落馬，咬指道：「天那，天那！前日劉太保打那隻虎，還與他鬥了半日。今日孫悟空不用爭持，把這虎一棒打得稀爛，正是『強中更有強中手』。」行者拖將虎來道：「師父略坐一坐，等我脱下他的衣服來，穿了走路。」好猴王，把毫毛拔下一根，吹口仙氣，叫「變」，變作一把牛耳尖刀，將虎皮剝下，剁去了頭爪，割成四方一塊，又裁為兩幅。收起一幅，把一幅圍在腰間，揪了一條葛藤，緊緊束定，遮了下體道：「師父，且去，到了人家，借些針綫去縫不遲。」他把條鐵棒捻一捻，依舊像個針兒，收在耳裏，背著行李，請師父上馬前去。長老問道：「悟空，你纔打虎的鐵棒，如何不見？」行者笑道：「師父，你不曉得，我這棍本是東洋大海龍宮裏得來的，喚作天河鎮底神珍鐵，又喚作如意金箍棒，當年大反天宮，甚是虧他。隨身變化，要大就大，要小就小，剛纔變作一個繡花針兒模樣，收在耳內矣，但用時方可取出。」三藏聞言暗喜。又問道：「方纔那隻虎見了你，怎麼就不動動？」悟空道：「不瞞師父説，我老孫，頗有降龍伏虎的手段，翻江攪海的神通。打這隻虎，何為稀罕？」三藏聞言，愈加放懷無慮，策馬前行。不覺得半嶺太陽收返照，一鈎新月破黃昏。行者道：「天色晚了。那壁廂樹木森森，想必是人家莊院，我們趕早投宿去來。」三藏策馬，徑奔人家。到了莊院前下馬，行者撇了行李，走上前叫聲：「開門！開門！」那裏面有一老者，扶笻而出，開了門，看見行者這般惡相，腰繫著一塊虎皮，好似雷公模樣，唬得腳軟身麻，口出譫語道：「鬼來了，鬼來了！」三藏近前攙住，叫道：「老施主休怕。他是我貧僧的徒弟，不是鬼怪。」老者擡頭，見了三藏的面貌清奇，方纔立定，問道：「你是那裏來的和尚？帶這惡人上我門來。」三藏道：「我貧僧是唐朝來的，要往西天拜佛求經，路過此間，特造檀府，借宿一宵，明早不犯天光便行，萬望方便。」老者道：「你雖是個唐人，那個惡的卻非唐人。」悟空厲聲高呼道：「你這個老兒全沒眼色。唐人是我師父，我是他徒弟。我也不是甚糖人，蜜人，我是齊天大聖，原在這兩界山石匣中的。你再認認看。」老者方纔省悟道：「你倒有些像他，但你怎麼得出來的？」悟空將上項事説了一遍。老者方纔下拜，將唐僧請到裏面待茶。問悟空道：「大聖呵，你也有年紀了。」悟空道：「你今年幾歲了？」老者道：「我癡長一百三十歲了。」行者道：「還是我重子重孫哩！我那生身的年紀，卻不記得是幾時，但只在這山腳下，已五百餘年了。」老者道：「是有，是有。」這老兒頗賢，即令安排齋飯相待。行者道：「老兒，左右打攪你家。我有五百多年不洗澡了，你可去燒些湯來，與我師徒們洗浴洗浴，一發臨行謝你。」老兒即令燒湯，與師徒洗浴。行者又問老兒借了針錢，將師父脫下一件白布小直裰披在身上，卻將那虎皮解下，縫成一條裙子，圍在腰間，走到師父面前道：「老孫今日這等打扮，比昨日如何？」三藏道：「好，好，這等樣纔像個行者。那件直裰兒，你就穿了罷。」行者謝了，又去餵了馬。各各事畢歸寢。

次早，師徒起來，老者又具齋，吃罷方纔起身。三藏上馬，行者引路，夜宿曉行，不覺又值初冬時候。師徒們正走之時，忽見路旁唿哨一聲，闖出六個人來，各執槍劍弓刀，大吒一聲：「那和尚那裏走！趕早放下行李，饒你性命過去。」唬得那三藏魂飛魄散，跌下馬來。行者兩手扶起道：「師父放心，沒些兒事。這都是送衣服、盤纏與我們的。」三藏道：「悟空，你想有些耳閉。他說教我們留馬匹、行李，你倒問他要甚麼衣服、盤纏。」行者道：「你管守著行李、馬匹，待老孫與他爭持一場，看是如何。」

他即走上前，叉手對那六個人施禮道：「列位有何緣故，阻我貧僧的去路？」那人道：「我等是剪徑的大王，行好心的山主，大名久播。你早早的留下東西，放你過去。」行者道：「我也是祖傳的大王，積年的山主，卻不曾聞得列位大名。」那人道：「你是不知，我說與你聽：一個喚作眼看喜，一個喚作耳聽怒，一個喚作鼻嗅愛，一個喚作舌嘗思，一個喚作意見欲，一個喚作身本憂。」悟空笑道：「原來是六個毛賊。

你卻不認得我這出家人是你主人公，你倒來擋路。把那打劫的珍寶拿出來，我與你作七分兒均分，饒了你罷！」那賊聞言，喜的喜，怒的怒，愛的愛，思的思，憂的憂，欲的欲，一齊上前亂嚷道：「這和尚無禮！你的東西沒有，轉要來和我等分東西。」他輪槍舞劍，一擁前來，照行者劈頭亂砍，砍有七八十下。悟空停立中間，只當不知。那賊道：「好和尚，真個的頭硬。」行者笑道：「將就看得過罷了。你們也打得手困了，卻該老孫取出個針兒來耍耍。」那賊道：「這和尚是一個行針灸的郎中變的。我們又無病症，說甚麼動針的話。」

行者伸手去耳裏拔出一根繡花針兒，迎風一幌，卻是一條鐵棒，足有碗來粗細，拿在手中道：「不要走，也讓老孫打一棍兒試試手。」唬得這六個賊四散逃走，被他拽開步，團團趕上，一個個盡皆打死。剝了他的衣服，奪了他的盤纏，笑吟吟走將來道：「師父請行，那賊已被老孫剿了。」

三藏道：「你十分撞禍。他雖是剪徑的強徒，也不該死罪。你縱有手段，只可退他去便了，怎麼就都打死？這卻是無故傷人的性命，如何做得和尚？」悟空道：「師父，我若不打死他，他卻要打死你哩。」三藏道：「我出家人，寧死也決不敢行兇。此事若告到官，就是你老子做官，也說不過去。」行者道：「不瞞師父說，我老孫五百年前，稱王為怪的時節，也不知打死多少人。假似你說這般到官，倒也得好些狀告哩。」三藏道：「只因你欺天誑上，纔受這五百年之難，今既入了沙門，若還像當時行兇，去不得西天，做不得和尚。忒惡，忒惡！」原來這猴子一生受不得人氣。他見三藏只管絮絮叨叨，按不住心頭火發，道：「你既是這等說，我做不得和尚，上不得西天，不必恁般絮聒，我回去便了。」那三藏卻不曾答應。他就使性子，將身一聳，說一聲「老孫去也！」三藏急擡頭，早已不見，只聞得呼的一聲回東而去。撇得那長老孤孤零零，點頭悲歎道：「這廝這等不受教誨，我略說他幾句，他怎麼就無影無形的徑去了？罷，罷，罷，也是我命裏不該招徒弟，去來，去來。」正是捨身拚命朝西去，莫倚旁人自主張。

那長老收拾行李，捎在馬上，也不騎馬，一隻手拄著錫杖，一隻手揪著轡繩，淒淒涼涼，往西前進。行不多時，只見山前有一個老母，捧一件綿衣，綿衣上有一頂花帽。三藏見他來得至近，慌忙牽馬，立於右側讓行。那老母問道：「你是那裏來的長老，獨行於此？」三藏道：「弟子乃東土大唐王差往西天拜佛求經者。」老母道：「西方佛乃大雷音寺天竺國界，此去有十萬八千里路。你這等單人獨馬，又無個徒弟，如何去得！」三藏道：「弟子日前收得一個徒弟，他性潑兇頑，是我說了他幾句，他不受教，遂渺然而去也。」老母道：「我這一領綿布直裰，一頂嵌金花帽，原是我兒子用的。他只做了三日和尚，不幸身亡，我纔去寺裏，哭了一場，將這兩件衣帽拿回，做個憶念。長老啊，你既有徒弟，我把這衣帽送了你罷。」三藏道：「承老母盛賜，但只是我徒弟已走了，不敢領受。」老母道：「他那廂去了？」三藏道：「我聽得呼的一聲，他回東去了。」老母道：「東邊不遠，就是我家，想必往我家去了。我還有一篇咒兒，喚作《定心真言》，又名作《緊箍兒咒》。你可暗暗的念熟，牢記心頭。我去趕上他，教他還來跟你，你卻將此衣帽與他穿戴。他若不服你使喚，你就默念此咒，他再不敢行兇，也再不敢去了。」三藏聞言，低頭拜謝。那老母化一道金光，回東而去。三藏情知是觀音菩薩，急忙撮土焚香，望東禮拜。拜罷，收了衣帽，藏在包袱中。卻坐於路旁，誦習那《定心真言》，念得爛熟，牢記心胸不題。

卻說那悟空別了師父，一觔斗雲，徑到東洋大海龍王宮裏。龍王道：「近聞得大聖難滿，想必重整仙山，復歸古洞矣。」悟空道：「我也有此心；只是又做了和尚了。」龍王道：「做甚和尚？」行者道：「我虧了南海菩薩勸善，教我隨東土唐僧，上西方拜佛，皈依沙門，又喚為行者了。」龍王道：「這等真是可賀，可賀，這纔叫作改邪歸正。既如此，怎麼不西去，復東回何也？」行者笑道：「是唐僧不識人性。有幾個毛賊剪徑，是我將他打死，唐僧就說了我若干的不是。你想老孫可是受得悶氣的？是我撇了他，欲回本山，故此先來望你一望，借鍾茶吃。」龍王即命捧香茶來獻。行者回頭一看，見後壁掛著一幅畫兒。行者問是甚麼故事，龍王道：「大王在先，此事在後，故你不認得。這叫作圯橋三進履。此仙乃是黃石公，此子乃是漢世張良。石公坐在圯橋上，忽然失履於橋下，遂喚張良取來。此子即忙取來，跪獻於前。如此三度，張良略無一毫傲慢之意，石公遂授他天書，著他扶漢。後來果然做了漢朝第一功臣。太平後棄職歸山，從赤松子遊，成了仙道。大聖，你若不保唐僧，不盡勤勞，到底是個妖仙，休想得成正果。」悟空聞言，沈吟半晌。龍王道：「大聖自當裁處，不可圖自在誤了前程。」悟空道：「莫多話，老孫還去保他便了。」急聳身出離海藏，別了龍王，駕著雲正走。卻遇著南海菩薩道：「孫悟空，你怎麼不受教誨，不保唐僧，來此處何幹？」慌得個行者忙忙施禮道：「向蒙菩薩善言，果有唐僧揭了壓帖，救了我命，跟他做了徒弟。他卻怪我兇頑，我纔子閃他一閃。如今就去保他也。」菩薩道：「趕早去，莫錯了念頭。」言畢便回。

這行者須臾間看見唐僧在路旁悶坐，他上前道：「師父，怎麼不走路，在此做甚？」三藏擡頭道：「你往那裏去來？教我不敢行動，只管在此等你。」行者道：「我往東海老龍王討茶吃吃。」三藏道：「徒弟啊，出家人不要說謊。你離得我一個時辰，就說到龍王家吃茶？」行者笑道：「不瞞師父說，我會駕觔斗雲，一觔斗有十萬八千里路，故此即去即來。」三藏道：「我略略的言語重了些兒，你就使性子丟了我去。像你這有本事的討得茶吃，我這去不得的只管在此忍餓，你也過意不去呀！」行者道：「師父，你若餓了，我便去化齋你吃。」三藏道：「不用化齋。我那包袱裏還有些乾糧，你去拿缽盂尋些水來，等我吃些兒走路罷。」

行者去解開包袱，見有幾個粗麵點心拿出來遞與師父。又見那光豔豔的一領綿布直裰，一頂嵌金花帽，行者道：「這衣帽是東土帶來的？」三藏就順口答應道：「是我小時穿戴的。這帽子若戴了，不用教經，就會念經；這衣服若穿了，不用演禮，就會行禮。」行者道：「好師父，把與我穿戴了罷。」三藏道：「使得。」行者遂將直裰穿上，把帽兒戴上。三藏見他戴上帽子，就不吃乾糧，卻默默的念那《緊箍咒》一遍。行者叫道：「頭疼，頭疼！」那師父不住的又念了幾遍，把個行者疼得打滾，抓破了嵌金的花帽。三藏又恐怕扯斷金箍，住了口不念。不念時，他就不疼了，伸手去頭上摸摸，似一條金綫兒模樣，緊緊的勒在上面，取不下，揪不斷，已是生根了。他就耳裏取出針兒來，插入箍裏，往外亂捎。三藏恐怕他捎斷了，口中又念起來，他依舊生疼，疼得豎蜻蜓，翻觔斗，耳紅面赤，眼脹身麻。那師父見他這等，又不忍不住口，他的頭又不疼了。行者道：「我這頭，原來是師父咒我的。」三藏道：「我念得是《緊箍經》，何曾咒你？」行者道：「你再念念看。」三藏真個又念，行者真個又疼，只教：「莫念，莫念。念動我就疼了，這是怎麼說？」三藏道：「你今番可聽我教誨了？」行者道：「聽教了。」「你可再無禮了？」行者道：「不敢了。」他口裏雖然答應，心上還懷不善，把那針兒幌一幌碗來粗細，望唐僧就欲下手。慌得長老又念了兩三遍，這猴子跌倒在地，丟了鐵棒，不能舉手，只教：「師父，我曉得了。再莫念，再莫念。」三藏道：「你怎麼欺心，就敢打我？」行者道：「不敢，不敢。我問師父，這法兒是誰教你的？」三藏道：「是適間一個老母傳授我的。」行者大怒道：「不消講了！這個老母，坐定是那個觀世音。他怎麼那等害我！等我上南海打他去。」三藏道：「此法既是他授與我，他必然先曉得了。你若尋他，他念起來，你卻不是死也？」行者見說得有理，真個不敢動身，只得跪下哀告道：「師父，這是他奈何我的法兒，教我隨你西去。我也不去惹他，你也莫當常言只管念誦。我願保你，再無退悔之意了。」三藏道：「既如此，伏侍我上馬去也。」那行者纔死心塌地，抖擻精神，束一束綿布直裰，叩鞴馬匹，收拾行李，奔西而進。畢竟這一去後面又有甚說話，且聽下回分解。

第十五回　蛇盤山諸神暗祐　鷹愁澗意馬收韁

卻說行者伏侍唐僧西進，行經數日，正是那臘月寒天，朔風凜凜，滑凍凌凌，去的是些懸崖峭壁崎嶇路，迭嶺層巒險峻山。三藏在馬上，遙聞水聲聒耳，回頭叫：「悟空，是那裏水響？」行者道：「我記得此處叫作蛇盤山鷹愁澗，想必是澗裏水響。」說不了，馬到澗邊。三藏正勒韁觀看，只見那澗當中喲喇響一聲，鑽出一條龍來，推波掀浪，攛出崖上就搶長老。慌得個行者丟了行李，把師父抱下馬來，回頭便走。那條龍趕不上，把他的白馬連鞍轡一口吞下肚去，依然伏水潛蹤。行者把師父送在高阜上坐了，卻來牽馬挑擔，止存得一擔行李，不見了馬匹。他將行李送到師父面前道：「師父，那業龍不見蹤影，只是驚走我的馬了，等我去看來。」他打個呼哨，跳在空中，火眼金睛，用手搭涼篷四下觀看，更不見馬的蹤跡。按落雲頭，報道：「師父，我們的馬斷乎是那龍吃了，四下裏再看不見。」三藏道：「那廝能有多大口，卻將那匹大馬連鞍轡都吃了？想是驚走在那山凹之中，你再仔細看看。」行者道：「你不知我這雙眼，白日裏常看一千里路的吉凶。像那千里之內，蜻蜓兒展翅我也看見，何況那匹大馬？」三藏道：「既是他吃了，我如何前進？可憐啊，這萬水千山，怎生走得？」說著話，淚如雨落。行者見他哭將起來，他就忍不住，暴躁發喊道：「師父，莫要這等膿包形麼！你且坐著！等老孫去尋著那廝，教他還我馬匹便了。」三藏卻又扯住道：「徒弟啊，你去尋他，只怕他暗地裏攛將出來，連我都害了，那時節人馬兩亡，怎生是好！」行者聞得這話，越發叫喊如雷道：「你忒不濟，不濟，又要馬騎，又不放我去，似這般看著行李坐到老罷。」

正狠狠的吆喝，只聽得空中有人叫道：「孫大聖莫惱，唐御弟休哭，我等是觀音菩薩差來的一路神祇，特來暗中保取經者。」那長老聞言，慌忙禮拜。行者道：「你等是那幾個？可報名來，我好點卯。」眾神道：「我等是六丁六甲、四值功曹、護駕伽藍，各各輪流值日聽候。」行者道：「如今且留下六丁神將、四值功曹保守著我師父。等老孫尋著業龍，教他還我馬來。」眾神遵令。三藏纔放心坐在石崖之上。那猴王抖擻精神，半雲半霧的，在那水面上高叫道：「潑泥鰍，還我馬來，還我馬來！」

卻說那龍吃了三藏的白馬，伏在澗底，潛靈養性。只聽得有人叫罵，他按不住心頭火發，急縱身躍浪翻波，跳將上來道：「是那個敢在那裏海口傷吾？」行者見了他，大咤一聲：「休走！還我馬來。」輪著棍劈頭就打。那條龍張牙舞爪來抓。他兩個在澗邊來來往往，爭鬥多時，那條龍力軟筋麻，不能抵敵，打一個轉身，又攛於水內，深潛澗底，再不出頭。被猴王惡言罵詈，他也只推耳聾。

行者沒計奈何，只得回覆三藏。三藏道：「你前日曾說有降龍伏虎的手段，這條龍如何便不能降他？」原來那猴子吃不得人激他，見三藏搶白了他這一句，他就發起神威道：「不要說，不要說，等我與他再見個上下！」這猴王拽開步，跳到澗邊，使出那翻江攪海的神通，把一條鷹愁澗徹底澄清的水，攪得似九曲黃河。那業龍在水底坐臥不寧，咬著牙跳將出去，罵道：「你是那裏來的潑魔，這等欺我！」行者道：「你莫管我那裏不那裏，你只還了馬，我就饒你性命！」那龍道：「你的馬已是我吞下肚去了，不還你便待怎的？」行者道：「不還馬時，只打殺你，償了我馬的性命便罷。」他兩個又在那山崖下苦鬥，鬥不數合，小龍委實難搪，將身一幌，變作一條水蛇兒，鑽入草窠中去了。

猴王拿著棍，撥草尋蛇，並無蹤影。急得他三尸神咋，七竅煙生，念了一聲「唵」字咒語，即喚出當坊土地，本處山神，一齊跪下來見。行者道：「伸過孤拐來，先打五棍見面，與老孫散散心。」二神叩頭哀告道：「望大聖方便，大聖一向久困，小聖不知幾時出來，所以不曾接得，萬望恕罪。」行者道：「我且不打你。我問你，這澗裏是那方來的怪龍，他怎麼搶了我師父的馬吃了？」二神道：「大聖自來是個不伏天不伏地的混元上真，幾時有甚麼師父來？」行者道：「你等是也不知。我只因觀音菩薩勸善，跟唐僧做了徒弟，往西天拜佛求經。路過此處，被這業龍吃了我師父的馬。」二神道：「原來如此。這澗中自來無邪，只是深陡寬闊，徹底澄清，鴉鵲飛過，照見自己的形影，每每認作同群之鳥，將身誤投水內，故名鷹愁陡澗。向年觀音菩薩因為尋取經人去，救了一條業龍，送他在此，教他等候那取經人，不許為非作歹，不知他今日怎麼衝撞了大聖。」行者道：「他方纔變作一條水蛇，鑽在草裏，為何尋他不見？」土地道：「這條澗有千萬個孔竅相通，想是他鑽下孔裏去也。大聖不須發怒，要擒此物，只消請將觀世音來，自然伏了。」行者見說，喚山神、土地同見三藏，具言前事。三藏道：「若要去請菩薩，幾時纔得回來？我貧僧飢寒怎忍。」說不了，只聽得空中金頭揭諦叫道：「大聖不須動身，小神去請菩薩來也。」行者大喜。

那揭諦一駕雲，到了南海，直至落伽山紫竹林中，見了菩薩，備述前因。菩薩即降蓮臺，與揭諦駕著祥光，過海而來。不多時到了蛇盤山，低頭觀看，只見孫行者正在澗邊叫罵，菩薩著揭諦喚他來。行者聞得，急縱雲跳到空中，對他大叫道：「你這個七佛之師，慈悲的教主，你怎麼生方法兒害我？」菩薩道：「你這大膽的馬流，我倒再三盡意，度得個取經人來救你，你怎麼不來謝我活命之恩，反來與我嚷鬧？」行者道：「你弄得我好哩！你既放我出來，教我盡心竭力伏侍唐僧罷了。你怎麼送他一頂花帽，哄我戴著，把這個箍子長在老孫頭上，又教他念甚麼《緊箍兒咒》，教我這頭上疼了又疼，這不是你害我也？」菩薩笑道：「你這猴子，不遵教令，不受正果，若不如此拘繫你，你又誑上欺天，再似從前撞出禍來，有誰收管？須是得這個魔頭，你纔肯入我瑜伽之門路哩。」行者說：「這樁事，作做是我的魔頭罷。你怎麼又把那業龍送在此處成精，教他吃了我師父的馬匹，此又是縱放歹人為惡也。」菩薩道：「那條龍，是我親奏玉帝，討他在此，專為取經人做個腳力。你想那東土凡馬，怎歷得萬水千山，到得靈山佛地？須是得這個龍馬，方纔去得。」行者道：「像他這般潛躲不出，如之奈何？」菩薩叫揭諦道：「你去澗邊叫一聲玉龍三太子，有南海菩薩在此，他就出來了。」那揭諦果去澗邊叫了兩遍，那小龍翻波跳浪，跳出水來，變作一個人像，到空中對菩薩禮拜道：「向蒙菩薩活命之恩，在此久等，更不聞取經人的音信。」菩薩指著行者道：「這不是取經人的大徒弟？」小龍道：「菩薩，這是我的對頭。我昨日腹中飢餒，果然吃了他的馬匹。他恃強打罵，更不曾提著一個『取經』的字樣。」行者道：「你又不曾問我姓名，我怎麼就說？」小龍道：「我不曾問你是那裏來的潑魔？你嚷道：『管甚麼那裏不那裏，只還我馬來』，何曾說出半個『唐』字。」菩薩道：「那猴頭專倚自強，那肯稱讚別人？今番前去，還有歸順的哩，若問時，先提起『取經』的字來，卻也不用勞心，自然拱伏。」行者歡喜領教。菩薩上前，把那小龍的項下明珠摘了，將楊柳枝蘸出甘露，往他身上一拂，吹口仙氣叫「變」，即變作他原來的馬匹毛片。又吩咐道：「你須用心了還業障；功成後超越凡龍，還你個金身正果。」那小龍心心領諾。菩薩教悟空領他去見三藏，「我回去也。」行者扯住菩薩道：「我不去了！西方路這等崎嶇，保這個凡僧，幾時得到？似這等多磨多折，老孫的性命也難全，如何成得甚麼正果。」菩薩道：「你當年未成人道，且肯盡心修悟。今日脫了天災，怎麼倒生懶惰？我門中以寂滅成真，須是要信心正果。萬一到了那傷身苦磨之處，許你叫天天應，叫地地靈。你過來，我再贈你一般本事。」菩薩將楊柳葉兒摘下三葉，放在行者的腦後，喝聲「變」，即變三根救命的毫毛，教他：「若到那無濟無主的時節，可以隨機應變，救得你危急之災。」

行者聞了這許多好言，纔謝了菩薩，按落雲頭，揪著龍馬，來見三藏。三藏大喜道：「這馬怎麼比前反肥盛了些，在何處尋著的？」行者道：「師父，你還做夢哩！卻纔是金頭揭諦請了菩薩來，把那澗裏龍化作此馬，著老孫揪將來也。」三藏即撮土焚香，望南拜罷，與行者收拾前進。行者發放了諸神，請師父跨了剗馬，自己挑著行囊。到了澗邊，正要騎馬下水，只見那上溜頭一個漁翁，撐著一個枯木筏子，順流而下。行者連忙用手招呼，漁翁即便撐攏。行者請師父上了筏子，安了行李、馬匹。那漁翁撐開筏子，如風似箭，不覺的過了鷹愁陡澗。上了西岸。三藏教行者取錢送他，漁翁不要，向中流渺渺茫茫而去，三藏只管合掌稱謝。行者道：「師父，你不認得他？他是此澗中水神，理宜接應，怎敢要錢。」三藏便跨馬上路，奔西而去。這正是：廣大真如登彼岸，誠心了性上靈山。

不覺的紅日沈西，天光漸晚。但見：

孤鳥去時蒼渚暗，落霞明處遠山低。

遠望見路旁一座廟宇。三藏到門下馬，只見那門上有三個大字，乃「里社祠」。遂入門裏，有一個老者，頂掛數珠，合掌來迎，叫聲：「師父請坐。」三藏慌忙答禮，問道：「此廟何為『里社』？」老者道：「敝處係西番哈咇國界，此祠乃一方里地所奉土穀之神也。敢問師父仙鄉何處？」三藏道：「貧僧是東土大唐國，奉旨上西天拜佛求經者。路過寶坊，告宿一宵，天明即行。」那老者即辦齋相待。齋罷，出門閒步，老者看見門首繫著一匹好馬，卻無鞍轡，問其緣由，行者備細說了。老者便道：「恰好！恰好！我老漢倒有一副現成鞍轡，明日取來奉送。」到次早起身，只見那老兒果擎著一副鞍轡和襯屜韁籠之類，一切全備，送與三藏。三藏歡喜領謝，教行者鞴在馬上，就似量著做的一般。三藏出門，攀鞍上馬。那老兒又在袖中取出一根香藤柄、虎筋結的鞭兒奉送。三藏在馬上接了道：「多承佈施。」行不數步，回頭看時，卻早不見了那老兒，連那里社祠也是一片光地。只聽得半空中有人言語道：「聖僧，多簡慢你。我是落伽山山神、土地，蒙菩薩差送鞍轡與你的。你可努力西行，卻莫怠惰。」慌得個三藏滾鞍下馬，望空禮拜。拜罷，纔策馬投西而去。

行有兩個月太平之路，相遇的都是些玀玀、回回、狼蟲虎豹。光陰迅速，又值早春時候。但見山林鋪翠色，草木發青芽；梅英落盡，柳眼初開。師徒們行玩春光，又見太陽西墜。三藏勒馬遙觀，山凹裏有樓臺影影，殿閣沈沈，叫行者道：「你看那裏是甚麼去處？」行者擡頭看了道：「不是殿宇，定是寺院。我們那裏借宿去。」三藏欣然放開龍馬，徑奔前來。畢竟不知甚麼去處，且聽下回分解。

第十六回　觀音院僧謀寶貝　黑風山怪竊袈裟

卻說他師徒兩個前來，果然見一座寺院。長老下馬進門，只見那門裏走出一眾僧來。三藏見了，侍立問訊。那和尚連忙答禮，問了三藏來歷，便道：「請進，請進。」三藏方喚行者牽馬進去。那和尚猛見行者，便問：「那牽馬的是個甚麼東西？」三藏道：「師父低聲。他的性急，若聽見你說是甚麼東西，他就惱了。他是我的徒弟。」那和尚咬指道：「有這般一個醜徒弟。」三藏道：「師父不知，醜自醜，甚是有用。」那和尚同三藏、行者進了山門，又見那正殿上書四個大字，是「觀音禪院」。三藏大喜，即登殿望金像叩頭。那和尚便去打鼓，行者就去撞鐘。三藏拜罷，和尚住了鼓，行者還只管撞鐘不歇，和尚道：「拜已畢了，還撞怎麼？」行者笑道：「你那裏曉得，我是『做一日和尚撞一日鐘』的。」此時卻驚動那合寺僧眾，聽得鐘聲亂響，一齊擁出道：「那個野人在這裏亂敲鐘鼓？」行者跳將出來，咄的一聲道：「是你孫外公撞了耍子的！」那些和尚見了，唬得跌跌滾滾，都爬在地下道：「雷公爺爺！」行者道：「雷公是我的重孫兒哩！起來，起來，不要怕，我們是東土大唐來的老爺。」眾僧見了三藏，都纔放心禮拜，內有本寺院主請到方丈中奉茶。獻齋已畢，只見後面兩個小童，攙著一個老僧出來。眾僧道：「師祖來了。」三藏躬身施禮。那老僧還了禮道：「適間聞說東土唐朝來的老爺，我纔出來奉見。敢問老爺東土到此，有多少路程？」

三藏道：「出長安邊界有五千餘里，過了兩界山，經歷西番哈咇國界，又有五六千里，纔到了貴處。」老僧道：「也有萬里之遙了。我弟子虛度一生，誠所謂坐井觀天之輩。」三藏問：「老院主高壽幾何？」老僧道：「癡長二百七十歲了。」行者在旁道：「這還是我萬代孫兒哩！」三藏瞅了他一眼，行者便不則聲。須臾，有一個小行童，拿出一個羊脂玉的盤兒，三個法藍鑲金茶鍾，又一童提一把白銅壺兒，斟了三杯香茶。三藏見了誇獎道：「好物件。」那老僧道：「污眼，污眼。這般器具，何足過獎？老爺自上邦來，可有甚麼寶貝借與弟子一觀？」三藏道：「可憐我那東土無甚寶貝，就有也不能帶來。」

行者道：「師父，我前日見包袱裏那領袈裟，可不是件寶貝，拿與他看看何如？」眾僧聽說袈裟，一個個冷笑。行者道：「你笑怎的？」院主道：「老爺纔說袈裟是件寶貝。若說袈裟，似我等身邊，不止二三十件；若我師祖，足足有七八百件。」叫拿出來看看。那老和尚也是他一時賣弄，叫道人就擡出十二櫃，放在天井中，兩邊設下衣架繩子，將袈裟一件件抖開掛起，請三藏觀看。果然滿堂綺繡，四壁綾羅，都是些穿花納錦，刺繡銷金之物。行者看罷，笑道：「好，好，好，請收起，把我們的也取來看看。」三藏把行者扯住，悄悄的道：「徒弟，莫要與人鬥富，你我是單身在外，只恐有錯。古人云珍奇玩好之物，不可使見貪婪奸騙之人，一經入目，必動其心，既動其心，必生其計，誠恐有意外之禍。」行者道：「放心，放心，都在老孫身上。」你看他不由分說，急急去取來，尚有兩層油紙裹定，早有霞光迸射。及去了紙，取出袈裟抖開時，紅光滿室，彩色盈庭。眾僧見了，無一個不驚心吐舌。

那老和尚見了這般寶貝，果然動了奸心，上前對三藏跪下，眼中垂淚道：「我弟子真是沒緣。」三藏攙起道：「老院主有何話說？」他道：「老爺這件寶貝，方纔展開，天色晚了，奈何眼目昏花，看不明白，豈不是無緣？老爺若是寬恩，容弟子拿到後房，細細的看一夜，明早送還，不知尊意何如？」三藏聽說，吃了一驚，埋怨行者道：「都是你，都是你！」行者笑道：「怕他怎的？等他拿去，但有疏虞，盡是老孫包管。」他即把袈裟遞與老僧，老僧喜喜歡歡，拿了進去。吩咐眾僧，將前面禪堂掃淨，請二位老爺安歇。師徒們關門睡下不題。

卻說那和尚把袈裟拿在後房燈下，對袈裟號咷痛哭。眾僧上前問故，老僧道：「我哭無緣，看不得唐僧寶貝。」眾僧道：「他的袈裟現在你面前，你只管解開看不是。」老僧道：「看得不長久。我今年二百七十歲，空掙了幾百件袈裟，怎麼得有他這一件？若教我穿得一日兒，就死也閉眼。」眾僧道：「你要穿他的，有何難處？我們留他住一日，你就穿一日，留他住十日，你就穿十日便罷了，何苦這般痛哭。」老僧道：「縱然留他住了年把，他要去時，只得與他去，怎得長遠。」

正說話處，有一個小和尚，名喚廣智，出頭道：「公公，要長遠也容易。」老僧聞言，就歡喜起來道：「我兒，你有甚麼高見？」廣智道：「那唐僧兩個是走路辛苦的人，如今已睡熟了。我們著幾個拿了槍刀，打開禪堂，將他殺了，又謀了他的白馬，行囊，卻把那袈裟留下，豈非子孫長久之計耶？」老和尚見說，滿心歡喜，卻纔揩了眼淚道：「好，好，好，此計絕妙。」即便收拾槍刀。

內中又有一名小和尚，名喚廣謀，上前道：「此計不妙。若要殺他，須要看看動靜，那個白臉的似易，那個毛臉的似難，萬一殺他不得，卻不反招己禍？我有一個不動刀槍之法，如今喚聚大小房頭，每人要乾柴一束，捨了三間禪堂，放起火來，連人連馬一火焚之。就是外面人家看見，只說是他自不小心，失了火，將我禪堂都燒了。袈裟豈不是我們傳家之寶？」那些和尚都道：「強，強，強，強，此計更妙，更妙。」遂教各房頭搬柴，安排放火不題。

卻說三藏師徒，安歇已定。那行者卻是個靈猴，雖然睡下，只是存神煉氣。忽聽得外面搉搉的柴響風生，他心中疑惑，就一骨魯跳起。恐怕開門驚醒師父，你看他搖身一變，變作一個蜜蜂兒，從窗欞中鑽出，看得分明，原來那些和尚們正圍住禪堂放火哩。行者暗笑道：「果中我師父之言。他要謀我的袈裟，故起這等毒心。我待要打他呵，可憐一頓棍都打死了，師父又怪我行兇。罷，罷，罷，與他個順手牽羊，將計就計罷！」好行者，一觔斗徑跳上南天門裏，唬得個龐、劉、苟、畢躬身，馬、趙、溫、關控背，都道：「不好了，不好了，那鬧天宮的主子又來了！」行者搖著手道：「列位休驚，我來尋廣目天王的。」說不了，卻遇天王早到，迎著行者施禮。行者道：「且休敍闊。唐僧路遇歹人，放火燒他，事在萬分緊急，特來尋你借辟火罩兒救他一救，即刻返上。」天王道：「歹人放火，只該借水救他，如何要辟火罩？」行者道：「你那裏曉得就裏。借水救之，卻燒不起來，倒便宜了他。只是借此罩護住唐僧，其餘盡他燒去。快些，快些，莫誤我事。」天王笑道：「這猴子還是這等心腸，只顧了自家，就不管別人。」遂將罩兒遞與行者。

行者拿了，按落雲頭，徑到禪堂房脊上，罩住了唐僧與白馬、行李。他卻去那後面老和尚的方丈房上頭坐著，保護袈裟。眼看著那些人放起火來，他便捻訣念咒，望巽地上吸一口氣吹將去，一陣風起，把那火颳得烘烘亂著。正是星星之火，能燒萬頃之田，須臾間風狂火盛，把一座觀音院處處通紅。你看那眾和尚搬箱擡籠，搶桌提鍋，滿院裏叫苦連天。

其時火光四射，不期驚動了一個獸怪。這觀音院正南有個黑風洞，洞中有個妖精，正在睡醒翻身。只見那窗間透亮，起來看時，卻是正北下的火光。妖精大詫道：「呀！這必是觀音院裏失了火，我與他救一救來。」他縱起雲頭，徑至煙火之下，只見那後房無火，房脊上有一人呼風。急入裏面看時，見那方丈中間案上，有一個青氈包袱，無數霞光瑞彩。他解開一看，見是一領錦襴袈裟，乃佛門之異寶。正是財動人心，他也不救火，拿著袈裟，趁鬨打劫，徑轉山洞而去。那場火只燒到五更天明，方纔滅息。你看那眾僧們都啼啼哭哭，叫冤叫苦不題。

卻說行者取了辟火罩，一觔斗送上南天門，交還廣目天王。又見那太陽星上，徑來到禪堂前，仍舊變作蜜蜂兒飛將進去，現了本相，喚醒師父起來。三藏穿衣服開門看時，只見些倒壁紅牆，不見了樓臺殿宇，大驚道：「呀，這是怎的？」行者道：「你還做夢哩！今夜走了火的。」三藏道：「我怎不知？」行者道：「是老孫護了禪堂，不曾驚動師父。」三藏道：「你有本事護了禪堂，如何就不救別房之火？」行者笑道：「好教師父得知，果然應你昨日之言，他愛上我們的袈裟，算計要燒殺我們。若不是老孫知覺，到如今皆成灰燼矣！老孫見他心毒，不曾與他救火，只與他略略助些風的。」三藏道：「火起時只該助水，怎轉助風？」行者道：「古人云：『人無害虎心，虎無傷人意。』他不弄火，我怎肯弄風？」三藏道：「袈裟敢莫也燒壞了？」行者道：「沒事，沒事，那放袈裟的方丈無火。我們快去尋他討來。」三藏就牽著馬，行者挑了擔，出了禪堂，徑往後方丈去。

那些和尚正悲切間，忽的看見他師徒走來，唬得一一個個魂飛魄散道：「冤魂索命來了！」一齊跪倒叩頭道：「爺爺呀！冤有冤家，債有債主，不干我們之事，都是廣謀與老和尚設計害你的，莫問我們討命。」行者咄的一聲道：「你這些該死的畜生，那個問你討甚麼命，快拿袈裟來還我走路。」其間有兩個膽大的和尚道：「老爺，你們在禪堂裏已燒死了，如今又來討袈裟，端的還是人是鬼？」行者笑道：「那裏有甚麼火來？你且去前面看看。」眾僧爬起來往前觀看，那禪堂的門窗槅扇，更不曾燎灼半分。眾人悚懼，纔認得三藏是位神僧，行者是尊護法，一齊搶入方丈裏叫道：「公公，唐僧乃是神人，未曾燒死，如今反送了自己家當。趁早拿出袈裟，還他去也。」

原來這老和尚尋不見袈裟，又燒了本寺的房屋，正在萬分惱恨之處，一聞此言，怎敢答應。尋思進退無門，拽開步，往那牆上著實撞了一頭，只撞得腦破血流，嚥喉氣斷。詩曰：

堪嗟老衲性愚蒙，計奪袈裟用火攻。廣智廣謀成甚用？損人利己一場空。

眾僧哭道：「師公已撞殺了，又不見袈裟，怎生是好？」行者道：「想是汝等盜藏起也。」便將合寺大小僧眾，一一從頭搜簡。又將那各房頭搬搶出去的箱籠物件，逐一細搜，那有袈裟蹤跡，三藏心中煩惱，懊恨行者不盡，卻坐在上面念動《緊箍兒咒》。行者撲的跌倒在地，抱著頭只教：「莫念，莫念，管尋還了袈裟！」那眾僧一齊跪下勸解，三藏纔住了口。行者一骨魯跳起來，掣出鐵棒，要打那些和尚。三藏喝住道：「這猴頭！你頭疼不怕，還要無禮？休動手傷人，再與我審問一問。」眾僧磕頭哀告道：「老爺饒命，我等委實不曾看見。這都是那老死鬼的不是，他昨晚設計要燒殺老爺。自火起之後，各人只顧救火搬搶物件，更不知袈裟去向。」

行者大怒，走進方丈，把那死屍選剝了細看，渾身更無那件寶貝，就把個方丈掘地三尺，也無蹤影。行者忖量半晌，問道：「你這裏可有甚麼妖怪成精麼？」院主道：「我這裏正南有座黑風山黑風洞，洞裏有一個黑大王。我這老死鬼常與他講道，只他便是個妖精。」行者道：「那山離此多遠？」院主道：「只有二十里，那望見山頭的就是。」行者笑道：「師父，不消講了，一定是那黑怪偷去無疑，等老孫去尋他一尋。」即喚眾和尚吩咐道：「汝等好好伏侍我師父，看守我白馬。假有一毫兒差了，我打個樣棍與你們看看！」他掣出棍子，照那火燒的磚牆撲的一下，就打倒了有七八層牆。眾僧見了，個個骨軟身麻。行者急縱觔斗雲，徑上黑風山。畢竟此去如何，且聽下回分解。

第十七回　孫行者大鬧黑風山　觀世音收伏熊羆怪

話說孫行者一觔斗跳將起去，唬得那觀音院大小僧眾一個個朝天禮拜道：「爺爺呀！原來是騰雲駕霧的神聖下界，怪道火不能傷。恨我那個不識人的老剝皮，使心用心，今日反害了自己。」三藏道：「列位請起，不須恨了。這去尋著袈裟，萬事皆休。但恐找尋不著，我那徒弟性子不好，汝等性命不知如何也。」眾僧聞言，一個個告天許願，只願尋得袈裟不題。

卻說大聖到空中，把腰兒扭了一扭，早來到黑風山上。住了雲頭細看，果然是座好山。況正值春光時節，但見：

萬壑爭流，千崖競秀。鳥啼人不見，花落樹猶香。

行者正觀山景，忽聽得芳草坡前，有人言語。他閃在那石崖之下，偷睛觀看。原來是三個妖魔，席地而坐，上首的是一條黑漢，左首下一個道人，右首下一個白衣秀士，都講的是立鼎安爐，摶砂煉汞，白雪黃芽，旁門外道。正說中間，那黑漢笑道：「後日是我母難之日，二公可光顧光顧？」白衣秀士道：「年年與大王上壽，今年豈有不來之理？」黑漢道：「我夜來得了一件寶貝，名喚錦襴佛衣，誠然是件好物。我明日就大開筵宴，慶賀佛衣，就稱為佛衣會如何？」道人笑道：「妙，妙，我明日先來拜壽，後日再來赴宴。」行者聞得，就忍不住跳出石崖，舉棒高叫道：「好賊怪！你偷了我的袈裟，要做甚麼佛衣會，趁早兒將來還我。」喝聲「休走」，輪棒就打。慌得那黑漢化風而逃，道人駕雲而走，只把個白衣秀士一棒打死，卻是一個白花蛇怪。

行者徑入山尋那黑漢，轉過尖峰峻嶺，又見那壁陡崖前聳出一座洞府，兩扇石門緊閉，門上有一橫石板，明書著「黑風山黑風洞」。即便輪棒高叫道：「作死的業畜，快送袈裟出來。」小妖急報黑漢道：「大王，佛衣會做不成了，門外有一個毛臉雷公嘴的和尚，來討袈裟哩！」那黑漢教取披掛，結束了，綽一桿黑纓槍，走出門來高叫道：「你是那寺裏和尚？你的袈裟在那裏失落了，敢來我這裏索取。」行者道：「我的袈裟在觀音院後方丈裏放著，只因昨夜失了火，你這廝趁鬨盜來，要做佛衣會慶壽，怎敢抵賴？快快還我，饒你性命。」那怪聞言，呵呵冷笑道：「你那個潑物，原來昨夜那火就是你放的。你在那屋上行兇呼風，是我把一件袈裟拿來了，你待怎麼？你姓甚名誰，有多大手段，敢那等海口浪言。」行者道：「是你也認不得你老外公哩！你老外公乃大唐御弟三藏法師之徒弟孫行者。若問老孫的手段，說出來教你魂飛魄散。」那怪道：「你試說來我聽。」行者笑道：「我兒你站穩了，仔細聽著！我

自小神通手段高，隨風變化逞英豪。花果山前為帥首，水簾洞裏掛黃袍。
玉皇大帝傳宣詔，封我齊天極品僚。幾番大鬧靈霄殿，三十三天打一遭。
五行山壓五百載，今保唐僧不憚勞。你去乾坤四海問一問，我是歷代馳名第一妖。」

那怪聞言笑道：「你原來是那鬧天宮的弼馬溫麼？」行者最惱的是「弼馬溫」三字，心中大怒，輪起棒劈頭就打。那黑漢纏長槍劈手來迎。兩家鬥了十數回合，不分勝負，漸漸紅日當午，那黑漢舉槍架住鐵棒道：「孫行者，且等我進了膳來，再與你賭鬥。」虛幌一槍，翻身入洞，關了石門，且安排筵宴，寫帖邀請各魔慶會。

行者攻門不開，也只得回觀音院。見了三藏，將黑漢之事說了一遍。那院主早又整治素供，請孫老爺吃齋。行者吃了些須，復駕雲又到山上。正行間，只見一個小怪，左脅下夾著一個花梨木匣兒，從大路而來。行者舉起棒，劈頭一下，就打得似個肉餅一般。拖在路旁，揭開匣兒觀看，果然是一封請帖。帖上寫著：

侍生熊羆頓首拜，啟上大闡金池老上人丹房：屢承佳惠，感激淵深。夜觀回祿之難，有失救護，諒仙機必無他害。生偶得佛衣一件，欲作雅會，謹具花酌，奉扳清賞。至期千乞仙駕過臨一敍是荷。先二日具。

行者見了，呵呵大笑道：「這廝名喚熊羆，必定是個黑熊成精。那個老剝皮，死得一毫兒也不虧，他原來與妖精結友，怪道他也活了二百七十歲。想是傳得些甚麼服氣的小法兒，故有此壽。等我就變作他模樣，到洞裏走走，倘或看見袈裟，趁便拿回，豈不省力。」

好大聖，念動咒語，迎風一變，果然就像那老和尚一般，徑來洞口叫門。那小妖開門見了，急轉身報道：「大王，金池長老來了。」那怪沈吟道：「剛纔差了小的去，如何來得這等迅速？莫非孫行者叫他來討袈裟的。管事的，可把佛衣藏了，莫教他看見。」行者進了洞門，但見那天井中松篁交翠，桃李爭妍，卻也是個洞天之處。那二門上有一聯對子，寫著：「靜隱深山無俗慮，幽居仙洞樂天真。」行者暗道：「這廝也是個脫垢離塵的怪物。」進到三層門裏，都是些畫棟雕樑，明窗彩户。那黑漢見行者進來，整頓衣巾，降階迎接道：「老師連日少候。適有小簡奉邀後日一敍，何期今日就下顧也？」行者道：「正來進拜，不期路遇華翰，見有佛衣雅會，故此急急奔來，願求見見。」

正講處，只見有一個巡山的小妖來報道：「大王，下請書的小校被孫行者打死。他綽著經兒，變化作金池長老來騙佛衣也！」那怪聞言，急縱身拿槍就刺行者。行者急掣棍，現了本相，架住槍尖。就在天井中，鬥到洞口，從洞口打上山頭，自山頭殺在雲外，只鬥到紅日沈西，不分勝敗。那怪道：「姓孫的，你且住了手。今日天色已晚，待明早來與你定個死活。」隨即又化陣清風回洞，緊閉石門不出。行者無計奈何，只得也回觀音院裏，見了師父，又將上項事說了一遍，晚間且在禪堂安歇。待到窗外透白，行者一骨魯跳將起來，吩咐眾僧：「好好伏侍我師父，老孫去也。」三藏下牀扯住道：「你往那裏去？」行者道：「我想這樁事都是觀音菩薩沒理，他有個禪院在此，受了這裏人家香火，又容那妖精鄰住。我去南海尋他，與他講一講，教他親來問妖精討袈裟還我。」三藏道：「你這去，幾時回來？」行者道：「少則飯罷，多則晌午，定見成功。」道罷，說聲「去也」，早已無蹤。

須臾間，到了南海，停雲觀看，但見那：

水勢汪洋，山峰高聳。中間有千般瑞草，百樣奇花。綠楊影裏語鸚哥，紫竹林中啼孔雀。

這行者觀不盡那異景非常，徑到紫竹林中，寶蓮臺下，拜見了菩薩。菩薩道：「你來何幹？」行者道：「都是你有一個甚麼禪院，在西方路上，你受了人間香火，容一個黑熊精在那裏鄰住，著他偷了我師父袈裟，屢次取討不與，今特來問你要的。」菩薩道：「這潑猴說話無狀。既是熊精偷了袈裟，你怎來問我取討？都是你這個業猴大膽，將寶貝賣弄，與小人看見。你卻又行兇，喚風發火，燒了我的留雲下院，反來我處放刁。」行者見菩薩說出根腳，慌忙禮拜道：「菩薩，乞恕弟子之罪，果是這般這等。但恨那怪物不肯與我袈裟，師父又要念那話兒咒，老孫忍不得頭疼，故此來拜煩菩薩，望菩薩慈悲慈悲。」菩薩道：「也罷，我看唐僧面上，和你去走一遭。」遂同駕祥雲，早到黑風山上，按落雲頭。

正行處，只見那山坡前一個道人，手拿著一個玻璃盤兒，盤內安著兩粒仙丹，往前正走。被行者撞個滿懷，掣出棒，就照頭一下打死。菩薩大驚道：「你這個潑猴，他又不曾偷你袈裟，你怎麼平白就將他打死？」行者道：「菩薩不知，他就是那熊精的朋友。後日是此精生日，請他們來慶佛衣會，今日他先來拜壽也。」說罷，把那道人提起來看，原來是一隻蒼狼。那個盤兒底下卻刻著四個字，是「凌虛子製」。行者見了，笑道：「造化，造化，老孫倒有一計，不知菩薩可肯依我？」菩薩道：「你說。」行者道：「這盤上刻著『凌虛子製』，想這道人就叫作凌虛子。菩薩，你若依我時，可就變作這個道人，他這盤裏兩粒仙丹，我將他吃了，另變上一粒，你就捧了這盤去，與那妖上壽，把這丹與他吃了下肚，老孫便於中取事，他若不肯獻出佛衣，老孫將他板腸就也織將一件出來。」

菩薩笑笑兒，便也點頭依從。爾時以心會意，以意會身，恍惚之間，已變作凌虛仙子。但見：

鶴氅仙風颯，飄飄欲步虛。蒼顏松柏老，秀色古今無。
去去還無住，如如自有殊。總來歸一法，只是隔邪軀。

行者看到：「妙啊，妙啊！還是妖精菩薩，還是菩薩妖精？」菩薩笑道：「悟空，菩薩、妖精，總是一念；若論本來，皆屬無有。」行者心下頓悟，轉身卻就變作一粒仙丹。正是：

無定盤中走，圓明未有方。三三勾漏合，六六玉爐藏。
瓦鑠黃金焰，牟尼白晝光。外邊鉛與汞，未許漫商量。

菩薩捧了那個玻璃盤兒，徑到妖洞門口，看時，果然是丹崖碧澗，翠柏蒼松。菩薩看了，心中暗喜道：「這業畜佔了這座山洞，卻是也有些道分。」因此心中已有個慈悲之念。

走到洞口，只見小妖們都道：「凌虛仙長來了。」忙入傳報。那妖便將菩薩迎入，坐定道：「凌虛，有勞仙駕珍顧，蓬蓽有光。」菩薩道：「小道敬獻一粒仙丹，與大王稱壽。」即將丹盤捧上道：「願大王千歲！」那妖竟不推辭，拈入口中，纔待要嚥，那顆丹丸早一直滾下。行者在肚裏現了本相，理起四平，亂打亂踢。那妖滾倒在地，連聲哀告，乞饒性命。菩薩亦現了本相道：「業畜若要性命，快將袈裟出來。」那妖便忙叫小妖取出。行者早已從鼻孔中出去，取了袈裟在手。菩薩又怕那妖無禮，卻把一個箍兒丟在他頭上。那妖爬得起來，提槍就要刺行者。菩薩起在空中，將真言念起。那怪卻又頭疼，丟了槍滿地亂滾。菩薩道：「業畜！你如今可皈依麼？」那怪滿口道：「情願皈依，只望饒命！」行者意欲打死，菩薩止住道：「休傷他命。我有用他處哩。」行者道：「何處用他？」菩薩道：「我那落伽山後，無人看管，我要帶他去做個守山大神。」行者笑道：「誠然是個救苦慈尊，一靈不損。」那怪甦醒過來，朝著菩薩只顧磕頭禮拜，願皈正果。菩薩方墜落祥光，與他摩頂受戒，教他執了長槍，跟隨左右。那黑熊方纔是一片野心今日定，無窮頑性此時收。菩薩吩咐：「悟空，拿了袈裟回去，好生伏侍唐僧，以後再休賣弄惹事。」行者便捧著袈裟，叩頭而別。菩薩亦帶了熊羆，徑回南海。要知向後事情，且聽下回分解。

第十八回　觀音院唐僧脫難　高老莊行者降魔

卻說行者得了袈裟，駕祥雲回到觀音院見了三藏，將菩薩收妖之事說了一遍。三藏大喜，望空拜謝。眾僧亦皆歡喜放心，大家還願散福，整頓美齋，盛款唐僧師徒。次早方收拾馬匹、行囊出門，眾僧遠送方回。行者引路而去。

正是那春融時節，師徒們行了五七日荒路。忽一日天色將晚，遠望見一村人家。三藏道：「悟空，那壁廂有座山莊，我們好去告宿。」行者定睛觀看，真個是：

竹籬密密，茅屋重重，綠樹繞門，青溪映戶。食飽雞豚眠屋角，醉酣鄰叟唱歌來。

行者道：「師父，果是一村好人家。」那長老催動白馬，早到街口。只見一個少年，持傘背包，斂裩紮褲，腳踏草鞋，雄糾糾的出街忙走。行者順手一把扯住道：「那裏去？我問你，此間是甚麼地方？」那個人只管苦掙，嚷道：「莊上沒人，只是我好問信？」行者陪著笑道：「施主莫惱。與人方便，自己方便。你就與我說說地名何害？或者我也可解得你的煩惱。」那人掙不脫手，氣得亂跳道：「蹭蹬！家長的屈氣受不了，又撞著這個光頭，受他的清氣。」行者道：「你有本事劈開我的手，你就去了也罷。」那人左扭右扭，那裏扭得動？氣得他丟了包傘，兩隻手雨點般來抓行者，行者愈加不放，急得暴躁如雷。三藏道：「悟空，那裏不有人來了？你再問別個罷，只管扯住他怎的？」行者笑道：「師父，若是問了別人沒趣，須是問他，纔有買賣。」

那人被行者扯不過，只得說道：「此處乃是烏斯藏國界之地，叫作高老莊。你放我去罷。」行者道：「你這樣行裝，不是個走近路的。你實對我說，要往那裏去，幹甚麼事，我纔放你。」這人無奈，只得又實告道：「我是高太公的家人，名喚高才。我那太公有一女兒，年方二十歲，不曾配人，三年前被一個妖精佔了，整整做了三年女婿。我太公不悅，一向要退這妖精。那妖精轉把女兒關在後宅，將有半年，再不放出與家內人相見。我太公與了我幾兩銀子，教我尋訪法師，拿那妖怪。我這些時不曾住腳，前前後後，請了有三四個人，都是不濟的和尚，膿包的道士，降不得那妖精。剛纔罵了我一場，說我不會幹事，又教我再去請好法師降他。不期撞著你這個格喇星扯住，誤了我走路，故此裏外受氣。我無奈纔與你說此實情，你放我去罷。」行者聞言，呵呵笑道：「你好造化，造化，這纔是湊四合六的勾當。你也不須遠行，化費銀子。我們不是那不濟的和尚，膿包的道士，其實有些手段，慣會拿妖。這正是一來照顧郎中，二來醫得眼好。煩你回去上覆你家主，說我們是東土駕下差來的御弟聖僧，往西天拜佛求經者，善能降妖縛怪。」高才道：「你莫哄我。我是一肚子氣的人，你若沒手段拿那妖精，卻不又帶累我受氣？」行者道：「管教不誤你事。你引我到你家去來。」那人也無計奈何，真個轉步回家，領他師徒到於門首，自己徑進中堂。

可可撞見高太公，太公罵道：「你那個蠻皮畜生，怎麼不去尋人，又回來做甚？」高才道：「上告主人公得知，小人纔行出街口，忽撞見兩個和尚道是東土來的御弟聖僧，往西天拜佛求經的。我被他扯住不放，沒奈何遂將主人的事情與他說知。他卻十分歡喜，要與我們拿那妖怪。如今現在門首哩。」太公道：「既是遠來的和尚，怕不真有些手段。」即忙走出大門，笑語相迎，便叫：「二位長老，作揖了。」三藏急急還禮，行者卻站著不動。那長者見他相貌兇醜，有幾分害怕，叫高才道：「你這小廝卻不弄殺我也。家裏現有一個醜頭怪腦的女婿打發不開，怎麼又引這個雷公來害我？」行者道：「老高，你空長了許大年紀，還不省事。我老孫醜自醜，卻有些本事。替你家擒了妖精，還了你女兒，便是好事，何必諄諄以相貌為言。」

高老見說，只得強打精神，請進坐定，問道：「適間小价說，二位長老是東土來的？」三藏道：「便是。貧僧往西天拜佛求經，因過寶莊，特借一宿，明早便行。」高老道：「二位原是借宿的，怎麼說會拿怪？」行者道：「因是借宿，順便拿幾個妖怪兒耍耍的。動問府上有多少妖怪？」高老道：「天那，還吃得有多少哩！只這一個怪女婿，也被他磨慌了。」行者道：「你把那妖怪始末，說來我聽。」高老道：「老拙不幸，不曾有子，止生三個女兒，長名香蘭，次名玉蘭，三名翠蘭。那兩個從小兒配與本莊人家，止有小的要招個養老女婿。不期三年前有一個漢子，模樣兒倒也精緻，他說是福陵山上人家，姓豬，願與人家做個女婿。我老拙就招了他。一進門時，倒也勤謹，誰知他會變嘴臉。」行者道：「怎麼樣變？」高老道：「初來時，是一條黑胖漢，後來就變作一個長嘴大耳朵的獃子，腦後又有一溜鬃毛，就像個豬的模樣。食腸卻又甚大，喜得還吃齋素，若再吃葷酒，老拙這些家產幾時早已罄淨。」三藏道：「只因他做得，所以吃得。」高老道：「吃還是小事。他如今又會弄風，雲來霧去，走石飛沙，唬得我一家並鄰舍俱不得安生。又把那小女關在後宅子裏，半年也不得見面，更不知死活如何。因此知他是個妖怪，要請個法師退他。」行者道：「這個何難？老兒你請放心，今夜管情與你拿住，教他離了你們如何？」高老道：「但得拿住他，就求與我除了根罷。」行者道：「容易，容易。」老兒十分歡喜，即教擺列齋供。齋罷將晚，行者道：「老高，你去請幾個年高有德的老兒，陪我師父清敘，我好把那妖精拿來，對眾取供，替你除了。」老兒一一如命。

行者卻搭著鐵棒，扯著高老，引他到後宅門首。那扇門卻鎖著，行者走上前一摸，原來是銅汁灌的鎖。狠得他將金箍棒一搗，搗開門扇，裏面卻黑洞洞的。行者道：「老高，你叫你女兒一聲，看他可在裏面。」那老兒硬著膽叫聲：「三姐姐。」只聽得裏邊少氣無力的應了一聲道：「爹爹，我在這裏哩。」行者閃金睛，向黑影裏仔細看時，只見那女子雲鬢蓬鬆，花容憔悴。他走來扯住高老，抱頭大哭。行者道：「且莫哭！我問你，妖怪那裏去了？」女子道：「他雲來霧去，不知蹤跡。這些時曉得父親要祛退他，他也常常防備，故此昏來朝去。」行者道：「不消說了。老兒，你帶令愛往前邊慢慢敍闊，讓老孫在此等他。」那老高歡歡喜喜，把女兒帶去。

行者卻弄神通，搖身一變，變得就和那女子一般，獨自個坐在房裏，等那妖精。不多時，一陣風來，真個是走石飛砂。風過處，只見半空裏來了一個妖精，果然生得醜陋，黑臉短毛，長喙大耳。行者暗笑道：「原來是這個買賣。」他且睡在牀上推病，口裏哼哼的不絕。那怪不知真假，走進房，一把摟住就要親嘴。行者即使個拿法，托著那怪的長嘴，漫頭一摺，撲的摜下牀來。那怪爬起來，扶著牀邊道：「姐姐，你怎麼今日有些怪我，想是我來得遲了？」行者道：「不怪，不怪，我因今日有些不自在，你可脱了衣服睡罷。」那怪不解其意，真個就去脱衣。行者跳起來坐在淨桶上，那怪解衣上牀。行者忽然歎口氣，道聲「造化低了！」那怪道：「你惱怎的？造化怎麼得低的？我自到你家，雖是吃了些茶飯，卻我也曾替你家耕田耙地，創家立業。如今你身上穿戴的，四時花果，八節蔬菜，都是我掙來的。你還有那些兒不趁心處？這般短歎長吁，說甚麼造化低了。」行者道：「不是這等說，今日我的爹娘，隔著牆丟磚撂瓦的，甚麼樣打我罵我哩。說我和你做了夫妻，你是他門下一個女婿，全沒些兒禮體。這樣個醜嘴臉的人，又會不得親戚。又不知你端的是那裏人家，姓甚名誰。敗壞他清德，玷辱他門風，故此將我打罵，所以煩惱。」那怪道：「我雖是有些兒醜陋，若要俊卻也不難。我一來時曾與他講過，他願意方纔招我，今日又說起這話。我家住在福陵山雲棧洞。我以相貌為姓，故姓豬，官名叫作豬剛鬣。他若再來問你，你就以此話與他說便了。」

行者道：「他說要請法師來拿你哩。」那怪道：「莫睬他！我有天罡的變化，九齒釘鈀，怕甚麼法師。就是你老子有虔心，請下九天蕩魔祖師下界，我也曾與他做過相識，他也不敢怎的我。」行者道：「他說請一個五百年前大鬧天宮的齊天大聖來拿你哩。」那怪聞得這個名頭，就有三分害怕，道：「既是這等說，我去了罷，兩口子做不成了。」行者道：「你怎的就去？」那怪道：「你不知道。那鬧天宮的弼馬溫有些本事，只恐我弄他不過，低了名頭，不像模樣。」他套上衣服，開了門，往外就走。被行者一把扯住，將自己臉上一抹，現出原身，喝道：「好妖怪，那裏走！你看看我是那個？」那怪轉過眼來，看見行者模樣，就是個活雷公相似，慌得他手麻腳軟，劃刺的一聲，掙破了衣服，脫身而走。行者急上前拿他，那怪化萬道火光，徑轉本山而去。行者駕雲頭隨後緊緊追趕，喝聲：「那裏走！你若上天，我就趕到斗牛宮；你若入地，就追至酆都獄。」這正是：

假眷屬非真眷屬，好姻緣是惡姻緣。

畢竟不知這一去趕至何方，且聽下回分解。

第十九回　雲棧洞悟空收八戒　浮屠山玄奘受心經

卻說那怪的火光前走，這大聖的彩霞隨跟。正行處，忽見一座高山，那怪把紅光結聚，現了本相，撞入洞內，取出一柄九齒釘鈀來戰。行者喝一聲道：「潑怪！你是那裏來的邪魔？怎知道我老孫的名號？你有甚麼本事，實實供來，饒你性命。」那怪道：「是你也不知我的手段。上前來，我說與你聽。我

自小生來心性拙，貪閒愛懶無休歇。不曾養性與修真，混沌迷心熬日月。
忽朝緣到遇真仙，就把丹經坐下說。勸我回心莫墮凡，指示天關並地闕。
得傳九轉大還丹，工夫晝夜無時輟。上至頂門泥丸宮，下至腳板湧泉穴。
周流腎水入華池，丹田補得溫溫熱。嬰兒姹女配陰陽，鉛汞相投分日月。
離龍坎虎用調和，靈龜吸盡金烏血。三花聚頂得歸根，五氣朝元通透徹。
功圓行滿卻飛昇，身輕體健朝金闕。玉皇設宴會群仙，各分品級排班列。
敕封元帥管天河，總督水兵稱符節。只因王母會蟠桃，開宴瑤池邀眾客。
那時醉入廣寒宮，風流仙子來相接。見他容貌實銷魂，舊日凡心似火烈。
全無上下失尊卑，扯住嫦娥要陪歇。色膽如天叫似雷，險些震倒天關闕。
糾察靈官奏玉皇，那日吾當命運拙。廣寒圍困不通風，諸神拿住怎得脫。
押赴靈霄見玉皇，依律問成該處決。幸遇金星救我生，錘責二千皮骨折。

放生遭貶出天關，福陵山下圖家業。我因奪舍錯投胎，俗名喚作豬剛鬣。」

行者聞言道：「你這廝原來是天蓬水神下界，怪道知我老孫名號。」那怪哏一聲道：「你這誑上的弼馬溫，當年撞那禍時，不知帶累我等多少，今日又來此欺人。不要無禮，吃我一鈀。」行者怎肯容情，舉起棒當頭就打。他兩個在那半山之中，黑夜裏好殺。二更時分直戰到東方發白。那怪不能迎敵，依然又化狂風回洞，把門緊閉，再不出頭。行者看那洞門外有一座石碣，上書「雲棧洞」三字。

時天光大亮，行者恐師父盼望，且回到高老莊。見了三藏與諸老，將上項事說了一遍。又叫老高道：「那妖也不是凡間的邪祟。他是天蓬元帥臨凡，只因錯投了胎，嘴臉像一個野豬模樣，其實靈性尚存。據他說，雖吃了你些茶飯，卻與你們家做活，掙了許多家貲，又未曾傷害你女兒，問你祛他怎的？我想這等一個女婿，當真的留了他也罷。」老高道：「長老，雖是不傷風化，但名聲不好。動不動人就說：『高家招了一個妖怪女婿！』這句話兒教人怎當？」三藏道：「悟空，你既是與他做了一場，索性做個決絕，纔見始終。」行者道：「是，是，我此去一定拿來與你們看。」

說聲去，就無形無影的，跳到那山上，來到洞口，一頓棍，把兩扇門打得粉碎。口裏罵道：「那饢糠的夯貨，快出來與老孫打麼！」那怪正喘噓噓的睡在洞裏，聽見行者罵他，惱怒難禁，只得拖著鈀，抖擻精神，跑將出來，罵道：「你這弼馬溫，與你有甚相干，你把我大門打破？你且去看看律條，打進大門而入，該個雜犯死罪哩！」行者笑道：「這個獃子！我雖打了大門，不像你強佔人家閨女，該問個真犯斬罪哩！」那怪道：「且休閒講，看鈀！」行者道：「你這鈀可是與高老家築地種菜的，有何好處？」那怪道：「你錯認了。這鈀豈是凡間之物，你聽我道：

此是鍛煉神水鐵，老君手製鈐鍾別。名為上寶沁金鈀，進與玉皇鎮丹闕。
因我受敕封天蓬，欽賜釘鈀為御節。隨身變化可心懷，任意翻騰依口訣。
下海掀翻龍子宮，上山攪碎虎狼穴。何怕你銅頭鐵腦一身鋼，鈀到魂消神氣泄。」

行者聞言道：「獃子不要說嘴！老孫把這頭伸在這裏，你且築一下兒看，可能魂消氣泄。」那怪真個舉鈀盡力築將來，撲的一下，迸起鈀的火光焰焰，更不曾築動一些兒頭皮。唬得他手麻腳軟，道聲：「好頭，好頭！你這猴子，我記得你鬧天宮時家住在東勝神洲水簾洞裏，到如今久不聞名。你怎麼來到這裏，上門欺我？莫是我丈人去請你來的。」行者道：「你丈人不曾去請我。因是老孫改邪歸正，保護一個東土三藏法師，往西天拜佛求經。路過高莊借宿，那老兒說起，就請我救他女兒，拿你這饢糠的夯貨。」

那怪一聞此言，丟了釘鈀，唱個大喏道：「那取經人在那裏？累煩你引見引見。」行者道：「你要見他怎的？」那怪道：「我久蒙觀音菩薩勸善，受戒持齋，教我跟隨那取經人往西天拜佛求經，等了這幾年不聞消息。你今既做他徒弟，何不早說取經之事，只倚強上門打我？」行者道：「你莫詭詐欺心。果然是要跟唐僧，你可朝天發誓，我纔帶你去見我師父。」那怪撲的望空跪下，磕頭如搗蒜道：「阿彌陀佛，我若不是真心實意，還教我犯了天條，劈屍萬段。」行者方纔信了，又叫他搬些蘆葦荊棘，塞在洞裏，點起一把火，將一個雲棧洞燒得像個破瓦窰。那怪對行者道：「我今已無掛礙了，你卻引我去罷。」行者又拿著他的釘鈀，揪著耳朵，駕起雲頭，徑轉高家莊來。詩曰：

金性剛強能剋木，心猿降得木龍歸。金從木順皆為一，木戀金仁總發揮。
一主一賓無間隔，三交三合有玄微。性情並喜貞元聚，同證西方事不違。

那三藏與高老眾人正坐在堂上，忽見行者把那怪揪來，一個個忻然迎接。只見那怪走上前，朝著三藏跪下叩頭，高叫道：「師父，弟子失迎。早知是師父住在我丈人家，我就來拜接，怎麼又費許多周折？」三藏道：「悟空，你怎麼降得他來拜我？」行者喝道：「獃子，你說麼！」那怪把菩薩勸善事情，細陳了一遍。三藏大喜，便叫高太公取過香案來，三藏淨手焚香，望南禮拜道：「多蒙菩薩聖恩！」那怪從新禮拜三藏為師，又與行者交拜了，稱為師兄。三藏道：「既要做徒弟，我與你起個法名。」他道：「師父，我已是菩薩起了法名，叫作豬悟能也。」三藏道：「好，好，正和你師兄悟空同派。」悟能道：「師父，我受了菩薩戒行，久斷了五葷三厭，今日見了師父，我開了齋罷！」三藏道：「不可，不可，你既是不吃五葷三厭，我再與你起個別名，喚為八戒。」那獃子甚喜。因此又叫作豬八戒。

高老見他改邪歸正，更十分喜悅，遂命家僮大排筵宴，酬謝唐僧。八戒上前扯住老高道：「爺，請我拙荊出來，拜見公公、伯伯如何？」行者笑道：「賢弟，你既做了和尚，從今後再莫題起那『拙荊』的話。世間只有個火居道士，那裏有個火居的和尚？我們且來吃了齋飯，趕早兒往西天走路。」高老請三藏上坐，行者與八戒坐於兩旁，諸親下坐相陪。三藏用齋，行者、八戒亦吃些素酒。

少頃齋罷，老高將一紅盤，捧出二百兩散碎金銀奉獻。三藏道：「我們是行腳僧，怎敢受金銀財帛？」行者近前抓了一把，叫：「高才，昨日累你引我師父，今日招了一個徒弟，無物謝你，把這金銀權作帶領錢。以後但有妖精，多作成我幾個，還有謝你處哩！」高才叩頭謝賞。老高又備了一件青錦袈裟、兩雙新鞋，送與八戒。八戒搖搖擺擺，對高老唱個喏道：「上覆丈母、姨娘和諸親眷，我今日去做和尚了，不及面辭。丈人呵，你還好生看待我渾家，只怕我們取經不成時，還來照舊與你做女婿過活。」行者喝道：「夯貨，莫亂説，我們趕早走路。」遂此收拾了一擔行李，八戒挑了，三藏騎著馬，行者肩著棒，一行三眾，辭別高老眾人，投西而去。

路途有個月平穩。行過了烏斯藏界，猛擡頭見一座高山。三藏勒馬道：「徒弟，前面山高，須索仔細。」八戒道：「沒事。這山喚作浮屠山，山中有一個烏巢禪師，在此修行。老豬也曾會他。」不多時到了山上，三藏在馬上遙觀。見香檜樹上有一柴草窩，四面有麋鹿銜花，猿猴獻果，青鸞彩鳳齊鳴，白鶴錦雞咸集。八戒指道：「那不是烏巢禪師！」三藏縱馬加鞭，直至樹下。那禪師見他三眾前來，亦便離了巢穴，跳下樹來。三藏下馬叩拜，禪師用手攙道：「聖僧請起。失迎，失迎。」八戒道：「老禪師，作揖了。」禪師驚問道：「你是豬剛鬣，怎麼有此大緣，得與聖僧同行？」八戒道：「前蒙觀音菩薩勸善，願隨我師做個徒弟。」禪師道：「好，好，好！」又指定行者問道：「此位是誰？」行者笑道：「這老禪怎麼認得他，倒不認得我？」三藏道：「他是弟子的大徒弟孫悟空。」禪師陪笑道：「欠禮，欠禮。」

三藏再拜，請問西天還在那裏，禪師道：「遠哩，遠哩！雖然路途遙遠，終須有到之日，卻只是魔瘴難消。我有《多心經》一卷，共計二百七十字。若遇魔障之處，但念此經，自無傷害。」三藏拜求傳授，那禪師遂口誦云：

《摩訶般若波羅蜜多心經》。觀自在菩薩，行深般若波羅蜜多，時照見五蘊皆空，度一切苦厄。舍利子，色不異空，空不異色；色即是空，空即是色，受想行識，亦復如是。舍利子，是諸法空相，不生不滅，不垢不淨，不增不減。是故空中無色，無受想行識，無眼耳鼻舌身意，無色聲香味觸法，無眼界，乃至無意識界。無無明，亦無無明盡。乃至無老死，亦無老死盡。無苦寂滅道，無智亦無得。以無所得故，菩提薩埵。依般若波羅蜜多故，心無掛礙。無掛礙故，無有恐怖；遠離顛倒夢想，究竟涅槃，三世諸佛，依般若波羅蜜多故，得阿耨多羅三藐三菩提。故知般若波羅蜜多，是大神咒，是大明咒，是無上咒，是無等等咒，能除一切苦，真實不虛。故說般若波羅蜜多咒，即說咒曰：揭諦，揭諦，波羅揭諦，波羅僧揭諦，菩提薩婆訶。

三藏本有根源，當時耳聞此經一遍，即能記憶，至今傳世。此乃修真之總經，作佛之會門也。那禪師傳了經文，踏雲光要上烏巢而去。三藏又扯住，定要求問個西去的路程端的。禪師笑云：

道路不難行，試聽我吩咐。千山萬水程，多障多魔處。若遇兇險時，安心休恐怖。
精靈滿國城，魔主盈山住。老虎坐琴堂，蒼狼為主簿。獅象盡稱王，虎豹皆作御。
野豬挑擔子，水怪前頭遇。多年老石猴，那裏懷嗔怒。你問那相識，他知西去路。

行者聞言，冷笑道：「我們去，不必問他，問我便了。」那禪師化作金光，徑上烏巢而去。長老往上拜謝。行者心中大怒，舉鐵棒望上亂搗，只見蓮花萬朵，祥霧千層，總莫能傷損一毫。三藏扯住行者道：「悟空，這樣一個菩薩，你搗他窩巢怎的？」行者道：「他罵了我兄弟兩個一場去了。他說『野豬挑擔子』，是罵八戒；『多年老石猴』，是罵老孫。你怎麼解得此意？」八戒道：「師兄，這禪師頗曉得過去未來之事，但看他『水怪前頭遇』這句話，不知驗否？我們去罷。」行者纔請師父上馬，下山往西而去。畢竟不知前程端的如何，且聽下回分解。

第二十回　黄風嶺唐僧有難　半山中八戒爭先

法本從心生，還是從心滅。生滅盡由誰，請君自辨別。
既然皆己心，何用別人說。只須下苦功，扭出鐵中血。
絨繩著鼻穿，挽定虛空結。拴在無為樹，不使他顛劣。
莫認賊為子，心法都忘絕。休教他瞞我，一拳先打徹。
現心亦無心，現法法也輟。人牛不見時，碧天光皎潔。
秋月一般圓，彼此難分別。

這一篇偈子，乃是說三藏悟徹了《多心經》，打開了門戶。那長老常念常存，一點靈光自透。

且說他三眾在路，餐風宿水，戴月披星，早又至夏景炎天。那日正行時，忽然天晚，又見山路旁邊，有一村舍。三藏道：「悟空，我們且借宿一宵，明日再走。」八戒道：「說得是。我老豬也有些餓了，且到人家化些齋吃，有力氣好挑行李。」行者道：「這個戀家鬼，你離了家幾日，就生報怨。」三藏道：「悟能，你若是在家心重時，不是個出家的了，你還回去罷。」那獃子慌得跪下道：「師父呵，我受了菩薩的戒行，又承師父憐憫，情願要伏侍師父往西天去，誓無退悔。這叫作恨苦修行，怎的說不是出家的話。」三藏道：「既是如此，你且起來。」

那獃子便縱身跳起，挑著擔子前來，早到了人家門首。三藏下馬，先奔門前，只見一老者斜倚竹牀之上，口裏嚶嚶的念佛。三藏慢慢的叫一聲：「施主，問訊了。」那老者忙斂衣還禮道：「長老，失迎。你自那方來的？到我寒門何故？」三藏道：「貧僧是東土大唐和尚，奉旨上雷音寺拜佛求經。適至寶方天晚，投告檀府借宿一宵，萬祈方便。」那老兒擺手搖頭道：「去不得，西天難取經。要取經，往東天去罷。」三藏口中不語，意下沈吟：「菩薩指道西去，怎麼此老說往東行，東邊那得有經？」行者就忍不住，上前高叫道：「那老兒，你這般大年紀，全不曉事。我出家人遠來借宿，就把這厭鈍的話唬我。十分你家沒處睡時，我們在樹底下好道也坐一夜。」那老者扯住三藏道：「師父，你倒不言語。你那個徒弟，那般一個痨病鬼，怎麼反衝撞我這年老之人。」行者笑道：「你這個老兒忒沒眼色，我老孫小自小，頗結實，皮裏一團筋哩！」那老者道：「你想必有些手段。」行者道：「不敢欺，也將就看得過。我自小兒學做妖怪，憑本事掙了一個齊天大聖，只因大反天宮，惹了一場災愆。如今轉拜沙門，保我師父上西天拜佛，怕甚麼山高水險。我老孫降魔捉怪，伏虎擒龍，略略也都去得。」

那老兒聽得哈哈笑道：「你既有這樣手段，西方果然也還去得，去得。你一行幾眾？請至茅舍裏安宿。」三藏道：「多謝老施主了，我一行三眾。」老者道：「那一眾在那裏？」行者指著道：「那綠蔭下站的不是？」老兒擡頭細看，一見八戒這般嘴臉，就唬得一步一跌，往屋裏亂跑，只叫：「關門，關門，妖怪來了！」行者趕上扯住道：「老兒莫怕，他不是妖怪，是我師弟。」那一家大男小女不知是甚來歷，都一擁出來動問。八戒調過頭來，把耳朵擺了幾擺，長嘴伸了一伸，嚇得那些人東倒西歪。

慌得那三藏滿口招呼道：「莫怕，莫怕，我們不是歹人，我們是取經的和尚。」那老兒纔定了性，請他師徒進去。三藏著實埋怨他兩人粗蠢生事，行者笑道：「獃子，你便把那醜也收拾起些兒麼。」三藏道：「相貌是生成的，你教他怎麼收拾？」行者道：「把那個耙子嘴揣在懷裏，莫拿出來；把那蒲扇耳貼在後面，不要搖動；這就是收拾了。」那八戒真個把嘴揣了，把耳貼了，拱著頭立於左右。行者將行李、白馬安頓了。

那老兒纔吩咐獻茶辦齋，請三眾涼處坐下。三藏方問道：「老施主始初說西天經難取者，何也？」老者道：「經非難取，只是道中艱澀難行。我們這向西去三十里遠近，有一座山，叫作八百里黃風嶺。那山中多有妖怪，故此難行。據方纔這位小長老說有許多手段，卻也去得。」正說處，又見兒子拿飯擺在桌上，道聲：「請齋。」三藏就合掌諷起齋經，八戒早已吞了一碗。長老的經還未了，那獃子又吃彀三碗。行者道：「這個饢糠，好道撞著餓鬼了。」那老兒倒也知趣，見他吃得快，道：「這個長老想著實餓了，快添飯來。」那獃子真個食腸大，看他不擡頭，一連就吃有十數碗。老兒道：「倉卒無餚，三位長老請再進一筯。」三藏、行者俱道彀了，八戒道：「老兒滴答甚麼，誰和你發課，說甚麼五爻六爻？有飯只管添將來就是。」獃子一頓，把他一家子飯都吃得罄盡，還只說纔得半飽。卻纔收了傢伙，在那門樓下安排牀鋪睡下。

次日天曉，辭別西行。不上半日，果逢一座高山，十分險峻。正行處，忽然一陣旋風大作。三藏在馬上心驚道：「悟空，風起了。」行者道：「風卻怕他怎的，等我抓一把來聞聞看。」八戒笑道：「師兄，風又好抓得過來聞的？」行者道：「兄弟，你不知道老孫有個抓風之法。」那大聖聞了一聞，有些腥氣，道：「果然不是好風！這風不是虎風，定是怪風。」

說不了，只見山坡下，剪尾跑蹄，跳出一隻斑斕猛虎。慌得那三藏跌下馬來，斜倚路旁。八戒丟行李，掣釘鈀上前，大喝一聲道：「業畜，那裏走！」趕將去劈頭就築。那隻虎直挺挺站將起來，把前爪輪起，摳住胸膛，往下一抓，唿剌的一聲，把個皮剝將下來，站立道旁喊道：「慢來，慢來，我乃黃風大王部下的前路虎先鋒是也。今奉命巡山，要拿幾個凡夫去做案酒。你是那裏來的和尚，敢擅動兵器傷我？」八戒罵道：「業畜！我等不是那過路的凡夫，乃東土大唐聖僧上西方拜佛求經者。你早早的讓開大路，休驚了我師父，饒你性命。」那妖精那容分說，急近步丟個架子，望八戒劈臉一抓，回身就走。八戒隨後趕來，那怪到了山坡下，亂石叢中取出兩口赤銅刀，急輪起轉身來迎，兩個在這坡前一往一來的賭鬥。那行者攙起唐僧道：「師父莫怕。等老孫去助助八戒，打倒那怪好走。」三藏坐將起來，戰兢兢的口裏念《多心經》。那行者掣棒上前，喝聲叫「拿了」，八戒愈加奮勇。那怪敗下陣去，他兩個趕下山來。

那怪慌了手腳，使個金蟬脫殼計，打個滾現了原身，依然是一隻猛虎。卻又摳著胸膛，剝下皮來，苫蓋在那臥虎石上，脫身化一陣狂風，徑回路口。那師父正念經，被他一把拿住。擒來洞口，按住狂風，雙手捧著唐僧獻上洞主道：「大王，小將山上巡邏，遇著一個東土唐僧，上西方拜佛求經者，擒來奉上，聊具一饌。」那洞主聞言，吃了一驚道：「我聞得前者有人傳說，三藏法師乃大唐聖僧，他手下有一個徒弟孫行者，神通廣大，你怎麼能彀捉得他來？」先鋒道：「他有兩個徒弟，先來的使鈀，後來的使棒。正趕著小將爭持，被小將使一個金蟬脫殼計，把這和尚拿來也。」洞主道：「且莫吃他哩，只恐怕他徒弟上門吵鬧。且把他綁在後園定風樁上，待他不來攪擾，然後慢慢受用不遲。」即令小妖將唐僧拿去，綁在後園，那唐僧苦痛悲切不題。

卻説行者、八戒趕那虎下山坡，只見那虎伏在崖前。行者舉棒盡力一下，轉震得自己手疼。八戒復築了一鈀，亦將鈀齒迸起。原來是一張虎皮，蓋著一塊青石。行者大驚道：「不好，不好，中了他金蟬脱殼之計！我們且回去看看師父。」兩個急急轉來，早已不見了三藏。行者大叫如雷道：「怎的好，師父已被他擒去了！橫豎想來，只在此山，我們快尋去來。」他兩個急奔入山中，穿岡越嶺，行彀多時，只見那石崖之下，聳出一座洞府，果然兇險。行者教八戒將行李、馬匹歇在藏風山凹之間，他整一整直裰，束一束虎裙，掣棒撞至門前，只見那門上有六個大字，乃「黃風嶺黃風洞」。即便執棒高叫道：「妖怪！趁早兒送我師父出來，省得掀翻你的窩巢。」

那小怪忙跑入裏面報道：「大王，門外一個雷公嘴毛臉的和尚，手持著一根許粗的鐵棒，要他師父哩！」那洞主心下慌張。虎先鋒道：「大王放心，待小將出去，把那甚麼孫行者索性拿來湊吃。」他即點起小妖，擂鼓搖旗，拈兩口赤銅刀，出門厲聲高叫道：「你是那裏來的猴和尚？敢在此間大呼小叫。」行者罵道：「你這個剝皮的畜生，你弄甚麼脱殼法兒，把我師父攝了來，還不趁早送出。休走，看棍！」那先鋒急輪刀相迎。他兩個戰了數合，那虎怪抵架不住，回頭就走。行者執棒趕來，卻趕到那藏風山凹之間。八戒正在那裏放馬，忽聽得呼呼的聲喊，回頭觀看，乃是行者趕敗的虎怪。他就丟了馬，舉起鈀著頭一築，就築得九個窟窿鮮血齊冒。詩曰：

三二年前歸正宗，持齋把素悟真空。誠心要保唐三藏，初秉沙門立此功。

行者見了大喜。八戒道：「你可知師父的下落麼？」行者道：「這怪把師父拿在洞裏，要與他甚麼烏大王做下飯。是老孫就與他鬥將這裏來，卻被你殺了。兄弟呵，這個功勞算你的。你可還守著馬匹、行李，等我再到洞口索戰。須是拿得那老妖，方纔救得師父。」八戒道：「哥哥你去，你去。若是打敗了老妖，還趕將這裏來，等老豬截住殺他。」好行者，一隻手提著鐵棒，一隻手拖著死虎，徑至他洞口，正是：

法師有難逢妖怪，情性相和伏亂魔。

畢竟不知此去可降得妖怪，且聽下回分解。

第二十一回　護法設莊留大聖　須彌靈吉定風魔

却說那黃風洞口把門的小妖，看見行者到來，忙進洞報道：「大王，虎先鋒被那毛臉和尚打殺了，拖在門口罵戰哩。」那老妖聞言，心中大惱道：「這廝却也無知。我倒不曾吃他師父，他轉打殺我先鋒，可恨，可恨。我也只聞得講甚麼孫行者，等我出去，看是個甚麼九頭八尾的和尚，拿他進來與我虎先鋒對命。」他急急披掛齊整，綽一桿三股鋼叉，帥群妖跳出本洞。那大聖停立門外，見那怪走將出來，著實驍勇。他厲聲高叫道：「那個是孫行者？」這行者腳躧著虎怪的皮囊，手執著如意的鐵棒，答道：「你孫外公在此，快送出我師父來。」那怪仔細觀看，見行者身軀鄙猥，面容羸瘦，不滿四尺，笑道：「可憐，可憐，我只道是怎麼樣扳翻不倒的好漢，原來是這般一個骷髏病鬼！」行者笑道：「你這個兒子忒沒眼力。你外公雖是小小的，你若肯照頭打一叉柄，就長六尺。」那怪果打一下來，他把腰躬一躬，足長了六尺，有一丈長短，慌得那妖把鋼叉按住，喝道：「孫行者，你怎麼把這個演樣法兒拿來我門前使？莫弄虛頭，走上來，我與你見見手段。」那怪捻動鋼叉，當胸就刺。這大聖正是會家不忙，理開鐵棒，使一個烏龍掠地勢，照頭便打。他二人鬥經三十回合，不分勝敗。這行者急要見功，使一個身外身手段，把毫毛揪下一把，用口嚼碎，望上一噴，叫聲「變」，即變百十個行者，各執一根鐵棒，把那怪圍在空中。那怪害怕，也使一般本事，急回頭望著巽地上，把口張了三張，噓的一口氣吹將出去。忽然間一陣黃風從空颳起，好利害，就把孫大聖毫毛變的小行者颳在那半空中，似紡車兒一般亂轉，莫想攏得身。慌得行者將毫毛一抖，收上身來，獨自個舉著鐵棒上前。又被那怪劈臉噴了一口黃風，把兩隻火眼金睛颳得緊緊閉合，莫能睜開，因此敗下陣來。那妖收風回洞不題。卻說豬八戒見那黃風大作，天地無光，伏在山凹之間，也不敢睜眼擡頭。正在疑思之時，卻早風定天晴，忽聽得孫大聖從西邊吆喝而來，他纔欠身迎著道：「哥哥，好大風啊！你從那裏走來？」行者擺手道：「利害，利害，我老孫自為人，不曾見這大風。那老妖使一柄鋼叉，與老孫戰有三十餘合，是老孫使一個身外身的本事，把他圍打，他著了急，故弄出這陣風來，颳得我站立不住，冒風而逃。老孫也會呼風喚雨，不似這妖精的風惡。」八戒道：「似這般怎生救得師父？」行者道：「救師且再處，我被那怪一口風，噴得我眼珠酸痛，這會子冷淚常流。不知這裏可有眼科先生，且教把我眼醫治醫治。」八戒道：「哥哥，這半山中，天色又晚，且莫說要甚麼眼科，連宿處也沒有了。」行者道：「要宿處不難。我料著那妖精還不敢傷我師父，我們且找上大路，尋個人家住過一宵，明日再來降怪罷。」

八戒遂牽馬挑擔，同出山凹，行上路口，只聽得山坡下有犬吠之聲。二人停身觀看，乃是一家莊院，燈火微明。他兩個漫草而行，直至那家門首，叫一聲：「開門，開門！」那裏邊有一老者問道：「甚麼人？」行者道：「我們是東土大唐聖僧的徒弟，因往西方拜佛求經，路過此山，被黃風大王拿了我師父去。天色已晚，特來府上告借一宿，萬望方便。」那老者道：「原來二位長老，快請進，請進。」他兄弟們徑至裏邊，拴馬歇擔，與莊老拜見敘坐。蒼頭獻了茶，又捧出幾碗胡麻飯。飯畢，命設鋪就寢。行者道：「不睡還可。敢問善人，貴地可有賣眼藥的？」老者道：「是那位長老害眼？」行者道：「不瞞你老人家說，我們出家人自來不曉得害眼。只因今日在黃風洞口救我師父，不期被那怪一口風噴來，吹得我眼珠酸痛，眼淚汪汪，故此要尋眼藥。」那老者道：「善哉，善哉！那黃風大王風最利害。他那風比不得甚麼春秋風、松竹風、與那東西南北風。」八戒道：「想必是夾腦風、羊顛風、大麻風、偏正頭風？」長者道：「不是，不是。他叫作三昧神風。」行者道：「怎見得？」老者道：「那風，能吹天地暗，善颭鬼神愁。裂石崩崖惡，吹人命即休。你們若遇著他那風吹了時，還想得活哩！只除是神仙方可無事。」行者道：「果然，果然。我們雖不是神仙，神仙還是我們晚輩哩。這條命急切難休，卻是吹得我眼珠酸痛。」那老者道：「既如此說，也是個有來頭的人。我這敝處卻無賣眼藥的。老漢也有些迎風冷淚，曾遇異人傳了一方，名喚三花九子膏，能治一切風眼。」行者聞言，低頭唱喏道：「願求些兒試試。」那老者應承，即取藥與行者點上，教他不得睜開，寧心睡覺，明早就好。八戒隨展開鋪蓋，請行者安置。行者閉著眼亂摸。八戒笑道：「先生，你的明杖兒呢？」行者道：「你這個饢糠的獃子，你照顧我做瞎子哩！」那獃子暗笑而睡。行者坐在鋪上，轉運神功，只到三更後方纔睡下。

不覺五更將曉，行者抹抹臉，睜開眼道：「果然好藥！比常時更有百分光明。」卻轉頭後邊望望，呀！那裏得甚房舍門窗，但只見些老槐高柳，兄弟們都睡在那綠莎茵上。那八戒也醒來了，忽擡頭，見沒了人家，慌得一轂轆爬將起來道：「我的馬呢？」行者道：「樹上拴的不是？」「行李呢？」行者道：「你頭邊放的不是？」八戒道：「這家子也好憊懶，他搬了，怎麼就不叫我們一聲？想是躲門户的，恐怕里長曉得，卻就連夜搬了。噫！我們也忒睡得死，怎麼他家拆房子，也不聽見響響？」行者笑道：「獃子，不要亂嚷，你看那樹上是個甚麼紙帖兒？」八戒走上前，用手揭了，原來是四句頌子云：

莊居非是俗人居，護法伽藍點化廬。妙藥與君醫眼病，盡心降怪莫躊躇。

行者道：「這夥毛神，自換了龍馬，一向不曾點他，他又來弄虛頭。」八戒道：「哥哥莫扯架子，他怎麼伏你點札？」行者道：「兄弟，你不知，這護教伽藍和丁甲、揭諦、功曹，他們都是奉菩薩的法旨暗保我師父者。自那日蛇盤山報了名，只為這一向有了你，再不曾用他們，故不曾點札罷了。」八戒道：「哥哥，他既奉旨暗保師父，所以不能現身明顯。昨日也虧他與你點眼，你莫怪他，我們且去救師父來。」行者道：「此處到那黃風洞不遠，你且只在林子裏看馬守擔，等老孫去洞裏打聽打聽，看師父下落如何，再與他爭戰。」

說罷，將身一縱，徑到洞口，見門尚關著。他即捻訣念咒，搖身一變，變作一個花腳蚊蟲，飛入洞裏。那老妖尚未出來。行者又飛過廳堂後面。卻見一層門，關得甚緊，行者從門縫兒鑽將進去，原來是個大空園子，那壁廂定風樁上綁著唐僧哩。那師父紛紛淚落，心心只念著悟空、悟能。行者停翅，釘在他光頭上，叫聲「師父」。那長老認得聲音道：「悟空呵，想殺我也！你在那裏叫我？」行者道：「師父，我在你頭上哩。你莫要心焦，我們今日務必拿住妖精，救你性命。我去呀！」

說罷，又嚶嚶的飛到前面。只見那老妖已坐在廳上，正點札各路頭目。又見一個掮旗的小妖，撞上廳來報道：「大王，小的纔去巡山，見一個長嘴大耳朵的和尚坐在林裏，若不是我跑得快些，幾乎被他捉住，卻不見昨日那個毛臉和尚。」老妖道：「孫行者不在，想必是風吹死也，再不便去那裏求救兵去了。」眾妖道：「大王，若果吹殺了他，是我們的造化，只恐吹不死他，他去請些神兵來，卻怎生是好？」老妖道：「怕他甚麼神兵！若還定得我的風勢，只除非靈吉菩薩來是，其餘何足懼也。」

行者在屋梁上聽得他這一句，不勝歡喜，即忙飛出，現本相來至林中，叫聲：「兄弟！」八戒道：「哥，你打聽得如何？剛纔一個打旗的妖精，被我趕了去也。」行者即將洞中之事與八戒說了一遍。八戒道：「他既然自家供出靈吉菩薩來，但不知靈吉住在何處？」正商議間，只見大路旁走出一個老公公來。八戒望見道：「師兄，常言道：『要知山下路，須問過來人。』你上前問他一聲何如？」真個大聖藏了鐵棒，上前叫道：「老公公，問訊了。我們是取經的聖僧，昨日在此失了師父，特動問公公一聲，靈吉菩薩在那裏住？」老者道：「靈吉在正南上，此處到那裏還有二千里路。有一山名為小須彌山，山中有個道場，乃是菩薩講經禪院。汝等是取他的經去了？」行者道：「不是取他的經，我有一事煩他，不知從那條路上。」老者用手向南指道：「這條羊腸路就是了。」哄得那大聖回頭，那公公化作清風，寂然不見。只是路旁遺下一張簡帖，上有四句頌子云：

上覆齊天大聖聽，老人乃是李長庚。須彌山有飛龍杖，靈吉當年受佛兵。

行者執帖兒轉身。八戒道：「哥啊，我們連日造化低了，專慣日裏見鬼，那個化風去的老兒是誰？」行者把帖兒遞與八戒念了一遍，道：「李長庚是那個？」行者道：「太白金星的名字。」八戒慌得望空下拜道：「恩人，恩人！老豬若不虧他奏准玉帝時，性命也不知化作甚的了。」行者道：「兄弟莫要出頭，只藏在這樹林深處看守行李、馬匹，等老孫請菩薩去耶。」八戒道：「曉得，你只管前去。老豬學得個烏龜法，得縮頭時且縮頭。」

孫大聖跳在空中，縱觔斗雲徑往正南上去。須臾見一座高山，半中間祥雲出現，瑞靄紛紛。山凹裏有一座禪院，只聞見鐘磬悠揚、香煙縹緲。大聖直至門前，見一道人念佛，行者近前作揖問道：「這可是靈吉菩薩的禪院麼？」道人答禮道：「此間正是，有何說話？」行者道：「相煩與我傳達，我是東土大唐駕下御弟三藏法師的徒弟，齊天大聖孫悟空行者，今有一事，要見菩薩。」道人笑道：「老爺字多話多，我不能全記。」行者道：「你只說是唐僧徒弟孫悟空來見罷。」道人依言傳報。那菩薩即整衣迎接。這大聖入門觀看，只見那：

滿堂錦繡，一屋威嚴。輝煌燭焰射虹霓，馥鬱香煙飛彩霧。正是那講罷心閒方入定，白雲片片繞松梢。靜收慧劍魔頭絕，般若波羅善會高。

兩下相見坐定，菩薩隨命看茶。行者道：「茶倒不勞賜。只因我師父在黃風山有難，特求菩薩降怪救師。」菩薩道：「我受了如來法令，在此鎮押黃風怪。如來賜了我一顆定風丹，一柄飛龍寶杖。當時被我拿住，饒他性命，放他去隱性歸山。不知他今日欲害令師，我之罪也。」隨取了飛龍杖，與大聖一齊駕雲。

不多時至黃風山上。菩薩道：「大聖，我只在雲端裏住定，你下去與他索戰，誘他出來，我好施法力。」行者依言，按落雲頭，掣棒把洞門打破。慌得那把門小妖急忙傳報，那怪道：「這潑猴著實無禮，再不伏善，這一出去，使陣神風，定要把他吹死。」即手綽鋼叉，走出門來；見了行者，掄叉當胸就刺。大聖舉棒，對面相還。戰不數合，那怪掉回頭，望巽地上纔待要張口呼風，只見那半空裏靈吉菩薩將飛龍寶杖丟將下來，化作一條八爪金龍，撥喇的輪開兩爪，一把抓住妖精，提著頭，兩三捽，捽在山石崖邊，現了本相，卻是一個黃毛貂鼠。行者趕上，舉棒就打，菩薩攔住道：「大聖，莫傷他命。他本是靈山腳下的得道老鼠，因為偷了琉璃盞內的清油，燈火昏暗，恐怕金剛拿他，卻走到此處成精作怪。我還拿他見如來處置去。」行者聞言，卻謝了菩薩。菩薩西歸不題。

卻說豬八戒在林內，正盼望間，忽見行者來到，問道：「哥哥怎的幹事來？」行者道：「靈吉菩薩已拿住妖精，原來是個黃毛貂鼠。他如今拿去見如來去了。我和你洞裏去救師父。」那獃子喜之不勝。二人撞入洞裏，把群妖盡情打死，卻往後園解救師父。行者將靈吉降妖的事情，陳了一遍。師父謝之不盡。他兄弟們就在洞中安排些茶飯吃了，方纔出門，找大路向西而去。畢竟不知向後何如，且聽下回分解。

第二十二回　八戒大戰流沙河　木叉奉法收悟淨

話說唐僧師徒三眾，脫難前來，不一日行過了黃風嶺，進西卻是一派平陽之地。光陰迅速，歷夏經秋，見了些寒蟬鳴敗柳，大火向西流。正行處，只見一道大水狂瀾，翻波湧浪。三藏在馬上忙呼道：「徒弟，你看那前邊水勢寬闊，怎不見船隻來往，我們從那裏過去？」行者即跳在空中，用手搭涼篷而看。下來道：「師父呵，果是十分難渡。」三藏道：「端的有多少寬闊？」行者道：「徑過有八百里遠近。」八戒道：「哥哥怎的定得？」行者道：「老孫這雙眼，白日裏常看得千里路上的吉凶。卻纔在空中看此河上下不知多遠，但只見徑過有八百里。」長老憂嗟煩惱，兜回馬，忽見岸上有一通石碑。三眾齊來看時，見上有三個篆字，乃「流沙河」；又有四行小真字云：

八百流沙界，三千弱水深。鵝毛飄不起，蘆花定底沈。

師徒們正看碑文，只聽得浪湧如山，河當中唿喇的鑽出一個妖精，十分兇醜。他項下掛著九個骷髏，手中拿著一根寶杖，一個旋風奔上岸來，徑搶唐僧。慌得行者把師父抱住，急登高岸走脫。那八戒放下擔，掣出鈀，望妖精便築，那怪使寶杖架住。他兩個在流沙河岸，各逞英雄，戰經二十回合，不分勝負。那大聖護了唐僧，見八戒與那怪交戰，擦掌磨拳，忍不住掣出棒來道：「師父，你坐著，莫怕，等老孫和他要耍兒來。」即跳到前邊，輪起鐵棒，望那怪著頭一下。那怪急轉身躲過，徑鑽入流沙河裏，氣得個八戒亂跳道：「哥呵，誰著你來的！那怪漸漸手慢，難架我鈀，再不上三五合，我就擒住他了。他見你兇險，敗陣而逃，怎生是好？」行者笑道：「兄弟，實不瞞你說，自從降了黃風怪，這個把月不曾耍棒。我見你和他戰的甜美，忍不住跳將來耍耍。那知那怪不識耍，就走了。」他兩個轉回見了唐僧，唐僧道：「可曾捉得妖怪？」行者道：「那妖怪不耐戰，敗回鑽入水去也。」三藏道：「徒弟，這怪久住在此，他必然知道水性。」行者道：「正是。我們若拿住他，且不要打殺，只教他送師父過河，再做理會。但只水裏勾當，老孫不大十分熟。」八戒道：「老豬當年總督天河水兵，倒頗知些水性，卻只怕那水裏有甚麼眷族老小都來，我就弄他不過，怎處？」行者道：「你若到水中與他交戰，卻不要戀戰，許敗不許勝，把他引將出來，等老孫下手就是。」八戒道：「說得是。」就脫了直裰和鞋，雙手舞鈀，分開水路，撞將進去，徑至水底。

卻說那怪敗了陣回，方纔喘定，又聽得有人推得水響，忽起身觀看，原來是八戒。那怪舉杖擋住道：「那和尚那裏走，仔細看打。」八戒使鈀架住道：「你是個甚麼妖精，敢在此間擋路？」那妖道：「你是也不認得我。我不是那妖魔鬼怪，也不是少姓無名，你聽我道來。我

自小生來神氣壯，乾坤萬里曾遊蕩。皆因學道訪天涯，每日心神不少放。
一朝緣到遇真人，引開大道金光亮。先把嬰兒奼女收，後將木母金公放。
明堂腎水入華池，重樓肝火歸心臟。三千功滿拜天顏，志心朝禮明回向。
玉皇大帝便加昇，親口封為捲簾將。腰間懸掛虎頭牌，手中執定降妖杖。

往來護駕我當先，出入隨朝吾在上。只因王母降蟠桃，設宴瑤池邀眾將。
失手打破玉玻璃，天神個個魂俱喪。玉皇發怒付刑曹，將身推赴法場上。
多虧赤腳大天仙，越班啟奏將吾放。免死還遭八百鞭，貶落流沙多業障。
飽時困臥此河中，飢去翻波尋食餉。來來往往吃人多，項下骷髏是榜樣。
你敢行兇到我門，今日肚皮有所望。莫言粗糙不堪嘗，拿住消停剁鮓醬。」

八戒聞言，大怒道：「你這潑物，全沒眼力。我老豬還掐出水兒來哩，你怎敢說我粗糙，要剁鮓醬？你把我認作個老走硝哩。休得無禮，吃你祖宗一鈀！」那怪使個鳳點頭躲過，兩個在水中打出水面。這一場賭鬥有兩個時辰，不分勝敗，這纔是銅盆逢鐵帚，兩下一般同。

那大聖立在岸上，眼巴巴的望著他兩個在水上爭持。只見那八戒虛幌一鈀，回頭往東岸上走，那怪隨後趕來，將近岸邊。這行者忍耐不住，掣鐵棒跳到河邊，望妖精劈頭就打。那怪不敢相迎，颼的又鑽入河內。八戒嚷道：「你這個急猴子！你便再緩著些兒，等我哄他到了高處，你卻擋住河邊，卻不拿住他也。他這進去，幾時又肯出來？」行者笑道：「獃子莫嚷，我們且去見師父來。」

即同到高岸上，見了三藏，將交戰之事說了一遍。三藏道：「如此怎生奈何？」行者道：「師父且莫焦惱。如今天色將晚，且坐在這裏，待老孫去化些齋來，你吃了睡去，待明日再處。」隨即縱雲跳起，直到正北下人家，化了一缽素齋，回獻師父。師父看他來得甚快，便叫：「悟空，我們去化齋的人家，求問他一個過河之策，不強似與這怪爭持？」行者笑道：「這家子遠得狠哩！相去有五七千里之路，他那裏得知？」八戒道：「哥哥，五七千里路，你怎麼這等來得快？」行者道：「你那裏曉得，老孫的觔斗雲一縱有十萬八千里，這五七千里，只消把頭點兩點，把腰躬一躬，就是個往回，有何難哉！」八戒道：「哥呵，既是這般容易，你把師父背著，只消點點頭，躬躬腰，過去罷了，何必苦苦的與這怪廝戰？」行者道：「你也會駕雲，你何不把師父馱過去？師父乃凡胎肉骨，我這駕雲的怎能馱得起？自古道：『遣泰山輕如芥子，攜凡夫難脱紅塵。』且莫説駕雲，就是移山法，縮地法，老孫件件皆知。但只是師父要窮歷異邦，不能彀超脱苦海，所以寸步難行。我和你只保護得他身命，替不得他的苦惱。就是先去見了佛，那佛也不肯把經傳與你我。正叫作若將容易得，便作等閒看。」那獃子聞言，喏喏聽受。遂吃了些素食，師徒們歇在流沙河東岸之上。

次早，三藏道：「悟空，今日怎生區處？」行者道：「沒甚區處，還須八戒下水。」遂喚八戒道：「這番我再不性急了，只待你引他上來，我攔住河邊，務要將他擒了。」八戒抹抹臉，抖擻精神，雙手拿鈀，到河邊分開水路，依然又下至窩巢。那怪見八戒來到，他即跳起來，當頭阻住，喝道：「慢來，慢來，看杖！」八戒道：「你是個甚麼哭喪杖，叫你祖宗看杖。」那怪道：「你這廝不曉得，我這

寶杖原來名譽大，本是月裏梭羅派。吳剛伐下一枝來，魯班製造工夫快。
名稱寶杖善降妖，永鎮靈霄能伏怪。只因官拜大將軍，玉皇賜我隨身帶。
值殿曾經眾聖參，捲簾曾見諸仙拜。養成靈性一神兵，不是人間凡器械。
自從遭貶不離身，天下槍刀難比賽。看你那個鏽釘鈀，只好鋤田與築菜！」

八戒笑道：「少打的潑物！且莫管甚麼築菜，只怕盪了一下兒，教你九個眼子一齊流血。」那怪也不理，丟開架手，在那水底下，與八戒依然打出水面。這正是：

言語不通非眷屬，只因木母剋刀圭。

這一場，鬥經三十回合，不見強弱。八戒又使個佯輸計，拖了鈀走。那怪隨後又趕來。翻波湧浪，趕至崖邊，八戒道：「潑怪，你上來，這高處腳踏實地好打。」那妖道：「你這廝哄我上去，又教那幫手來哩。你敢下來，還在水裏相鬥。」原來那妖乖了，再不肯上岸，只在河邊與八戒鬧吵。卻說行者見他不肯上岸，急得他心焦性爆，想道：「等我與他個餓鷹雕食罷。」他縱觔斗跳在半空，刷的落下來要抓那怪。那怪正與八戒嚷鬧，忽聽得風響，急回頭見是行者落下雲來，卻又收了寶杖，一頭淬下水，隱跡潛蹤，渺然不見。行者佇立岸上，對八戒說：「兄弟呀，這妖也弄得滑了。他再不肯上岸，如之奈何？」八戒道：「難，難，難！戰他不倒，就把吃奶的氣力使盡了，也只綳得個手平。」

二人又到高岸，回覆了師父。長老攢眉道：「似此艱難，怎生得渡！」行者道：「師父莫要煩惱。八戒，你在此保守師父，再莫與他廝鬥，等老孫往南海去尋尋觀音菩薩來。」八戒道：「正是，正是。師兄，你去時千萬與我上覆一聲『向日多承指教』。」三藏道：「悟空，要去可快去。」

行者即縱觔斗雲徑上南海，只消半個時辰，早看見普陀山境。須臾墜下觔斗，到紫竹林外，煩值日諸天通報。菩薩正與捧珠龍女在寶蓮池畔扶欄看花，聞報，即轉雲巖，開門喚入。大聖參見畢，菩薩問其來意。行者啟上道：「菩薩，我師父前在高老莊又收了一個徒弟，喚名豬悟能。纔行過黃風嶺，今至八百里流沙河，乃是弱水三千，師父已是難渡。河中又有個妖怪，悟能與他大戰三次，不能取勝。因此特告菩薩，望垂憐憫濟渡。」菩薩道：「你這猴子，又逞自強，不肯說出取經的話來麼？」行者道：「我們只要拿住他，教他送我師父過河。水裏邊都是悟能尋他鬥的，想是不曾說出取經的勾當。」菩薩道：「那怪乃是捲簾大將臨凡，也是我勸化的善信，教他保護唐僧的。你若肯說出取經人來，他已早早歸順矣。」即喚惠岸近前，袖中取出一個紅葫蘆兒，吩咐道：「你可將此葫蘆，同孫悟空到流沙河水面上，只叫悟淨，他就出來了。先引他歸依了唐僧；然後把他那九個骷髏穿在一處，按九宮佈列，卻把這葫蘆安在當中，就是法船一隻，能渡唐僧過流沙河界。」惠岸遵命，即與大聖捧葫蘆而行。詩曰：

五行匹配合天真，認得從前舊主人。煉已立基為妙用，辨明邪正見原因。
金來歸性還同類，木去求情亦等倫。二土全功成寂寞，調和水火沒纖塵。

不多時，早來到流沙河岸。八戒認得是木叉行者，引師父上前迎接。木叉與三藏禮畢，又與八戒相見。八戒向尊者再三致謝。行者道：「且莫敘闊。我們叫喚那廝去來。」三藏道：「叫誰？」行者將菩薩的言語說了一遍，三藏頂禮不盡。那木叉捧定葫蘆，半雲半霧，徑到了流沙河水面上，厲聲高叫道：「悟淨，悟淨，取經人在此久矣，你怎麼還不歸順！」卻說那怪正潛伏水底，忽聽得叫他法名，又聞得說「取經人在此」，他急翻波出來，認得是木叉行者。你看他笑盈盈，上前作禮道：「尊者失迎。菩薩今在何處？」木叉道：「我師未來，先差我來吩咐你早跟唐僧做個徒弟。叫把你項下掛的骷髏與這個葫蘆，按九宮結做一個法船，渡他過此弱水。」悟淨道：「取經人卻在那裏？」木叉指道：「那東岸上坐的不是？」悟淨看見，即收了寶杖，整一整黃錦直裰，跳上岸來，對唐僧雙膝跪下道：「師父，弟子有眼無珠，不認得師父的尊容，多有衝撞，萬望恕罪。」三藏道：「你果肯誠心皈依吾教麼？」悟淨道：「弟子向蒙菩薩教化，指河為姓，與我起個法名，喚作沙悟淨，豈有不從師父之理。」三藏道：「既如此，甚好！」即叫悟空取戒刀來，與他落了髮，然後拜了三藏，又拜了行者與八戒，分了大小。三藏見他行禮，真像個和尚家風，故又叫他做沙和尚。

木叉道：「既秉了迦持，不必耽閣，早早做起法船來。」那悟淨不敢怠慢，即將頸項下掛的骷髏取下，用索子結做九宮，把菩薩的葫蘆安在當中，請師父下岸。三藏遂登法船，坐於上面，果然穩似輕舟。左有八戒扶持，右有悟淨捧托，孫行者在後面牽了龍馬，半雲半霧相隨，頭上又有木叉擁護，那三藏纔飄然穩渡流沙界，浪靜風平過弱河。真個是如飛似箭，不多時身登彼岸，得脫洪波，又不拖泥帶水，幸喜腳乾手燥，清淨無為。師徒們腳踏實地，那木叉按祥雲，收了葫蘆。又只見那些骷髏一時解化作九股陰風，寂然不見。三藏拜謝了木叉，頂禮了菩薩。師徒四眾同心，上馬投西而去。畢竟如何成功，且聽下回分解。

第二十三回　三藏不忘本　四聖試禪心

奉法西來道路賒，秋風淅淅落霜花。乖猿牢鎖繩休解，劣馬勤鞭路莫斜。
木母金公原自合，黃婆赤子本無差。咬開鐵彈真消息，般若波羅到彼家。

這回書，蓋言取經之道，不離了一身務本之道也。卻說師徒四眾，自跳出性海流沙，渾無掛礙，竟投大路西來。歷遍了青山綠水，看不盡野草閒花，光陰迅速，又值九秋。正走處不覺天晚，三藏道：「徒弟，天色又晚，卻往那裏安歇？」行者道：「師父，出家人餐風宿水，隨處是家，何必問那裏安歇。」八戒道：「哥呵，你走路輕省，那知道別人累墜。似這般重擔行李，難為老豬一個，逐日家擔著走，偏你跟師父做徒弟，拿我做長工。我曉得你的尊性高傲，你是定不肯挑。但師父騎的馬，那般高大肥盛，只馱著老和尚一個，教他帶幾件兒也好。」行者道：「你說他是馬哩！他本是西海龍王三太子，只因身犯天條，多虧觀音菩薩救了他的性命，將他變作這匹馬，願馱師父往西天拜佛。這是各人的功果，你莫攀他。」正說之間，遠望見一簇松陰，幾間房舍。長老道：「徒弟呵，那壁廂有一座莊院，我們卻好借宿去也。」行者舉目觀看，只見那半空中慶雲籠罩，瑞靄遮漫，情知是佛仙點化。他卻不敢泄漏天機，只道：「好，好，好，我們借宿去來。」

長老連忙下馬，見一座門樓，乃是垂蓮象鼻，畫棟雕樑。八戒道：「這個人家，定是個富實之家。」行者就要進去，三藏道：「不可，你我出家人，各避嫌疑。且等他有人出來，以禮求宿方可。」遂俱坐在臺基邊。久無人出，行者性急，跳起身入門裏看處，原來是向南的三間大廳，簾櫳高控。廳中間掛一軸壽山福海的橫披畫，畫前安一張退光黑漆的香几，几上放一個古銅獸爐。兩邊金漆柱上，貼著一對大紅紙的春聯，上寫著：

風飄弱柳平池晚，雪點疏梅小院春。

廳上又擺著六張交椅，兩山頭掛著四季吊屏。行者正看處，忽聽得廳後有腳步之聲，走出一個中年婦人來，嬌聲問道：「是甚麼人，擅入我寡婦之門？」慌得個大聖連聲道：「小僧是東土大唐來的，奉旨向西方拜佛求經。一行四眾，路過寶莊，天色已晚，特叩老菩薩檀府，告借一宿。」那婦人笑語相迎道：「長老，那三位在那裏？一總請來。」行者高聲叫道：「師父，請進來耶！」三藏纔與八戒、沙僧牽馬挑擔而入。婦人便出廳迎接。八戒色眼偷看，只見那婦人：

雲鬟半偏飛鳳翅，耳環雙墜寶珠排。脂粉不施原自美，風流還似少年才。

那婦人見了他三眾，更加欣喜，邀入廳堂，一一相見。禮畢敘坐，那屏風後走出一個丫髻垂絲的女童，托著黃金盤、白玉盞，香茶噴異味，珍果散幽芳。那婦人露春筍，擎玉盞，對他們一一奉茶畢，又吩咐辦齋。三藏啟手道：「老菩薩高姓？貴地是甚地名？」那婦人轉鶯聲，吐燕語，答道：「此間乃西方東印度之地。小婦人娘家姓賈，夫家姓莫。幼年不幸，公姑早亡，與丈夫守承祖業，有家資萬貫，良田千頃。夫妻們命裏無子，止生了三個女兒。前年大不幸，又喪了丈夫，小婦居孀，今歲服滿。空遺下田產家業，再無個眷屬親人，只是我娘女們承領，欲嫁他人，又難捨家業。適承長老下降，是師徒四眾，小婦娘女四人，意欲坐山招夫，四位恰好，不知尊意如何？」三藏聞言，推聾粧啞，瞑目寧心，寂然不答。

那婦人又道：「舍下有水田三百餘頃，旱田三百餘頃，山場果木三百餘頃，牛馬成群，豬羊無數，莊堡草場，共有六七十處。家下有八九年用不著的米穀，十來年穿不著的綾羅，一生有使不著的金銀，勝似那錦帳藏春，說甚麼金釵兩路。你師徒們若肯招贅在寒家，自自在在，享用榮華，卻不強如往西勞碌？」那三藏也只默默無言。

那婦人又道：「我是丁亥年三月初三日酉時生。我今年三十六歲。大女兒名真真，今年二十歲；次女名愛愛，今年十八歲；三小女名憐憐，今年十六歲：俱不曾許配人家。雖是小婦人醜陋，卻幸小女俱有幾分顏色，女工針指，無所不會。因是先夫無子，即把他們當兒子看養，小時也曾教他讀書，都曉得些吟詩作對。雖然居住山莊，也不是那十分粗俗之輩，料想也陪得過列位長老。若肯長髮留頭，與舍下做個家長，穿綾著錦，煞強如那瓦缽緇衣，芒鞋雲笠。」三藏坐在上面，好便似雷驚的孩子，雨淋的蝦蟆，只是獃獃掙掙，翻白眼兒打仰。

那八戒聞得這般富貴，這般美色，他卻心癢難撓，坐在那椅子上一似針戳屁股，左扭右扭的忍耐不住，走上前扯了師父一把道：「師父！這娘子告誦你話，你怎麼佯佯不睬？好道也做個理會是。」那師父猛擡頭，咄的一聲，喝退了八戒道：「你這個業畜！我們出家人豈以富貴動心，美色留意。」那婦人道：「可憐，可憐，出家人有何好處？」三藏道：「女菩薩，你不知我出家人的好處哩！有詩為證：

出家立志本非常，推倒從前恩愛堂。外物不生閒口舌，身中自有好陰陽。
功完行滿朝金闕，見性明心返故鄉。勝似在家貪血食，老來墜落臭皮囊。」

那婦人聞言，大怒道：「這潑和尚無禮。我若不看你東土遠來，就該叱出。我倒是個真心實意，要把家園招贅汝等，你倒反將言語傷我。你就是受了戒，發了願，永不還俗，好道你手下人我家也招得一個，你怎麼這般執法！」三藏見他發怒，只得者者謙謙，叫道：「悟空，你在這裏罷。」行者道：「我從小兒不曉得幹那般事，教八戒在這裏罷。」八戒道：「哥呵，不要栽人麼，大家從長計較。」三藏道：「你兩人不肯，便叫悟淨在這裏罷。」沙僧道：「你看師父說的話。弟子蒙菩薩勸化，受了戒行，跟隨師父，怎敢貪圖富貴。寧死也要往西天去，決不幹此欺心之事。」那婦人見他們推辭不肯，急抽身轉進屏風，撲的把腰門關上。將師徒們撇在外面，茶飯全無，再沒人出。

八戒心中焦燥，埋怨唐僧道：「師父忒不會幹事，把話都說殺了。你好道還活著些腳兒，只含糊答應，哄他些齋飯吃了，今晚落得一宵快活，明日肯與不肯，在乎你我了。似這般關門不出，我們這一夜怎過？」悟淨道：「二哥，你在他家做個女婿罷！」八戒道：「兄弟不要栽人，從長計較。」行者道：「計較甚的？你要肯，便就教師父與那婦人做個親家，你就做個倒踏門的女婿。他家這等有財有寶，一定倒陪粧奩，整治個會親的筵席，我們也落些受用。你在此間還俗，卻不是兩全其美？」八戒道：「話便也是這等說，卻只是我脫俗又還俗，停妻再娶妻了。」沙僧道：「二哥原來是有嫂子的？」行者道：「你還不知他哩，他本是烏斯藏高太公的女婿，因被老孫降了他，也曾受菩薩戒行，沒奈何，所以棄了前妻，隨師父往西拜佛。他想是離別的久了，適纔聽見這些話，斷然又有此心。獃子，你與這家子做了女婿罷，只是多拜老孫幾拜，我不檢舉你就是了。」那獃子道：「亂說，亂說。大家都有此心，獨拿老豬出醜。常言道：『和尚是色中餓鬼。』那個不要如此？都這們扭扭揑揑拿班兒，把好事都弄裂了。致如今茶水不見，燈火俱無，雖熬了這一夜，但那匹馬明日又要馱人，又要走路，再若餓上這一夜，只好剝皮罷了。你們坐著，等老豬去放放馬來。」那獃子虎急急的，解了韁繩，拉出馬去。行者道：「沙僧，你且陪師父在這裏，等老孫跟他去，看他往那裏放馬。」這大聖走出廳房，搖身一變，變作個紅蜻蜓兒，飛出前門，趕上八戒。

　　那獃子拉著馬，有草處且不教吃草，嗒嗒嗤嗤的，趕著馬，轉到後門首去。只見那婦人帶了三個女子，在後門站著，看菊花兒耍子。看見八戒來時，三個女兒閃將進去，那婦人佇立門首道：「小長老那裏去？」這獃子丟了韁繩，上前唱個喏，道聲：「娘，我來放馬的。」那婦人道：「你師父忒弄精細。在我家招了女婿，卻不強似做掛搭僧，往西蹡路。」八戒笑道：「他們是奉了唐王的旨意，不敢有違君命，不肯幹這件事。剛纔都在前廳上栽我，我又有些礙上礙下的，只恐娘嫌我嘴長耳大。」那婦人道：「我也不嫌，家下無個家長，招一個倒也罷了，但恐小女們有些兒嫌醜。」八戒道：「娘，你上覆令愛，不要這等揀漢。想我那唐僧，人才雖俊，卻不中用。我醜自醜，有幾句口號兒。」婦人道：「你怎的説麼？」八戒道：「我

　　雖然人物醜，勤緊有些功。若言千頃地，不用使牛耕。只消一頓鈀，佈種及時生。沒雨能求雨，無風會喚風。房舍若嫌矮，起上二三層。家長里短諸般事，踢天弄井我皆能。」

　　那婦人道：「既然幹得家事，你再去與你師父商量商量看，十分不尷尬，便招了你罷。」八戒道：「不用商量。他又不是我的生身父母，幹與不幹，都在於我。」婦

人道：「也罷，也罷，等我與小女說看。」他閃進去，撲的掩上後門。八戒也不放馬，將馬拉向前來。怎知孫大聖已一一盡知，他轉翅飛來，現了本相，先見唐僧道：「師父，八戒牽馬來了。」長老道：「馬若不牽，恐怕撒歡走了。」行者笑將起來，把那婦人與八戒說的勾當，從頭說了一遍。

少時間，見獃子拉將馬來拴下。長老道：「你馬放了？」八戒道：「無甚好草，沒處放馬。」行者道：「沒處放馬，可有處牽馬麼？」獃子聞得此言，情知走了消息，也就垂頭努嘴，半晌不言。又聽得呀的一聲，腰門開了，有兩對紅燈，一對提爐，香雲靄靄，環珮叮叮，那婦人帶著三個女兒，走將出來，叫真真、愛愛、憐憐，過來拜見取經的人物。那女子排立廳中，朝上禮拜，果然生得標致非凡。但見他一個個

蛾眉橫翠，粉面生春。妖嬈傾國色，窈窕動人心。半含笑處櫻桃綻，緩步行時蘭麝噴。真個是九天仙女從天降，月裏嫦娥下彩雲。

那三藏合掌低頭，孫大聖佯佯不睬，這沙僧轉背回身。你看那豬八戒，眼不轉睛，淫心紊亂，色膽縱橫，扭捏出悄語低聲道：「有勞仙子下降。娘，請姐姐們去耶。」那三個女子，轉入屏風，將一對紗燈留下，婦人道：「四位長老，可肯留心，著那個配我小女麼？」悟淨道：「我們已商議了，著那個姓豬的招贅門下。」八戒道：「兄弟，不要栽我，還從眾計較。」行者道：「還計較甚麼？你已是在後門首說合的停停當當。如今師父做個男親家，這大娘做個女親家，等老孫做個保親，沙僧做個媒人。也不必看通書，今朝是個天恩上吉日，你來拜了師父，進去做了女婿罷！」八戒道：「弄不成，弄不成，那裏好幹這個勾當。」行者道：「獃子，不要者囂，你那口裏『娘』也不知叫了多少，又是甚麼弄不成？快快的進去，攜帶我們吃些喜酒也好。」他一隻手

揪著八戒，一隻手扯住婦人道：「親家母，帶你女婿進去。」那獃子腳兒趄趄的要往裏面走。婦人即喚童子：「鋪排晚齋，管待三位親家。我領姑夫房裏去也。」一壁廂吩咐庖丁排筵設宴，明晨會親。他三眾吃了齋，急急開鋪，都在客座裏安歇不題。

卻說那八戒跟著丈母，行入裏面，一層層也不知多少房舍，磕磕撞撞，盡都是門檻絆腳。獃子道：「娘，慢些兒走，我這裏邊路生，你帶我帶兒。」那婦人道：「這都是倉房、庫房、碾房各房，還不曾到那廚房邊哩。」八戒道：「好大人家！」轉彎抹角，又走了半會，纔是內堂房屋。那婦人道：「女婿，你師兄說今朝是天恩上吉日，就教你招進來了。卻只是倉卒間不曾請得個陰陽，拜堂撒帳，你可朝上拜八拜兒罷。」八戒道：「娘，娘，說得是。你請上坐，等我也拜幾拜，就當拜堂，就當謝親，卻不省事？」婦人笑道：「也罷，也罷。」

你看那滿堂中銀燭輝煌，這獃子朝上禮拜。拜畢道：「娘，你把那個姐姐配我哩？」婦人道：「正是這些兒疑難。我要把大女兒配你，恐二女怪；要把二女配你，恐三女怪；欲將三女配你，又恐大女怪，所以躊躕未定。」八戒道：「娘，既怕相爭，都與我罷，省得鬧鬧吵吵，亂了家法。」婦人道：「豈有此理！你一人就佔我三個女兒不成。我這裏有一方手帕，你頂在頭上，遮了臉，撞個天婚，教我女兒從你跟前走過，你伸開手扯倒那個，就把那個配了你罷。」獃子依言，接了手帕。頂在頭上。詩曰：

癡愚不識本原由，色劍傷身暗自休。從來但信周公禮，今日新郎頂蓋頭。

那獃子頂裹停當道：「娘，請姐姐們出來麼。」那婦人叫：「真真、愛愛、憐憐，都來撞天婚，配與你女婿。」只聽得環珮響亮，蘭麝馨香，似有多少女子來往。那獃子真個伸手去撈人，左右亂撈，莫想撈著一個。兩頭跑暈了，立站不穩，只是打跌，東撲觸著柱科，西摸撞著板壁，前來蹬著門扇，後去擋著磚牆，磕磕撞撞，跌得嘴腫頭青，坐在地下，氣喘噓噓的道：「娘呵，你女兒這等乖滑得緊，撈不著一個，奈何，奈何。」那婦人與他揭了蓋頭道：「女婿，不是我女兒乖滑，他們大家謙讓，不肯招你。」八戒道：「娘呵，既是他們不肯招我呵，你招了我罷。」婦人道：「好女婿呀！這等沒大沒小的，連丈母也都要了。我這三個女兒，心性最巧，他一人結了一個珍珠嵌錦汗衫兒。你若穿得那個的，就教那個招你罷了。」八戒道：「好，好，好，把三件兒都拿來我穿看；若都穿得，就教都招了罷。」那婦人轉進房裏，止取出一件來遞與八戒。那獃子脱下青綿布直裰，理過衫兒，就穿在身上，還未曾繫上帶子，撲的一跤，跌倒在地，原來是幾條繩緊緊綳住。那獃子頭疼叫喊，這些人早已不見了。

卻説三藏三眾一覺睡醒，不覺東方發白。忽睜睛擡頭觀看，那裏得看大廈高堂，雕樑畫棟，一個個都睡在松柏林中。慌得那長老跳起來，忙呼行者。沙僧道：「哥哥，罷了，罷了，我們遇著鬼了！」孫大聖心中明白，微微笑道：「這松林下倒落得快活，但不知那獃子在那裏受罪哩！」長老道：「如何受罪？」行者笑道：「昨日這家子娘女們，不知是那裏菩薩在此顯化我等，想是半夜裏去了，只苦了豬八戒受罪。」三藏聞言，合掌頂禮。又只見那後邊古柏樹上，飄著一張簡帖兒，沙僧急去取來與師父看時，卻是八句頌子云：

黎山老母不思凡，南海菩薩請下山。普賢文殊皆是客，化成美女在林間。
聖僧淡漠禪機定，八戒貪淫劣性頑。從此洗心須改過，若生怠慢路途難。

那長老三人正然唱念此頌，只聽得林深處高叫道：「師父呵，救我一救，下次再不敢了。」三藏道：「那叫喚的可是悟能麼？」沙僧道：「正是。」行者道：「兄弟，莫睬他，我們去罷。」三藏道：「那獃子雖是心性愚頑，還看當日菩薩之念，救了他同去罷。」那沙和尚卻收拾了擔子，孫大聖解韁牽馬，引唐僧入林尋看。咦！這正是：

從正修持須謹慎，掃除愛欲自歸真。

畢竟不知那獃子凶吉如何，且聽下回分解。

卻說那三人穿林入裏，只見那獃子綳在樹上，聲聲叫喊，痛苦難禁。行者上前笑道：「好女婿呀！這早晚還不起來謝親，又不到師父處報喜，還在這裏賣解兒耍子哩。咄，你娘呢？你老婆呢？好個綳巴吊拷的女婿呀！」那獃子見他搶白，咬著牙，忍著疼，不敢叫喊。沙僧見了，老大不忍，上前解了繩索救下。獃子對他們羞恥難當。有《西江月》為證：

色乃傷身之劍，貪之必定遭殃。佳人二八好容粧，更比夜叉兇壯。只有一宗原本，再無微利添囊。好將資本謹收藏，堅守休教放蕩。

那八戒撮土焚香，望空禮拜。行者道：「你可認得那些菩薩麼？」八戒道：「我已此暈倒昏迷，那認得是誰？」行者把那簡帖兒遞與八戒。八戒見了，更加慚愧。沙僧笑道：「二哥有這般好處哩，感得四位菩薩來與你做親。」八戒道：「兄弟再莫題起了。從今後再也不敢妄為，只是摩肩壓擔，隨師父西域去也。」三藏道：「如此纔是。」

行者遂領師父上了大路。在路餐風宿水，行罷多時，忽見一座高山。只見那：花開花謝崖前景，雲去雲來嶺上峰。三藏在馬上歡喜道：「徒弟，我一向西來，經歷許多山水，更不似此山好景。若是相近雷音不遠路，我們好整肅端嚴見世尊。」行者道：「早哩！」沙僧道：「師兄，我們到雷音多少遠？」行者道：「十萬八千里，十停中還不曾走了一停哩。」八戒道：「哥哥呵，要走幾年纔得到？」行者道：「這些路，若論二位賢弟，便十來日也可到。若論我走，一日也好走五十遭，還見日色。若論師父走，莫想，莫想。」唐僧道：「悟空，依你說幾時方可到？」行者道：「你自小時走到老，老了再小，老小千番也還難。只要你見性志誠，回首處即是靈山。」沙僧道：「師兄，此間雖不是雷音，觀此景致，必有個好人居止。」行者道：「此言卻當。這裏一定是個聖境仙鄉，我們遊玩慢行。」不題。

卻說這座山名萬壽山，山中有個五莊觀，觀裏有一尊仙，道號鎮元子，混名與世同君。那觀裏出一般異寶，乃是混沌初分、天地未開之際，產成這件靈根。蓋天下四大部洲，惟西方五莊觀出此，喚名草還丹，又名人參果。三千年開花，三千年結果，三千年成熟，短頭一萬年，纔只結得三十個果子。其形就如三朝未滿的小孩相似，四肢俱全，五官咸備。人若有緣，得聞了一聞，就活了三百六十歲。吃一個，就活了四萬七千年。當日鎮元大仙因元始天尊邀他到上清天上彌羅宮中講混元道果，當日帶領眾仙弟子上界聽講。止留兩個最小的看家：一名清風，一名明月，兩個都有一千二、三百歲。大仙臨行，吩咐二童道：「我去後不日有個故人從此經過，他名為唐三藏，原是如來佛第二個徒弟，道號金蟬子，五百年前，我與他在蘭盆會上相識。他如今奉東土唐王旨意，往西天拜佛求經，卻不可怠慢了他，可將人參果打兩個與他吃。須防他手下人囉唣，不可驚動他知。」二童領命訖。

卻說唐僧四眾，在山遊玩，忽擡頭，見那松篁一簇，樓閣數層。不一時，來到門首，果然是福地靈區，名山古洞，清虛人事少，寂靜道心生。三藏離鞍下馬，又見那山門左邊有一通碑，碑上有十個大字，乃是「萬壽山福地，五莊觀洞天」。長老道：「徒弟，真個是一座觀宇，我們進去看看。」行者道：「說得是。」遂都一齊進去，又見那二門上有一對春聯，寫道：

長生不老神仙府，與天同壽道人家。

行者笑道：「這道士說大話唬人。老孫常在那太上老君門首，也不曾見有此話說。」

及至二層門裏，只見那裏面急急忙忙走出兩個小童兒來。看他骨清神爽，丰采異常，正是那清風、明月二個。他控背躬身，出來迎接道：「老師父失迎，請坐。」長老歡喜，遂與二童上了正殿，看那壁中間掛著五彩粧成的「天地」二大字，設一張朱紅香几，几上有一副黃金爐、瓶。唐僧上前捻香，拜畢，回頭道：「仙童，你五莊觀真是西方仙界，何不供養三清、四帝、羅天諸宰，只將『天地』二字侍奉香火？」童子笑道：「不瞞老師父，這兩個字上頭的禮上還當；下邊的還受不得我們的香火，是家師父諂佞出來的。」三藏道：「何為諂佞？」童子道：「三清是家師的朋友，四帝是家師的故人，九曜、元辰都是家師的晚輩。」那行者聞言，就笑得打跌。三藏道：「令師何在？」童子道：「家師是元始天尊請到上清天彌羅宮講道去了。」行者聞言，又忍不住大笑。三藏吩咐他三人：「且去看馬，搬行李，借鍋做飯，不必在此。」他三個便都去了。

二童奉了茶，纔又問道：「老師可是大唐往西天取經的唐三藏？」長老道：「貧僧就是。仙童為何知我賤名？」童子說道：「我師臨行，曾吩咐弟子們來。老師請坐，待弟子取粗果來奉獻。」二童別了三藏，同到房中，一個拿了金擊子，一個拿了丹盤，又多將絲帕墊著盤底，徑到人參園內。那清風爬上樹去，使金擊子敲果；明月在樹下，以丹盤等接。須臾，敲下兩個果來，接在盤中，徑至前殿奉獻道：「唐師父，我五莊觀土僻山荒，無物可奉，土宜素果，二枚權為解渴。」那長老見了，戰戰兢兢，遠離三尺道：「善哉，善哉！今歲倒也年豐時稔，怎麼這觀裏作荒吃人？這個是三朝未滿的孩童，如何與我解渴？」清風暗道：「這和尚肉眼凡胎，不識我仙家異寶。」明月上前道：「老師，此物叫作人參果，實是樹上結的。」長老道：「亂談，亂談，樹上又會結出人來？拿過去，不當人子。」那兩童見千推萬阻不吃，只得拿轉本房。那果子卻也蹺蹊，久放不得，若放多時，即僵了不中吃。二人到於房中，一家一個，坐在牀邊上只情吃起。原來他那道房，與那廚房緊緊的間壁。這邊悄悄的言語，那邊即便聽見。八戒正在廚房裏做飯，先前聽見說取金擊子，拿丹盤，他已在心。又聽見說唐僧不認得是人參果，拿在房裏自吃，口裏忍不住流涎道：「怎得一個兒嘗新！」自家身子又狼犺，只等行者來計較。不多時，見行者牽馬來拴在樹上，徑往後走。那獃子用手亂招道：「這裏來！」行者轉身，到廚房中道：「獃子，你嚷甚的？」八戒道：「這觀裏有一件寶貝，你可曉得？」行者道：「甚麼寶貝？」八戒道：「是人參果，你曾見麼？」行者驚道：「這個真不曾見。但只聞得人說，人參果乃是草還丹，人吃極能延壽。如今那裏有得？」八戒道：「他這裏有。那童子拿兩個與師父吃，老和尚不認得，道是三朝未滿的孩童，不曾敢吃。那童子老大憊懶，師父既不吃，便該讓我們。他瞞著我們，纔自在隔壁房裏一家一個吃了。我們怎麼得一個兒嘗新？我想你還溜撒，去偷他幾個來嘗嘗如何？」行者道：「這個容易，老孫去，手到擒來。」急抽身往前就走。八戒扯住道：「哥呵，我聽得他在這房裏說，要拿甚麼金擊子去打哩。須是幹得停當。」行者道：「我曉得。」隨即使一個隱身法，閃進道房看時，那兩個道童卻不在房裏。行者四下裏觀看，只見窗櫺上掛著一條赤金，有二尺長，指頭粗，底下是一個蒜頭子，上邊繫著一根綠絨繩兒。他想：此物就叫作擊子。取下來，出了道房，徑入後邊去。推開兩扇門，擡頭觀看：呀！卻是一座花園。走過花園，又是一座菜園。走過菜園，卻又見一層門。推開看處，只見那正中間一株大樹，真個是青枝馥郁，綠葉陰森，那葉兒卻似芭蕉模樣，直上去有千尺餘高，根下有七八丈圍圓。那行者倚在樹下，往上一看，只見向南的枝上，露出一個人參果。真個像孩兒一般。原來尾上是個扢蒂，看他丁在枝頭，手腳亂動，點頭幌腦，風過處似乎有聲。行者歡喜不盡，道：「好東西呀！果然罕見。」

他倚著樹，颼的一聲，攛將上去。把金擊子敲了一下，那果子撲的落將下來。他隨跳下來跟尋，寂然不見，四下裏草中找尋，更無蹤跡。行者道：「蹺蹊！想是有腳的會走，就走也跳不出去。我知道了，想是花園中土地不許老孫偷他果子，他收了去也。」他捻著訣，念一句「唵」字咒，拘得那花園土地前來，對行者施禮道：「大聖呼喚小神，有何吩咐？」行者道：「你豈不知老孫是蓋天下有名的賊頭。我當年偷蟠桃，盜御酒，竊靈丹，也不曾有人敢與我分用。怎麼今日偷他一個果子，你就抽了我的頭去了。這果子是樹上結的，空中過鳥也該有分，老孫就吃他一個，有何大害，怎麼你就撈了去？」土地道：「大聖錯怪了小神也。這寶貝乃是地仙之物，小神是個鬼仙，怎麼敢拿去？就是聞也無福聞聞。」行者道：「你既不曾拿去，如何剛打下來就不見了？」土地道：「大聖只知這寶貝延壽，卻不知他與五行相畏。」行者道：「怎麼相畏？」土地道：「這果子遇金而落，遇木而枯，遇水而化，遇火而焦，遇土而入。

敲時必用金器，方得下來。打下來，卻將盤兒用絲帕襯墊方可。若受些木氣，就枯了，就吃也不得延壽。吃他須用磁器，清水化開食用，遇火即焦而無用。遇土而入者，大聖方纔打落地上，他即鑽下土去了。這個土有四萬七千年，就是鋼鑽也鑽他不動，比生鐵還硬三分，人吃了他所以長生。」行者不信，即掣金箍棒築了一下，響一聲迸起棒來，土上更無痕跡。行者道：「果然，果然。這等說，我卻錯怪了你了，你回去罷。」那土地即回去訖。

大聖卻有算計，爬上樹，一隻手使擊子，一隻手將直裰襟兒扯起來做個兜子，他卻串枝分葉，敲了三個果，兜在襟中。跳下樹，一直前來，徑到廚房裏，與八戒看道：「這不是老孫的手到擒來？這個果子也莫背了沙僧，可叫他一聲。」八戒即招手叫沙僧進廚房。行者放開衣兜道：「兄弟，你看這個是甚東西？」沙僧道：「是人參果。」行者道：「好啊，你倒認得，你曾在那裏吃過的？」沙僧道：「小弟雖不曾吃，但舊時做捲簾大將，嘗見海外諸仙將此果與玉皇上壽。見便曾見，卻未曾吃。哥哥，可與我些兒嘗嘗？」行者道：「不消講，兄弟們一家一個。」他三人將三個果各各受用。那八戒食腸大，口又大，拿過來，張開口，不覺轂轆的吞嚥下肚，卻問行者、沙僧道：「你兩個吃的是甚麼滋味？」行者道：「你倒先吃了，又來問誰？」八戒道：「吃的忙了些，也不知有核無核，就吞下去了。哥啊，為人為徹，你再去弄個兒來，老豬細細的吃吃。」行者道：「兄弟，你好不知止足。這個東西，我們吃他這一個，也是大有緣法，非同小可。罷，罷，罷，彀了！」他起身把一個金擊子瞞窗眼兒丟進道房裏，竟不睬他。

那獃子只管絮絮叨叨的唧噥。不期那兩個道童復進房來，只聽得八戒嚷甚麼人參果再得一個兒吃吃纔好。清風聽見心疑道：「明月，你聽那長嘴和尚講『人參果還要個吃吃』。師父別時叮嚀，教防他手下人囉唣，莫是他偷了我們寶貝麼？」明月回頭道：「哥耶，不好了！金擊子如何落在地下？我們去園裏看看來。」他兩個急忙忙的走去，只見花園開了，菜園門也開了。忙入人參園裏，倚在樹下，望上查數，顛倒來往，只得二十二個。明月道：「果子原是三十個。師父開園，分吃了兩個。適纔打兩個與唐僧吃，還該二十六個。如今止剩得二十二個，卻不少了四個？不消講，是那夥惡人偷了，我們只罵唐僧去。」

兩個出了園門，徑來殿上，指著唐僧禿前禿後，穢語污言，不絕口的亂罵。唐僧聽不過道：「仙童啊，你鬧的是甚麼？」清風說：「你的耳聾？你偷吃了人參果，怎麼不容我說？」唐僧道：「人參果怎麼模樣？」明月道：「纔拿來與你吃，你說像孩童的不是？」唐僧道：「阿彌陀佛！那東西一見，我就心驚膽戰，還敢偷他吃哩，不要錯怪了人。」清風道：「你雖不吃，還有手下人要偷吃哩。」三藏道：「這也說得是。你且莫嚷，等我問他們看，果若是偷了，教他陪你個禮罷了。」便叫聲：「徒弟都來。」沙僧聽見道：「不好了，一定是人參果的事發了。」行者道：「活羞殺人，這個不過是飲食之類，若說出來就是我們偷嘴了，只是莫認罷。」八戒道：「正是，正是。」他三人只得走上殿去。畢竟不知怎麼與他抵賴，且聽下回分解。

卻說他兄弟三眾，到了殿上。三藏道：「徒弟，他這觀裏，有甚麼人參果，你們是那一個偷他的吃了？」八戒道：「我不曉得。」清風指著行者道：「笑的就是他，笑的就是他。」行者喝道：「我老孫生的是這個笑容兒，莫成為你不見了甚麼果子，就不容我笑？」三藏道：「徒弟，我們出家人，休打誑語，莫吃昧心食。果然吃了他的，陪他個禮罷，何苦這般抵賴？」行者見師父說得有理，他就實說道：「師父，不干我事，是八戒聽見那兩個道童吃，他想一個兒嘗新，著老孫去打了三個，我兄弟各人吃了一個。如今待要怎麼？」明月道：「偷了我四個，這和尚還說不是賊哩！」八戒道：「阿彌陀佛！既是偷了四個，怎麼只拿出三個來分？預先就打起一個偏手。」那獃子倒轉亂嚷。

二童問得是實，越加毀罵，就恨得個大聖鋼牙咬響，火眼睜圓，想道：「這童子這樣可惡，等我送他個絕後計，教他大家都吃不成罷！」他即把毫毛拔了一根，變作個假行者，陪著八戒、沙僧，他的真身，縱雲頭跳將起去，徑到人參園裏，掣金箍棒往樹上乒乓一下，又使個推山移嶺的神力，把樹一推推倒，可憐葉落枒開根出土，道人斷絕草還丹。那大聖在樹枝上尋果子，那裏得有半個。原來這寶貝遇金而落，他的棒兩頭是金裹的，況鐵又是五金之類，所以敲著就振下來。既下來又遇土而入，因此上邊再沒一個果子。他道：「好，好，好，大家散火！」逕往前來，收了毫毛，依舊站立。那些人那裏認得。

卻說那兩童罵彀多時轉身，清風道：「明月，這些和尚也受得氣哩，我們罵了這半會，他通沒個招聲，莫非他不曾偷吃。倘或樹高葉密，數得不明，不要誑罵了他，我和你再去查查。」明月道：「也是。」他兩個又到園中，只見那樹倒椏開，果空葉落。唬得兩個魂飛魄散，倒在塵埃，只叫：「怎麼好，怎麼好，斷絕了我仙家的丹頭。師父來家，我兩個怎的回話？」明月道：「師兄莫嚷。這個沒有別人，定是那個毛臉和尚做的事。若是與他分說，定要與他爭鬥，你想我們兩個怎麼敵得過他四個？且不如去哄他一哄，轉與他陪個不是。他們飯已熟了，我們再貼他些兒小菜，等他吃飯時，撲的把門關倒鎖住，不要放他。待師父來家，憑他怎的處置就是。」清風道：「有理，有理。」

他兩個勉生歡喜，徑來殿上，對唐僧謝罪道：「師父，適間言語衝撞，莫怪，莫怪。」三藏問道：「怎麼說？」清風道：「果子不少，只因樹高葉密，不曾看得明白，纔然又去查查，還是原數。」三藏道：「既如此，拿飯來，我們吃了去罷。」那八戒便去盛飯，二童忙取小菜，又提一壺好茶，伺候左右。那師徒四眾，卻纔拿起碗來，這童兒一邊一個，撲的把門關上，插上一把兩鐄銅鎖。八戒笑道：「這童子差了，你這裏風俗卻怎的關了門吃飯？」明月道：「正是，正是，好歹吃了飯兒開門。」清風罵道：「我把你這個害饞癆偷嘴的禿賊！你偷吃了我的仙果，已該一個擅食田園瓜果之罪。卻又把我仙樹推倒，壞了我五莊觀的仙根，你還要說嘴哩。若能彀到得西方參佛面，只除是轉背搖車再託生。」三藏聞言，丟下飯碗，把塊石頭放在心上。那童子將那三層山門都上了鎖，卻又來正殿門首惡言惡語，只罵到天晚纔去。

唐僧埋怨行者道：「你這個猴頭，番番撞禍！你偷吃了他的果子，就讓他罵幾句也罷了，怎麼又推倒他的樹？若論這般情由，告起狀來，就是你老子做官，也說不通。」行者道：「師父莫鬧。那童兒都去了，只等他睡著了，我們連夜起身。」沙僧道：「哥呵，幾層門都上了鎖，如何走麼！」行者笑道：「莫管，莫管，老孫自有法兒。」八戒道：「愁你沒有法兒哩！你一變，變甚麼蟲蛭兒，瞞格子眼裏就飛將出去，只苦了我們不會變的，在此頂缸受罪哩。」唐僧道：「他若不同你我出去呵，我就念起舊話兒經來，看他怎生消受。」八戒聞言道：「師父，我從不曾聽見個甚麼舊話兒經呵。」行者道：「兄弟，你不知道，我頂上戴的這個箍兒，是觀音菩薩賜與我師父的。師父哄我戴了，就生了根，叫作《緊箍兒咒》，他舊話兒經即此是也。但若念動了，我就頭疼，故有這個法兒難我。師父，你莫念，管情大家一齊出去。」

說話之間，不覺東方月上。行者道：「此時正好走了。」把金箍棒捻在手中，使一個解鎖法，往門上一指，只聽得突的一聲響，幾層門雙鐄俱落唿喇的開了門扇，請師父出了門，上了馬，八戒挑擔，沙僧攏馬，徑投西路而去。行者道：「你們且慢行，等老孫去照顧那兩個童兒睡一個月。」復進去，到那童兒睡的房門外。他腰裏有帶得瞌睡蟲兒，原在東天門與增長天王猜枚耍子兒贏的。他摸出兩個來，瞞窗眼兒彈將進去，徑奔到那童子臉上，鼾鼾沈睡，再莫想得醒。他纔趕上唐僧，順大路一直西奔。

這一夜馬不停蹄，行到天曉。三藏道：「這個猴頭弄殺我也！你因為嘴，帶累我一夜無眠。」行者道：「不要埋怨。天色明了，你且在這路旁樹林中將就歇歇，養養精神再走。」那長老只得下馬，倚松根權作禪牀坐下。八戒、沙僧俱各打盹睡覺。孫大聖偏有心腸，你看他跳樹扳枝頑耍。四眾歇息不題。

卻說那大仙自元始宮散會，領眾弟子徑回觀中，看時，只見觀門大開，殿上香火全無，人蹤俱寂。到二童房門首看處，只見關著門，鼾鼾沈睡，任外邊打門亂叫。就撬開門，扯下牀來，也只是不醒。大仙笑道：「好仙童呵！成仙的人，神滿再不思睡，卻怎麼這般困倦，莫不是有人捉弄了他也？快取水來。」大仙念動咒語，噀一口水，噴在臉上，隨即解了睡魔。二人方醒，忽睜睛看見仙師和仙兄等眾，慌得那清風頓首，明月叩頭，道：「師父呵！你那故人，東來的和尚，原來是一夥強盜，十分兇狠。」大仙笑道：「如何？」兩童將上項事細說了一遍，止不住傷心淚落。大仙更不惱怒，道：「莫哭，莫哭。你不知那姓孫的，也是個太乙散仙，他曾大鬧天宮，神通廣大。既然打倒了寶樹，你可認得那些和尚？」清風道：「都認得。」大仙道：「既認得，跟我來。眾徒弟們收拾下刑具，等我回來打他。」眾仙領命。

大仙與兩童縱起雲頭來，趕三藏，頃刻間就看見他四眾。清風指道：「那路旁樹下坐的是唐僧。」大仙按落雲頭，搖身一變，變作個行腳全真，手搖麈尾，徑到樹下，對唐僧高叫道：「長老，貧道稽首了。」那長老忙忙答禮道：「失瞻，失瞻。」大仙問：「長老是那方來的？」三藏道：「貧僧乃東土大唐差往西天取經者。」大仙道：「長老東來，可曾荒山經過？」長老道：「不知仙宮是何寶山？」大仙道：「萬壽山五莊觀便是。」行者忙答道：「不曾，不曾，我們是打上路來的。」那大仙指定笑道：「我把你這個潑猴，你瞞誰哩！你倒在我觀裏把人參果樹打倒，連夜走在此間，還遮飾甚麼？不要走，趁早去還我樹來。」行者聞言，心中惱怒，掣鐵棒不容分說，望大仙劈頭就打。大仙側身躲過，踏祥光，徑到空中，現了本相。那行者沒高沒低的棍子亂打，大仙把玉麈左遮右擋，忽地使一個袖裏乾坤的手段，在雲端裏將袍袖輕輕一展，把四僧連馬一袖子籠住。

徑回觀中坐下，叫徒弟拿繩來，眾小仙一一伺候。你看他從袖子裏，卻像撮傀儡一般，把他四眾逐個取出，每一根柱子綁了一個。將馬拴在庭中，行李拋在廊下。又叫徒弟取出皮鞭來：「且將這些和尚打一頓，與我人參果出氣！」眾仙即取出一條龍皮做的七星鞭，是著水浸的。一個小仙把鞭執定道：「師父，先打那個？」大仙道：「唐三藏做大不尊，先打他。」行者聞言道：「先生差了。偷果子是我，吃果子是我，推倒樹也是我，怎麼不先打我，打他做甚？」大仙笑道：「這潑猴倒言語脅烈。這等便先打他。」小仙問：「打多少？」大仙道：「照依果數，打三十鞭。」那小仙輪鞭就打。行者恐仙家法大，睜眼看打那裏，原來打腿，行者就把腰扭一扭，變作兩條熟鐵腿，任他打。打了三十，天早向午了，大仙又道：「還該打三藏訓教不嚴，縱放頑徒撒潑。」那仙又輪鞭來打，行者道：「先生又差了。偷果子時我師父不知，是我兄弟們做的勾當。縱是師父有罪，我為弟子的也當替打。再打我罷。」大仙道：「這潑猴雖是狡猾奸頑，卻倒也有些孝意。既這等，還打他罷。」小仙又打了三十。行者低頭看看，兩隻腿似明鏡一般，通打亮了，更不知些疼癢。此時天色將晚。大仙道：「且把鞭子浸在水裏，待明日再打。」遂各各歸房，安寢不題。

那長老淚眼雙垂，怨他三個徒弟道：「你等撞出禍來，卻帶累我在此受罪，這是怎的起？」行者道：「且莫要嚷，再停會兒走路。」正話處，早已萬籟無聲。行者把身子小一小，脫下索來道：「師父去呀！」他即解下三眾，收拾了行李、馬匹，一齊出了觀門。又教八戒把柳樹伐四棵來，將枝梢折了，復進去將原繩照舊綁在柱上。大聖念動咒語，咬破舌尖，將血噴在樹上，叫「變」，即變作他四眾一般相貌，也會說話應名。他兩個卻纔放開步，趕上師父。這一夜依舊馬不停蹄，走到天明，那長老在馬上打盹，行者見了道：「師父不濟，且在山坡下歇歇再走。」

不說他師徒在路暫住。且說那大仙天明起來，吃了早齋，出在殿上，教拿鞭來：「今日卻該打唐三藏了。」那小仙輪著鞭，望唐僧道：「打你哩！」那柳樹應道：「打麼。」乒乓打了三十。輪過鞭來，將八戒、沙僧都打了，卻又打到行者。那行者在路，忽然打個寒噤道：「不好！我將四棵柳樹變作我師徒四眾，我只說他昨日打了我兩頓，今日想不打了，卻又打我的化身，所以我真身打噤。收了法罷。」那行者慌忙念咒收法。

你看那些道童丟了皮鞭，報道：「師父呵，適纔打的都是些柳根。」大仙呵呵冷笑道：「孫行者，真是一個好猴兒！你走了也罷，卻怎麼綁些柳樹在此冒名頂替？決莫饒他，趕去來。」那大仙說聲趕，縱起雲頭，往西一望，只見他四眾挑包策馬，正然走路。大仙低下雲頭，叫聲：「孫行者，往那裏走？還我人參樹來。」八戒聽見道：「罷了！對頭又來了。」行者道：「師父，且把善字兒包起，讓我們一發結果了他，脫身去罷。」唐僧聞言，戰戰兢兢，未曾答應。他兄弟三眾各舉神兵，一齊上前，把大仙圍在空中，亂打亂築。那大仙只把蠅帚兒演架，那消半晌工夫，他將袍袖一展，依然將四僧一馬並行李一袖籠去。返雲頭又到觀裏，坐於殿上，卻又在袖兒裏一個個搬出，喝令眾仙都捆綁了。叫擡出一口大鍋支在階下，架起乾柴烈火，把清油倒上一鍋。大仙吩咐：「把鍋燒滾了，將孫行者下油鍋扎他一扎，與我人參樹報仇！」行者聞言，暗喜道：「正可老孫之意。這一向不曾洗澡，有些兒皮膚燥癢，好歹燙燙，足感盛情。」頃刻間那油鍋將滾，大聖卻又恐他仙法難參，急回頭四顧，只見那臺下西邊有一個石獅子。行者將身滾到西邊，咬破舌尖，把石獅子噴了一口，叫聲「變」，變作他本身模樣，也這般捆作一團。他卻出了元神，起在雲端裏，低頭看著道士。

只見那小仙報道：「師父，油鍋滾透了。」大仙教把孫行者擡下去。四個仙童擡不動，八個來也擡不動，又加四個也擡不動。衆仙道：「這猴子戀土難移，小自小，倒也結實。」卻教二十個小仙扛將起來，往鍋裏一摜，烹的響了一聲，濺起好些滾油點子，把那小童們臉上燙了幾個燎漿大泡。只聽得燒火的道：「鍋漏了，鍋漏了。」說不了油漏得罄盡，鍋底打破。原來是一個石獅子在裏面。

大仙大怒道：「這個潑猴，著實無禮，被他當面做了手腳。你走了便罷，怎麼又搗了我的竈？這潑猴枉自也拿他不住，罷，罷，罷，饒他去罷。且另換新鍋，將唐三藏扎一扎，與人參樹報報仇罷。」行者在半空裏聽得，即忙按落雲頭，叉手上前道：「莫要扎我師父，還等我來下油鍋。」大仙罵道：「你這猴猻，怎麼弄手段搗了我的竈？」行者笑道：「你遇著我就該倒竈，干我甚事？我纔自也要領你些油湯油水之愛，但只是大小便急了，若在鍋裏開風，恐怕污了你的熟油，不好調菜吃。如今通乾淨了，不要扎我師父，還來扎我。」那大仙聞言，呵呵冷笑，走出殿來，一把扯住。畢竟不知有何話說，且聽下回分解。

第二十六回　孫悟空三島求方　觀世音甘泉活樹

處世須存心上刃，修身切記寸邊而。剛強更有剛強輩，自古饒人不是癡。

卻說那鎮元大仙用手攙著行者道：「我也知道你的本事。只是你今番越禮欺心，縱有騰那，脫不得我手。我就和你同到西天，見了你那佛祖，也少不得還我人參果樹，你莫弄神通。」行者笑道：「你這先生，好小家子樣！若要樹活，有甚疑難，早說這話，可不省了一場爭競。」大仙道：「不爭競，我肯善自饒你。」行者道：「你解了師父，我還你一棵活樹如何？」大仙道：「你若醫得樹活，我情願與你八拜為交，結為兄弟。」行者道：「不打緊，放了他們，老孫管教還你活樹。」大仙諒他走不脫，即命解放了三藏、八戒、沙僧。三藏道：「你往何處去求醫？」行者道：「古人云『方從海上來。』我今要上東洋大海，遍遊三島十洲，訪問仙翁聖老，求一個起死回生之法，管教醫得他樹活。」三藏道：「此去幾時可回？」行者道：「只消三日。」三藏道：「既如此說，就與你三日之限。三日裏來便罷，若三日之外不來，我就念那話兒經了。」行者道：「遵命，遵命。」

你看他急縱觔斗雲，徑上東洋大海，早到蓬萊仙境。那行者看不盡仙景，正走處，只見白雲洞外，松陰之下，有三個老兒圍棋，觀局者是壽星，對局者是福星、祿星。行者上前叫道：「老弟們，作揖了。」那三星見了，拂退棋枰，回禮道：「大聖何來？」行者道：「特來尋你們耍子。」壽星道：「我聞大聖棄道從釋，保唐僧往西天取經，怎麼得閒來耍子。」行者道：「實不瞞列位說，老孫因往西方，半路有些兒阻滯，特來小事相干，不知肯否？」福星道：「是甚地方阻滯？」行者道：「是萬壽山五莊觀。」三老道：「五莊觀是鎮元大仙的仙宮，你莫不是把他人參果偷吃了？」行者笑道：「偷吃了能值甚麼？」三老道：「你這猴子，不知好歹。那果子叫作萬壽草還丹，我們的道，不及他多矣！他得之甚易，就可與天齊壽。我們還要養精，煉炁，存神，調和龍虎，捉坎填離，不知費多少工夫。你怎麼說他的能值甚麼，天下只有此種靈根。」行者道：「靈根，靈根，我已弄了他個斷根哩！」三老驚道：「怎的斷根？」行者便把偷果推樹之事，說了一遍，又道：「我此來特求三位老弟，有甚醫樹的方兒，傳我一個，好救唐僧脫身。」

三老沈吟道：「若是大聖打殺了走獸飛禽、蜾蟲鱗介，只用我等黍米之丹，可以救活。那人參果乃是仙種靈根，如何醫治？沒方，沒方。」那行者見說無方，卻就眉峰雙鎖。福星道：「大聖，此處無方，他處或有，怎麼就生煩惱？」行者道：「無方別訪，果然容易。只是我那唐長老法嚴量窄，止與了我三日期限。三日已外不到，他就要念《緊箍兒咒》哩！」壽星道：「大聖不須煩惱。那大仙雖稱上輩，卻也與我等有識。一則久別不曾拜望，二來是大聖的人情，如今我三人同去望他一望。就與你道知此情，教你師父莫念《緊箍兒咒》，休說三日五日，只等你求得方來，我們纔別。」行者道：「感激，感激，就請三位老弟行行，我去也。」大聖辭別三星。

這三星駕起祥光，即往五莊觀而來。那觀中合眾人等，忽聽得長天鶴唳，原來是三老光臨。仙童看見，即忙報道：「師父，海上三星來了。」鎮元子正與唐僧們閒敘，聞報即降階奉迎。那八戒見了壽星，扯住笑道：「你這肉頭老兒，許久不見，還是這般脫灑，帽兒也不帶個來。」三藏喝退了八戒，急整衣拜了三星。那三星以晚輩之禮見了大仙，方纔坐下。祿星道：「我們一向久闊尊顏，有失恭敬。適聞因孫大聖到敝山，他說傷了大仙的丹樹，來我處求方醫治。我輩無方，他又到別處求訪，但恐違了聖僧三日之限，要念《緊箍兒咒》。我輩一來奉拜，二來討個寬限。」三藏聞言，連聲應道：「不敢念，不敢念。」

且不題群仙聚會。卻表行者離了蓬萊，又早到方丈仙山。按落雲頭，無心玩景。正行處，只聞得香風馥馥，玄鶴聲鳴，那壁廂有個神仙走來，卻是東華帝君。行者覿面相迎，叫聲：「帝君，起手了。」那帝君慌忙回禮道：「大聖，失迎，請荒居奉茶。」遂與行者攙手而入。果然是貝闕仙宮，瑤池瓊閣。方纔坐定，只見屏後轉出一個童兒。他

身披道服霞光爍，頭戴綸巾蹋芒屩。煉元真，脫本殼，功行成時遂意樂。識破源流精氣神，主人認得無虛錯。逃名今喜壽無疆，王母蟠桃三度摸。縹緲香雲出翠屏，小仙乃是東方朔。

行者見了笑道：「這個小賊在這裏呵！帝君處沒有桃子你偷吃。」東方朔朝上進禮，答道：「老賊，你來這裏怎的？我師父沒有仙丹你偷吃。」帝君叫道：「曼倩休亂言，看茶來也。」茶到飲訖。行者道：「老孫此來，有一事奉幹，未知允否？」帝君道：「何事？」行者又將上項事說了。帝君道：「我有一粒九轉太乙還丹，但能醫治世間生靈，卻不能醫樹。若是凡間的果木還可，這人參果乃天開地闢之靈根，如何治得？無方，無方。」

行者道：「既然無方，老孫告別。」遂駕雲復至瀛洲海島，只見那丹崖朱樹之下，有幾個童顏鶴鬢之仙，在那裏著棋飲酒，談笑謳歌，正然灑落。這行者厲聲高叫道：「帶我耍耍兒便怎的！」眾仙見了，急忙趨步相迎。行者笑道：「老兄弟們自在哩。」九老道：「大聖當年若守正不鬧天宮，比我們還自在哩。如今好了，聞你歸真向西拜佛，如何得暇至此？」行者將那醫樹求方之事，具陳了一遍。九老大驚道：「你也忒惹禍，惹禍，我等實是無方。」行者道：「既是無方，我且奉別。」九老又留他飲瓊漿，食碧藕。行者立飲了一杯漿，吃了一片藕，急急離了瀛洲，徑轉東洋大海。早望見落伽山不遠，遂落下雲頭，直到普陀巖上，見觀音菩薩在紫竹林中與諸天大神講經說法。

那菩薩早已看見行者來到，即命守山大神去迎。那大神出林來，叫聲：「孫悟空，那裏去？」行者擡頭喝道：「你這個熊羆！『悟空』是你叫的？當初不是老孫饒了你，你已此做了黑風山的屍鬼矣。今日跟了菩薩，受了善果，叫不得我一聲『老爺』？」那大神只得陪笑道：「大聖，古人云：『君子不念舊惡。』只管題他怎的。菩薩著我來迎你哩。」這行者就與大神到了紫竹林裏，參拜菩薩。菩薩問其來意，行者又將前情備陳一遍。菩薩道：「你怎麼不早來見我，卻到島上去尋訪？」行者聞言，心中暗喜，上前懇求。菩薩道：「我這淨瓶底的甘露水，善治得仙樹靈苗。」行者道：「可曾經驗過麼？」菩薩道：「當年太上老君曾與我賭勝，他把我的楊柳枝拔了去，放在煉丹爐裏，炙得焦乾，送來還我。我插在瓶中，一晝夜仍復青枝綠葉，與舊相同。」行者笑道：「造化，造化，烘焦了的尚能醫活，況此推倒的有何難哉！」菩薩吩咐大眾看守林中，「我去去來。」遂手托淨瓶，白鸚哥前邊巧囀，孫大聖隨後相從。

卻說那觀裏大仙與三老正然清話，忽見孫大聖按落雲頭，叫道：「菩薩來了。」慌得那眾人一齊迎出寶殿。菩薩住了祥雲，先與鎮元子陪了話，後與三星作禮。那階前行者引唐僧、八戒、沙僧都拜了。觀中諸仙也來拜見。行者道：「大仙不必遲疑，趁早兒請菩薩替你醫治那樹去。」大仙即命打掃後園，設具香案，請菩薩先行，眾人隨後。都到園內觀看時，那棵樹倒在地下，土開根現，葉落枝枯。菩薩叫悟空伸手來，行者將左手伸開，菩薩將楊柳枝蘸出瓶中甘露，把行者手心裏畫了一道起死回生的符，教他放在樹根之下，但看水出為度。那行者捏著拳頭，往那樹根底下揣著，須臾有清泉一汪。菩薩道：「那個水不許犯五行之器，須用玉瓢舀出，扶起樹來，從頭澆下，自然回生。」大仙即命小童取出有三五十個玉杯玉盞，卻將那根下清泉舀出。行者、八戒、沙僧，扛起樹來，扶得周正，擁上土，將玉器內甘泉，一甌甌捧與菩薩。菩薩將楊柳枝細細灑上，口中又念著經咒。不多時，灑淨那舀出之水，見那樹果然依舊青枝綠葉，濃郁陰森，上有二十三個人參果。清風、明月二童子道：「前日不見了果子時，顛倒只數得二十二個。今日回生，怎麼又多了一個？」行者道：「『日久見人心。』前日老孫只偷了三個，那一個落下地來，土地說這寶遇土而入，八戒只疑我打了偏手，到如今纔見明白。」菩薩道：「我方纔不用五行之器者，知道此物與五行相畏故耳。」那大仙十分歡喜，急令取金擊子來，把果子敲下十個，請菩薩與三老復回寶殿，一則謝勞，二來做個人參果會。眾小仙遂調開桌椅，請菩薩坐了上面正席，三老左席，唐僧右席，鎮元子前席相陪。此時菩薩與三老各吃了一個，唐僧始知是仙家寶貝，也吃了一個，悟空三人亦各吃一個，鎮元子陪了一個，本觀仙眾分吃了一個。行者纔謝了菩薩回上普陀巖，送三星徑轉蓬萊島。鎮元子卻又安排蔬酒，與行者結為兄弟。這纔是：不打不成相識，兩家合了一家。師徒四眾，喜喜歡歡，天晚歇了。畢竟不知何時作別，且聽下回分解。

第二十七回　屍魔三戲唐長老　聖僧恨逐美猴王

卻說三藏師徒，次日天明，收拾前進。鎮元子決不肯放，又留住了五六日，然後相別登程。

那長老自服了草還丹，真是脱胎換骨，神爽體健。正行之間，早又見一座高山。三藏叫徒弟仔細，行者道：「師父放心，我等理會得。」好猴王，他在那馬前橫擔著棒，剖開山路，上了高崖。正行到嵯峨之處，三藏道：「悟空，我這一日肚中飢了，你去那裏化些齋我吃。」行者將身一縱，跳上雲端，手搭涼篷，四下觀看。可憐西方路甚是荒涼，正是多逢樹木、少見人煙去處。看多時，只見正南上有一座高山，那山向陽處有一片鮮紅的點子。行者按下雲頭道：「師父，這裏沒人家化飯，那南山有一片紅的，想必是熟透了的山桃，我去摘幾個來你充飢。」三藏喜道：「出家人若有桃子吃，就為上分了。」行者取了缽盂，縱起祥光，你看他一路觔斗，徑奔南山摘桃不題。

卻說自古道：「山高必有怪，嶺峻卻生精。」果然這山上有一個妖怪，他在雲端裏踏著陰風，看見長老坐在地下，就不勝歡喜道：「造化，造化。幾年家人都講東土的唐和尚取大乘，他本是金蟬子化身，十世修行的原體。有人吃他一塊肉，延壽長生。真個今日到了。」那妖精上前就要拿他，只見長老左右有八戒、沙僧護持，不敢攏身。妖精說：「等我且戲他一戲，看是怎麼。」好妖精，停下陰風，在那山凹裏搖身一變，變作個月貌花容的女兒，左手提著一個青砂礶兒，右手提著一個綠磁瓶兒，從西向東而來。三藏見了，叫八戒，沙僧：「悟空纔說這裏曠野無人，你看那裏不走出一個人來了？」八戒道：「等老豬去看看來。」那獃子放下釘鈀，擺擺搖搖，充作個斯文氣象，一直迎著那女子。真個是：

柳眉舒翠黛，杏眼閃銀星。月樣容儀俏，天然性格清。體似燕藏柳，聲如鶯囀林。半放海棠籠曉日，纔開芍藥弄春晴。

那八戒一見，就動了凡心，叫道：「女菩薩，往那裏去？手裏提著是甚麼東西？」那女子連聲答應道：「長老，我這青礶裏是香米飯，綠瓶裏是炒麵筋。特來此處無他故，因還誓願要齋僧。」八戒聞言，滿心歡喜，急抽身就跑了個豬顛風，報與三藏道：「師父，吉人自有天相！師父叫師兄去化齋，那猴子不知那裏摘桃兒耍子去了。桃子吃多了，有些嘈人。你看那不是個齋僧的來了？」唐僧道：「我們走了這向，好人也不曾遇著一個，齋僧的從何而來？」八戒道：「師父，這不到了！」三藏一見，連忙起身合掌道：「女菩薩，你府上何處？有甚願心，來此齋僧？」那妖精道：「師父，此山叫作蛇回獸怕的白虎嶺，正西下面是我家。我父母看經好善，丈夫更是個善人，一生好修橋補路，供佛齋僧。今幸有緣，遇著師父，敢將此飯奉上，權當一齋。」三藏也還在躊躇，怎當八戒饞蟲拱動，他把個礶子提過來，正要動口。

只見那行者一個觔斗點將回來，睜火眼金睛觀看，認得那女子是個妖精，放下缽盂，掣鐵棒當頭就打。唬得個長老扯住道：「悟空，你走來打誰？」行者道：「師父，你面前這個女子，莫當作個好人，他是個妖精，要來騙你哩！」三藏道：「你這個猴頭，這女菩薩有此善心，將這飯要齋我等，你怎麼説他是個妖精？」行者笑道：「師父，你那裏認得。老孫在水簾洞內做妖魔時，若想人肉吃，便是這等變化迷人。我若來遲，你定遭他毒手。」唐僧那裏肯信，只説是個好人。行者道：「師父，我知道你見他那等容貌，必然動了凡心。若果有此意，就在這裏搭個窩鋪，與他圓房成事，我們大家散火，卻不是好？何必又取甚經去！」那長老原是個軟善的人，吃他這幾句言語，羞得滿面通紅。

行者又發起性來，掣鐵棒望妖精劈頭一下。那怪物有些手段，使個解屍法，真身預先走了，把一個假屍首打死在地下。唬得個長老戰戰兢兢，口中作念道：「這猴著然無禮，無故傷人性命。」行者道：「師父，你且來看看這瓶礶裏是甚東西。」長老近前一看，那裏是甚香米飯和麵筋，卻是一礶子長尾蛆，幾個癩蝦蟆滿地亂跳。長老卻有三分兒信了。怎禁豬八戒氣不忿，在旁唆嘴道：「這個女子是此間農婦，卻怎麼栽他是妖怪。哥哥把他打殺了，怕你念甚麼《緊箍兒咒》，故意的使個障眼法兒，變作這樣東西，演幌你眼哩！」

三藏自此一言，就是晦氣到了，果然信那獃子攛掇，手中捻訣，口裏念咒。行者就叫：「頭疼，頭疼，莫念，莫念！有話便説。」唐僧道：「有甚話説！出家人時時要行方便，念念不離善心。你怎麼無故打死平人，取將經來何用？你回去罷。」行者道：「師父，你教我回那裏去？」唐僧道：「我不要你做徒弟。」行者道：「你不要我做徒弟，只怕你西天路去不成。」唐僧道：「我命在天，終不然你救得我大限？你快回去！」行者道：「師父，我回去便也罷了，只是不曾報得你的恩哩！」唐僧道：「我與你有甚恩？」那大聖聞言，連忙跪下叩頭道：「老孫因大鬧天宮，致下了傷身之難，被我佛壓在兩界山，幸觀音菩薩與我受戒，幸師父救脱吾身。若不與你同上西天，顯得我知恩不報非君子，萬古千秋作罵名。」原來這唐僧是個慈憫的聖僧，他見行者哀告，卻也回心轉意道：「既如此說，且饒你這一次，再休無禮。如再仍前作惡，這咒兒顛倒就念二十遍！」行者卻纔伏侍唐僧上馬，又將摘來桃子奉上。唐僧在馬上也吃了幾個，權且充飢。

卻說那妖精脱命昇空。他在那雲端裏咬牙切齒，暗恨行者道：「幾年只聞得講他手段，今日果然話不虛傳。那唐僧已是不認得我，將要吃飯，若低頭聞一聞兒，我就一把撈住，卻不是我的人了？不期被他走來，弄破我這勾當，又幾乎被他打了一棒，怎麼放得他過，等我還下去戲他一戲。」好妖精，按落陰雲，在那前山坡下搖身一變，變作個老婦人，年滿八旬，手拄著一根彎頭竹杖，一步一聲的哭著走來。八戒見了道：「師父，不好了！師兄打殺的定是他女兒，這個是他娘尋將來了。」行者道：「兄弟莫亂說，那女子只好十八歲，這婆子倒有八十歲，難道六十多歲還生產？斷乎是個假的，等老孫去看來。」

行者拽開步，近前觀看，認得他是妖精，更不理論，舉棒照頭就打。那怪見棍子起時，依然出了元神去了，把個假屍首又撇在路旁。唐僧一見，驚下馬來，睡在路旁，更無別話，只是把《緊箍兒咒》足足念了二十遍。可憐把個行者頭勒得似個亞腰葫蘆，十分疼痛難忍，滾將來哀告道：「師父莫念了，有甚話說了罷！」唐僧道：「有甚話說！我這般勸化你，你怎麼只是行兇，把平人打死一個又一個，此是何故？」行者道：「他是妖怪。」唐僧道：「這個猴子亂說，就有許多妖怪？你是個有意作惡之人，你去罷！」行者道：「師父又教我去？回去便也回去了，只是一件不相應。」唐僧道：「你有甚麼不相應？」行者道：「實不瞞師父說，老孫五百年前，居花果山水簾洞大展英雄之際，著實也曾為人。自從跟你做了徒弟，把這個金箍兒勒在我頭上，若回去卻也難見故鄉人。師父果若不要我，把個《鬆箍兒咒》念一念，退下這個箍子交還你，我就快活相應了。也是跟你一場，莫不成這些人意兒也沒有了？」唐僧大驚道：「我當時只是菩薩暗受一卷《緊箍兒咒》，卻沒有甚麼《鬆箍兒咒》。」行者道：「若無《鬆箍兒咒》，你還帶我去走走罷。」長老又沒奈何道：「你且起來，我再饒你這一次，卻不可再行兇了。」行者道：「再不敢了。」又伏侍師父上馬，剖路前進。

卻說那妖精又不曾被行者打殺，他在半空中誇獎不盡道：「好個猴王，著實有眼！我那般變了去，他也還認得我。這些和尚去得快，若過此山，西下四十里，就不伏我所管了。我還下去戲他一戲。」好妖怪，又在山坡下搖身一變，變作一個老公公，手掐著數珠念經。唐僧在馬上見了，喜道：「阿彌陀佛，西方真是福地，那公公路也走不上來，逼法的還念經哩！」八戒道：「師父，你且莫要誇獎。那個是禍的根哩！」唐僧道：「怎麼是禍根？」八戒道：「行者打殺他的女兒，又打殺他的婆子，這個正是他的老兒尋將來了。我們若撞在他的懷裏時，師父可不要償命麼？」

行者道：「這獃根亂說，等老孫再去看看。」他把棍藏在身邊，走上前，迎著怪物，叫聲：「老官兒，往那裏行，怎麼又走路，又念經？你瞞不過我，我認得你是個妖精。」那妖精唬得頓口無言。行者掣鐵棒，想道：「這怪物兩番被他走了，若這番□□此，豈不勞而無功，等我送他一個絕後計，若是師父怪我時，憑著我嘴伶舌便，哄他一哄，好道也罷了。」好大聖念動咒語，叫當方土地，本處山神道：「這妖精三番來戲弄我師父，這一番卻要打殺他，你與我在半空中把住，不許走了。」眾神聽令，都在雲端裏照應。那大聖棍起處打倒妖魔，纔斷絕了靈光。

那唐僧在馬上又唬得戰戰兢兢，口不能言。八戒旁邊又笑道：「好行者，風發了，只行了半日路，倒打死三個人！」唐僧正要念咒，行者急到馬前，叫道：「師父，莫念，莫念，你且來看看他的模樣。」卻是一堆粉骷髏在那裏。唐僧大驚道：「悟空，這個人纔死了，怎麼就化作一堆骷髏？」行者道：「他是個潛靈作怪的僵屍，在此迷人敗本，被我打殺，現了本相。他那脊樑上有一行字，叫作『白骨夫人』。」唐僧聞說，倒也信了，怎禁那八戒旁邊唆嘴道：「師父，他明明把人打死，只怕你念那話兒，故意變化這般模樣，掩你的眼目哩！」唐僧果然耳軟，又信了他，隨復念起。行者禁不得疼痛，跪於路旁，只叫：「莫念，莫念，有話快說了罷！」唐僧道：「猴頭，還有甚話說。行善之人，如春園之草，不見其長，日有所增；行惡之人，如磨刀之石，不見其損，日有所虧。你今日一連打死三個平人。如此兇性不改，我豈還肯容你？你快快回去罷！」行者道：「師父，這分明是個妖魔，他有心害你，我替你除了害，你倒信了那獃子讒言冷語，屢次逐我。常言道：『事不過三。』我若不去，真是個下流無恥之徒。我去，我去。去便去了，只是你手下無人。」唐僧發怒道：「這潑猴越發無禮。看起來只你是人，那悟能、悟淨就不是人？」

那大聖止不住傷情淒慘，對唐僧道聲：「苦啊！你那時出長安，到兩界山，救我出來，投拜你為師。我曾穿古洞，入深林，擒魔捉怪，收八戒，得沙僧，吃盡千辛萬苦。今日昧著惺惺使糊塗，只教我回去，這纔是『鳥盡弓藏，兔死狗烹』。罷，罷，罷，但只是多了那《緊箍兒咒》。」唐僧道：「我再不念了。」行者道：「這個難說。若到那毒魔苦難處，八戒、沙僧救不得你，那時節想起我來，忍不住又念誦起來，就是十萬里路，我的頭也是疼的。假如再來見你，不如不作此意。」

唐僧見他言言語語，越發惱怒，滾鞍下馬來，叫沙僧包袱內取出紙筆，即於澗下取水，石上磨墨，寫了一紙貶書，遞於行者道：「猴頭，執此為照，再不要你做徒弟了。你如不信，我再發個大誓。」行者接了貶書道：「師父，不消發誓，老孫去罷。我也是跟你一場，今日半途而廢，不曾成得功果。你請坐，受我一拜，我也去得安心。」唐僧轉回身不睬道：「我是個好和尚，不受你歹人的禮！」大聖便使個身外法，把毫毛拔了三根。吹氣叫「變」，即變了三個行者，連本身四個，四面圍住師父下拜。那長老左右躲不脫，好道也受他一拜。大聖跳起來，把身一抖，收上毫毛，卻又吩咐沙僧道：「賢弟，你是個好人，卻要留心防著八戒詀言詀語，途中更要仔細。倘一時有妖精拿住師父，你就說老孫是他大徒弟。西方毛怪聞我的手段，不敢傷我師父。」唐僧道：「我是個好和尚，不題你這歹人的名字。你去了罷。」那大聖見長老三番兩覆，不肯轉意回心，沒奈何纔去。

你看他別了師父，縱觔斗雲，徑回花果山水簾洞去，獨自個淒淒慘慘。忽聞得水聲聒耳，大聖在那半空裏看時，原來是東洋大海。一見了又想起唐僧，止不住腮邊淚墜，停雲住步，良久方去。畢竟不知此去反覆何如，且聽下回分解。

第二十八回　花果山群猴聚義　黑松林三藏逢魔

卻說那大聖雖被唐僧趕逐，然猶感念不已。早到了東洋大海，道：「我不走此路者，已五百年矣！」他將身一縱，跳過了大海，早至花果山。按落雲頭，睜睛觀看，那山上花草俱無，煙霞盡絕；峰巖倒塌，林樹焦枯。你道怎麼這等？只因他拿上界去，此山被顯聖二郎神、梅山七弟兄放火燒壞了。這大聖好不淒慘。

正當悲切之處，只聽得那芳草坡前響一聲，跳出七八個小猴，一擁上前，圍住叩頭，高叫道：「大聖爺爺！今日來家了？」大聖道：「你們因何潛蹤隱跡？我來多時了，不見你們形影何也？」群猴聽說，一個個垂淚告道：「自大聖擒拿上界，我們被獵人之苦，著實難捱！怎禁他硬弩強弓，黃鷹劣犬，將我們打死的打死，搶去的搶去。故此不敢出頭頑耍，只是深潛洞府。卻纔聽得大聖爺爺聲音，特來接見。」那大聖聞得此言，愈加淒慘，便問：「那些打獵的，他搶你們去何幹？」群猴道：「說起這獵戶，十分可惡。他把我們死的拿去，當作下飯食用。活的拿去，教他跳圈做戲，當街上篩鑼擂鼓，無所不為的頑耍。」

大聖聞言，更十分惱怒道：「洞中有甚麼人執事？」群妖道：「還有馬流二元帥、崩芭二將軍哩！」大聖道：「你們去報他知道，說我來了。」那馬流、崩芭聞報，忙出門叩迎進洞。大聖坐在中間，群猴羅拜於前道：「大聖爺爺，近聞你得了性命，保唐僧往西天取經，如何卻回本山？」大聖道：「小的們不知道，那唐三藏不識賢愚。我為他一路上捉怪擒魔，使盡了平生手段，幾番家打殺妖精，他說我行兇作惡，把我趕逐回來，永不用我了。」眾猴道：「造化，造化，做甚麼和尚，且家來攜帶我們耍子幾年罷！」叫快安排椰子酒來，與爺爺接風。大聖道：「且莫飲酒。我問你，那打獵的人，幾時來我山上一度？」馬流道：「他逐日在這裏纏擾。今日看待來耶！」大聖吩咐眾猴，把那山上的碎石頭搬起來堆著，教：「小的們都往洞內藏躲，讓老孫作法。」

那大聖上山看處，只見那南半邊鼓響鑼鳴，閃上有千餘人馬，都架著鷹犬，持著刀槍，奔上他的山來。大聖心中大怒，即捻訣念咒，往那巽地上一口氣吹將去，便是一陣狂風，那碎石乘風亂飛亂舞。可憐把那些人馬，一個個打得血染屍橫。大聖鼓掌大笑道：「快活，快活！我自從歸順唐僧，他每每勸我道：『千日行善，善猶不足；一日行惡，惡自有餘。』此言果然不差。我跟著他打殺幾個妖精，他就怪我行兇。今日來家，卻結果了這許多性命。」遂叫眾猴出來，把那死人衣服剝來穿著，馬皮剝來做靴，弓箭槍刀拿來操演武藝。將那雜色旗號拆洗，總鬥做一面彩旗，上寫著「重修花果山，復整水簾洞，齊天大聖」十四字，豎起旗竿，逐日招魔聚獸，積草屯糧。他的人情又大，便去四海龍王借些甘霖仙水，把山洗青了，仍栽花種樹。逍遙自在，樂業安居不題。

卻說唐僧聽信狡性，縱放心猿。攀鞍上馬，行過了白虎嶺，忽見一帶林丘，真個是藤攀葛繞，柏翠松青。三藏叫道：「徒弟，山路崎嶇，切須仔細。」你看那獃子抖擻精神，使釘鈀開路，領唐僧徑入松林之內。正行處，那長老兜住馬道：「八戒，我這一日其實飢了，那裏尋些齋飯我吃？」八戒道：「師父請下馬，在此等老豬去尋。」長老下了馬，沙僧歇了擔，取缽盂遞與八戒。八戒出了松林，往西行徑十餘里，更不曾撞著一個人家，真是有狼虎無人煙的去處。那獃子走得辛苦，想道：「當年行者在日，老和尚要的就有。今日輪到我身上，誠所謂『當家纔知柴米價，養子方曉父娘恩』，公道沒化齋處。」他又瞌睡上來，看見路旁有個草窠，獃子就把頭拱在草內，且只管齁齁熟睡。

卻說長老在那林間，耳熱眼跳，身心不安，急叫沙僧道：「悟能去化齋，怎麼這早晚還不回？萬一天色晚來，此間不是個住處，須要尋個下處方好哩！」沙僧道：「不打緊，等我去尋他來。」三藏道：「正是。」沙僧綽了寶杖，徑出松林來找八戒。長老獨坐林中，十分悶倦，只得強打精神，跳將起來，徐步幽林，權為散悶。原來那林子內都是些草深路雜的去處，只因他情思紊亂，錯了路頭。他本來要往西行，不期卻轉向南邊去了。出得松林，忽擡頭，見那壁廂金光閃爍，彩氣騰騰。仔細看處，原來是一座寶塔，那西落的日色映著那金頂放光。他道：「我弟子卻沒緣法哩！自離東土，發願逢廟燒香，遇塔掃塔。那放光的不是一座黃金寶塔，怎麼就不曾走那條路？塔下必有寺院僧家，且等我走走。這行李、馬匹，料此處無人行走，卻也無事。那裏若有方便處，待徒弟們來，一同借歇。」

噫！長老一時晦氣到了。你看他拽開步，徑望塔邊而來。進了大門，來到塔門之下，只見一個斑竹簾兒掛在裏面。他破步入門，揭起來，往內就進，猛擡頭，見那石牀上，側睡著一個青臉獠牙的妖魔。三藏見了，唬了一個倒跌，即忙的抽身便走。那妖魔早驚覺了，問：「小的們，是甚麼人？」小妖道：「是個白皮細肉的和尚。」那妖呵呵笑道：「這叫作個『蛇頭上蒼蠅，自來的衣食』，你們疾忙與我拿來。」那些小妖一窩蜂趕上，把個長老平擡將去，直推到老妖面前。三藏只得雙手合著，與他見個禮。那妖道：「你是那裏和尚，從那裏來，到那裏去？快快說明。」三藏道：「我是唐朝僧人，奉大唐皇帝敕命，前往西方求經。偶過貴山，特來塔下謁聖，不期驚動威嚴，望乞恕罪。待往西方取得經回東土，永註高名也。」那妖聞言，又呵呵大笑道：「我說像個上邦人物，果然是你。正要吃你哩！」叫小妖把他繩纏索綁，縛在定魂樁上。老妖持刀又問道：「和尚，你一行有幾人，終不然一人敢上西天？」三藏就實告道：「大王，我有兩個徒弟，叫作豬八戒、沙和尚，都出松林化齋去了。還有一擔行李，一匹白馬，都在松林內放著哩。」老妖道：「又造化了！你師徒三個，連馬四個，彀吃一頓了。」叫：「小的們，把前門關了。他兩個化齋來，尋師父不著，一定尋到我門上。常言道：『上門的買賣好做。』且等他來捉他。」小妖把前門閉了。

且不言三藏逢災。卻說那沙僧出林找八戒，直有十餘里不曾見個莊村。他站在崗上正然觀看，只聽得草中有人言語，急使杖撥開看時，原來是獃子在裏面說夢話哩。那獃被沙僧揪著耳朵叫醒了，道：「好獃子啊，師父教你化齋，許你在此睡覺的？」那獃子冒冒失失的醒來道：「兄弟，有甚時候了？」沙僧道：「快起來，師父說有齋沒齋也罷，教你我那裏尋住處哩！」獃子懵懵懂懂的，與沙僧徑直回來，到林中看時，不見了師父。沙僧埋怨道：「都是你獃子化齋不來，必有妖精拿師父也。」八戒笑道：「兄弟，莫亂說，那林內是個清雅去處，決然沒有妖精。想是老和尚坐不住，往那裏觀風去了，我們尋他去來。」

二人牽馬挑擔，出松林尋找師父，尋了一回不見。忽見那正南下有金光烱灼，八戒道：「兄弟啊，師父往那裏去了？你看那放光的是座寶塔，一定是個寺院，定留他在那裏吃齋。我們也趕上去吃些兒。」沙僧道：「哥啊，定不得吉凶哩，我們且去看來。」二人雄糾糾到了門前，呀！閉著門哩。只見那門上橫安了一塊白玉石板，上鐫著六個大字：「碗子山波月洞」。沙僧道：「哥啊，這不是甚麼寺院，是一座妖精洞府也。我師父在這裏也見不得哩。」八戒道：「兄弟，且等我問問看。」獃子舉著鈀，上前高叫：「開門！」那洞裏小妖開了門，忽見他兩個模樣，急跑入報道：「大王，買賣來了！」老妖道：「甚麼買賣？」小妖道：「洞門外有一個長嘴大耳的和尚，與一個晦氣色的和尚來叫門了！」老妖大喜道：「是豬八戒與沙和尚尋將來也！既然嘴臉兇頑，卻莫要怠慢他。」叫取披掛結束了，綽刀在手，徑出門來。

那八戒、沙僧在門首正等，只見妖魔來得兇猛。你道他叫甚名字，原來叫作黃袍怪。他出門來高叫道：「你是那方和尚，在我門首吆喝？」八戒道：「我兒子，你不認得我？我是大唐差往西天去的，我師父是那御弟三藏，若在你家，趁早送出來，省得我釘鈀築進去。」那妖笑道：「是，是，是有一個唐僧在我家。我也不曾怠慢他，安排些人肉包兒與他吃哩。你們也進去吃一個兒何如？」這獃子認真就要進去。沙僧一把扯住道：「哥啊，他哄你哩！你幾時又吃人肉的？」獃子卻纔省悟，掣釘鈀望妖怪劈臉就築，那妖怪使鋼刀急架相迎。兩個都顯神通，縱雲頭，跳在空中廝殺。沙僧撇了行李、白馬，舉寶杖急急幫攻。此時兩個狠和尚，一個潑妖魔，在半空中往往來來，戰經數十回合。不知勝負如何，且聽下回分解。

第二十九回　脫難江流來國土　承恩八戒轉山林

妄想不宜強滅，真如何必希求？本原自性佛前修，迷悟豈居前後？

悟即剎那成正，迷而萬劫沈流。若能一念合真修，滅盡恆沙罪垢。

卻說八戒、沙僧與怪鬥經三十回合，不分勝負。你道他兩個手段怎麼敵得過那妖精？只為唐僧命不該死，暗中有那護法神祇、丁甲、揭諦、功曹、伽藍相助，故此不分勝負。

且不言他三人戰鬥。卻說那長老在洞內悲啼煩惱，忽見洞內走出一個婦人來，扶著定魂樁叫道：「那長老你從何來，為何被他縛在此處？」長老聞言，淚眼偷看，那婦人約有三十年紀。遂道：「女菩薩，我已是該死的，走進你家門來也。要吃就吃了罷，又問怎的？」那婦人道：「我不是吃人的。我家離此西下，有三百餘里。那裏有座城，叫作寶象國。我是那國王的第三個公主，乳名叫作百花羞。只因十三年前，八月十五夜玩月中間，被這妖魔一陣狂風攝將來，與他做了十三年夫妻，在此生兒育女，杳無音信回朝，思量我那父母，不能相見。你從何來，被他拿住？」唐僧道：「貧僧乃是差往西天取經者，不期閒步，誤撞在此。如今要拿住我兩個徒弟，一齊蒸吃哩。」那公主笑道：「長老寬心。你既是取經的，我救得你。那寶象國是你西方去的大路，你與我捎一封書去，拜上我那父母，我就教他饒了你罷。」三藏點頭道：「女菩薩，若還救得貧僧命，願做捎書寄信人。」

那公主急轉後面，修了一紙家書，封固停當；到椿前解放了唐僧，將書付與。唐僧捧書在手道：「女菩薩，多謝你活命之恩。貧僧這一去過貴地，定送國王處。只恐日久年深，你父母不肯相認，切莫怪我貧僧打了誑語。」公主道：「不妨。我父王無子，止生我三個姊妹。若見此書，必然相念。」三藏袖了家書，謝了公主，就往外走。公主扯住道：「前門裏你出不去，那妖精正在門首與你徒弟廝殺哩。你往後門裏出去等著，待我與他說了方便。你徒弟尋著你一同好走。」三藏聞言，磕頭辭別公主，躲離後門之外，藏在荊棘叢中。

那公主心生巧計，急往前門外來。只聽得叮叮噹噹，兵刃亂響，原來是八戒、沙僧與那怪在半空裏廝殺哩。這公主厲聲高叫道：「黃袍郎！」那妖王聽得，即丟了八戒、沙僧，按落雲頭道：「渾家有甚話說？」公主道：「郎君啊，我纔睡在羅幃之內，夢中忽見個金甲神人。」妖魔道：「那個金甲神，上我門怎的？」公主道：「是我幼時，在宮內許下一椿心願，若得招個賢郎駙馬，上名山齋僧佈施。自從配了你，夫妻歡會，到今不曾題。那金甲神人來討誓願，喝我醒來，卻是一夢，因此急來郎君處訴知。不期那椿上綁著一個和尚，萬望郎君慈憫，看我薄面，饒了那個和尚，只當與我齋僧還願罷，不知郎君肯否？」那怪道：「渾家，你好多心哩，甚麼打緊之事，我要吃人，那裏不撈幾個吃吃。這個把和尚，到得那裏，要放就放他往後面去了罷。」公主歡喜而入。那怪遂綽刀高叫道：「那豬八戒，你過來。我不是怕你，不與你戰，看我渾家的分上，饒了你師父也。趁早去後門首尋著他罷。若再來犯我，斷乎不饒。」

那八戒與沙僧聞言，就如鬼門關上放回的一般，即忙牽馬挑擔，轉過洞後，叫聲

「師父」，那長老在荊棘中答應。沙僧就剖開草徑，攙著師父慌忙上馬。出了松林，上了大路。他兩個只顧嚌嚌嘈嘈，埋埋怨怨，三藏只是解和。曉行夜宿，一程一程，不覺的走了三百里。猛擡頭，只見一座好城，就是寶象國。真好個去處，看不盡那國中的景致。師徒三眾，收拾行李、馬匹，安歇金亭館驛中。

唐僧步行至朝門外，對閤門大使道：「有唐朝僧人，特來面駕，倒換文牒，乞為轉奏。」那黃門官連忙至白玉階前奏過。那國王聞知是唐朝大國方上聖僧，心中甚喜，即時叫宣進來。把三藏宣至金階，舞蹈山呼禮畢。兩邊文武多官，無不歎道：「上邦人物，禮樂雍容如此。」那國王道：「長老，你到我國中何事？」三藏道：「小僧是唐朝釋子。承我天子敕旨，前往西方取經。原領有文牒，到陛下上國，理合倒換，故此驚動龍顏。」國王道：「既有唐天子文牒，取上來看。」三藏雙手捧上去，展開放在御案上。牒云：

南贍部洲大唐國奉天承運唐天子牒行：竊惟朕以涼德，嗣續丕基，事神治民，朝夕兢惕。前者澁遊地府，感冥君放送回生，為此廣陳善會，修建道場。復蒙觀音金身出現，指示西方有佛有經，可度幽亡，超脫孤魂。特命法師玄奘，遠歷千山，詢求經偈。倘到西邦諸國，不滅善緣，照牒放行，須至牒者。大唐貞觀一十三年秋吉日，御前文牒。(上有寶印九顆。)

國王見了，取本國御寶，用了花押，遞與三藏。三藏謝了恩，收了文牒，又奏道：「貧僧一來倒換文牒，二來與陛下寄有家書。」國王大喜道：「有甚書？」三藏道：「陛下第三位公主娘娘，被碗子山波月洞黃袍怪攝將去，貧僧偶爾相遇，故寄書來也。」國王聞言，滿眼垂淚道：「自十三年前，不見了公主，至今更無下落，怎知道是妖怪攝了去！」三藏袖中取書獻上。國王接了，見有「平安」二字，一發手軟，拆不開書，傳旨宣翰林學士上殿讀書。殿後后妃宮女，俱側耳而聽。學士拆開朗誦。上寫著：

不孝女百花羞頓首百拜上大德父王萬歲殿前，暨三宮母后宮下，舉朝文武賢卿台次：拙女幸託坤宮，感激劬勞，不能竭力盡孝。乃於十三年前八月十五日，蒙父王恩旨，著各宮排宴，賞玩月華。正歡娛之間，不覺一陣狂風，閃出個金睛藍面魔王，將女擒住，駕雲攝至深山無人之處，難分難解，被妖強佔為妻。勉捱了一十三年，產下兩兒，盡是妖種。論此真是敗壞人倫，有傷風化，不當傳書玷辱。但恐女死之後，不見分明。正含怨思憶父母，適遇唐朝聖僧，亦被魔王擒住，是女設計放脫，特託寄此片楮，以表寸心。伏望父王垂憫，速遣上將至碗子山波月洞捉獲黃袍怪，救女回朝，深為恩幸。草草欠恭，泣陳不一。

那學士讀罷家書，國王大哭，三宮、百官無不傷悲。

國王哭了許久，便問兩班文武：「那個敢興兵領將，與寡人捉獲妖魔，救我公主？」連問數聲，更無一人敢答。真是木雕成的武將，泥塑就的文官。那國王愈加煩惱，淚若湧泉。只見那多官俯伏奏道：「陛下且休煩惱。公主失去一十三載無音，偶遇唐朝聖僧寄書來此，未知的否。臣等俱是凡人凡馬，習學兵書武略，止可佈陣安營，保守國家。那妖精乃雲來霧去之輩，不得與他見面，何以征救？想東土取經者乃上邦聖僧，道高德重，必有降妖之術。自古道：『來說是非者，就是是非人。』可就請這長老降妖邪，救公主，庶為萬全之策。」

那國王聞言，急回頭便請三藏道：「長老若有法力，捉了妖魔，救我孩兒回朝，也不須上西方拜佛，朕與你結為兄弟，同坐龍牀，共享富貴如何？」三藏慌忙啟上道：「貧僧粗知念佛，其實不會降妖。」國王道：「你既不會降妖，怎麼敢上西天拜佛？」那長老瞞不過，說道：「陛下，貧僧還有兩個徒弟，保護貧僧到此。」國王便叫宣來。三藏道：「貧僧那徒弟醜陋，恐驚了陛下龍體，所以不敢擅領入朝。」國王道：「你既說過了，寡人怕他怎的？」隨即著金牌至館驛相請。

兩個各帶隨身兵器入朝，到白玉階前，左右立下，朝上唱個喏，再也不動。那國王見他兩人模樣，果然驚駭不已。停一會定了性，纔開口問：「兩位長老，是那一位善於降妖？」那獃子便應道：「老豬會降。」國王道：「怎麼樣降？」八戒道：「我乃是天蓬大帥，因罪犯天條，墮落下世，幸今皈正為僧，自從東土來此。第一會降妖的是我。」國王道：「既是天將臨凡，必然善能變化。」八戒道：「不敢，不敢，也將就曉得些兒。」國王道：「你請變一個我看看。」八戒道：「請出題目，照依樣子好變。」國王道：「變一個大的罷。」那八戒也有三十六般變化，就在階前，賣弄手段，捻訣念咒，喝一聲叫「長」，把腰一躬，就有八九丈長，卻似個開路神一般。嚇得那兩班文武，戰戰兢兢。時有鎮殿將軍問道：「長老，似這等長得快，必定長到甚麼去處纔住？」那獃子又說出獃話來道：「看風。東風猶可，西風也將就，若是南風起，把青天也拱個大窟窿。」那國王大驚道：「收了神通罷，曉得是這般變化了。」八戒把身一矬，依舊現了本相。

國王大喜，即命妃子將御酒取來，滿斟一爵，奉與八戒道：「長老，這杯酒，聊當送行之意。待捉得妖魔，救回小女，自有大宴相酬，千金重謝。」那獃子接杯在手，一飲而乾。國王又斟一爵，遞與沙僧接了。八戒便足下生雲，直上空裏。國王見了道：「豬長老又會騰雲！」獃子去了，沙僧將酒飲乾，也縱雲趕將起去。那國王慌扯住唐僧道：「長老，你且陪寡人坐坐，也莫騰雲了。」唐僧道：「可憐，可憐，我半步兒也去不得。」此時二人在殿上敍話不題。

卻說八戒、沙僧兩個不多時到了洞口，按落雲頭。八戒掣鈀，往那波月洞的門上，盡力一築，把那石門築了斗大的窟窿。那把門的小妖看見，急跑進去報道：「大王，不好了！那長嘴大耳的和尚，與那晦氣色臉的和尚，又來把門都打破了。」那怪甚是驚異，急整束披掛，綽了鋼刀，走出來問道：「那和尚，我既饒了你師父，你怎麼又敢來打上我門？」八戒道：「你這潑怪幹得好事兒！你把寶象國三公主騙來洞內，強佔為妻一十三載。我奉國王旨意，特來擒你。你快快伏降，免得老豬動手。」那老怪聞言，十分發怒。你看他咬響鋼牙，睜圓環眼，舉起刀攔頭便砍。八戒使釘鈀劈面相迎，隨後沙僧舉寶杖上前。這一場賭鬥，比前不同，真個是：

言差語錯招人惱，意毒情傷怒氣生。算來只為捎書故，致使僧魔兩不寧。

他們在那山坡前戰經八九回合，八戒漸漸釘鈀難舉，氣力不加。你道此番如何這等不濟？蓋因當時有那護法諸神，為唐僧在洞，暗助八戒、沙僧，故僅得個手平。此時諸神都在寶象國護定唐僧，所以二人難敵。那獃子道：「沙僧，你且與他鬥著，讓老豬出恭來。」他就顧不得沙僧，一溜往那蒿草藤蘿裏，不分好歹鑽進去，一轂轆睡倒，再不出來，只留半邊耳朵，聽著梆聲。那怪見八戒走了，就奔沙僧。沙僧措手不及，被怪一把抓住，捉進洞去，將他四馬攢蹄捆住。畢竟不知性命如何，且聽下回分解。

卻說那怪把沙僧捆住，也不來殺他，心中想道：「唐僧乃上邦人物，必知禮義，終不然我饒了他性命，又著他徒弟拿我不成？噫！這多是我渾家有甚麼書信到他那國裏，走了風訊了。」即時陡起兇性，要殺公主。

那公主不知，梳粧方畢，移步前來。只見那怪怒目咬牙，咄的一聲罵道：「你這狗心賤婦，全沒恩情。我當初帶你到此，更無半點兒說話。你穿的錦，戴的金，缺少東西我去尋，四時受用，每日情深。你怎麼只想你父母，更無一點夫婦心？」那公主聞說，嚇得跪倒在地道：「郎君呵，你怎麼今日說起這分離的話來？」那怪道：「不知是我分離，是你分離哩！我把那唐僧拿來，算計要吃他，你怎麼放了他？原來是你暗地裏修了書信，教他替你傳寄。不然，怎麼這兩個和尚又來打上我門，要你回去，這不是你幹的事？」公主道：「郎君，你錯怪我了，我沒有甚書去。」老怪道：「你還強嘴哩！現拿住一個證見在此。」公主道：「是誰？」老妖道：「是唐僧第二個徒弟沙和尚。」公主道：「郎君且息怒，我和你去問他一聲。果然有書，就打死了我也甘心。假若無書，卻不枉殺了奴家也？」那怪聞言，不容分說，輪開手，抓住那公主青絲細髮，揪到沙僧面前，捽在地下，執著鋼刀，咄的一聲道：「沙和尚！你兩個輒敢打上我門來，可是這女子有書去，那國王教你們來的？」

沙僧捆在那裏，見妖精兇惡，要殺公主，他遂昂然喝道：「那妖怪不要無禮，他有甚麼書來？只因你把我師父捉在洞中，我師父曾看見公主的模樣。及至寶象國，那國王將公主畫影圖形，前後訪問。因問我師父沿途可曾看見，我師父遂將公主說起。故此他教我們來拿你，要他公主還宮。此情是實，何嘗有甚書信？你要殺就殺了我老沙，不可枉害平人。」那妖見沙僧說得雄壯，遂丟了刀，雙手抱起公主道：「我一時粗鹵，多有衝撞，莫怪，莫怪。」遂與他挽了青絲，扶上寶髻，撮哄著他進去了，又請上坐陪禮。那公主又勸他把沙僧解了繩子，鎖在那裏。沙僧心中暗道：「古人云：『與人方便，自己方便。』我若不方便了他，他怎肯教把我鬆放？」

那老妖又安排酒席，與公主陪禮壓驚。吃到半酣，老妖心頭一轉，忽的又換了一件鮮明衣服，取了一口寶刀，佩在腰裏，撫著公主道：「渾家，你且在家看著兩個孩兒，不要放了沙和尚。趁那唐僧在你國裏，我趕早兒去認認親也。」公主道：「你認甚親？」老妖道：「你父王是我丈人，我是他駙馬，怎麼不去認認？」公主道：「你去不得。我父王自幼登基，城門也不曾遠出，沒有見你這等嘴臉相貌，恐怕唬了他，反為不美，不如不去認的還好。」老妖道：「既如此說，我就變個俊的兒去如何？」好怪物，他在那席間搖身一變，就變作一個俊俏郎君。公主見了，十分歡喜道：「變得好，變得好。你這一進朝呵，我父王是親不滅，一定著各官留你飲宴。倘吃酒中間，千萬仔細，卻莫要露出原嘴臉來。」老妖道：「我自有道理。」

你看他縱雲頭早到了寶象國。按落雲頭，行至朝門之外，對黃門官道：「三駙馬特來見駕，乞為轉奏。」黃門官急入朝奏上。那國王正與唐僧敘話，忽聽得三駙馬，便問多官道：「寡人只有兩個駙馬，怎麼又有個三駙馬？」多官道：「三駙馬，必定是妖怪來了。」國王道：「可好宣他進來？」那長老心驚，道：「陛下，妖精呵，不精者不靈。他能騰雲駕霧，宣他也進來，不宣他也進來，倒不如宣他進來，還省些口面。」

國王准奏叫宣，那怪直至金階，他一般也舞蹈山呼的行禮。那君臣們肉眼愚眉，見他人物俊雅，那個敢道他是妖精，還以為濟世之樑棟。國王便問：「駙馬，你家在那裏住，幾時得我公主配合？怎麼今日纔來認親？」那怪叩頭道：「主公，臣是城東碗子山波月莊人家，離此有三百里路。」國王道：「三百里路，我公主如何得到那裏，與你匹配？」那妖精巧語花言，答道：「主公，微臣自幼兒好習弓馬，採獵為生。那十三年前，正在山間打獵，忽見一隻斑斕猛虎，馱著一個女子，往山坡下走。是微臣兜弓一箭，射倒猛虎，將女子帶上本莊，把溫湯灌醒，救了他性命。因問他是那裏人家，他更不曾題『公主』二字。早說是萬歲的三公主，怎敢欺心擅自配合？當得進上金殿，大小討一個官職榮身。只因他說是民家之女，微臣纔留在莊所。女貌郎才，兩相情願，故配合至今多年。當時配合之後，欲將那虎宰了，邀請諸親，卻是公主娘娘教且莫殺。有幾句言詞，道得甚好，說道：

託天託地成夫婦，無媒無證配婚姻。前世赤繩曾繫足，今將老虎做媒人。

臣因此言，故將虎解了索子，饒了他性命。那虎帶著箭傷，跑蹄剪尾而去。不知他得了性命，在那山中修了這幾年，煉體成精，專一迷人害人。臣聞得昔年也有幾次取經的，都說是大唐來的唐僧；想是這虎害了唐僧，得了他文引，變作那取經的模樣，今在朝中哄騙主公。主公呵，那繡墩上坐的，正是那十三年前馱公主的猛虎，不是真正取經之人。」

國王便道：「賢駙馬，你怎的認得這和尚是馱公主的老虎？」那妖道：「主公，臣在山中，吃的是老虎，穿的也是老虎，與他同眠同起，怎麼不認得？」國王道：「你既認得，可教他現出本相來看。」怪物道：「借半盞淨水，臣就教他現了本相。」國王命官取水來，那怪接水在手，走上前，使個黑眼定身法，將一口水望唐僧噴去，叫聲「變」，那長老的真身隱在殿上，真個變作一隻斑斕猛虎。國王一見，魄散魂飛。唬得那多官盡皆躲避。有幾個大膽的武將，領著將軍、校尉一擁上前，使各項兵器亂砍。這一番，不是唐僧該有命不死，就是一百個也打為肉醬。只因護教諸神，暗在空中護祐，所以那些兵器皆不能傷。眾臣嚷到天晚，纔把那虎活捉住，用鐵繩鎖在鐵籠裏，收於朝房之內。

那國王卻傳旨，教光祿寺大排筵宴，謝駙馬救拔之恩，不然險被那和尚害了。當晚眾臣朝散，那妖魔進了銀安殿，又選十八個宮娥彩女，吹彈歌舞，勸酒作樂。那怪獨坐上席，左右排列的都是那豔質嬌姿。你看他受用飲酒至二更時分，醉將上來，忍不住跳起身大笑一聲，現了本相，伸開簸箕大手，把一個彈琵琶的女子抓將過來，扢咋的把頭咬下一口。唬得那十七個宮娥，沒命的前後亂跑亂躲。正似那：

雨打芙蓉驚夜雨，風吹芍藥散春風。

那些女子又不敢聲張，夜深了又不敢驚駕，都躲在那短牆檐下，戰戰兢兢不題。

卻說那怪坐在上面，自斟自酌，呷一盞，扳過人來，血淋淋的啃上兩口。他在裏面受用，外面人盡傳道：「唐僧是個虎精！」亂傳亂嚷，嚷到金亭館驛。此時驛裏無人，止有白馬在槽上吃草吃料。他本是西海小龍變的，忽聞人講唐僧是個虎精，他心如刀割，暗想道：「我師父分明是個好人，必然被怪把他變作虎精，害了師父。怎的好怎的好！大師兄去得久了，八戒、沙僧又無音信。我今若不救唐僧，這功果休矣，休矣。」捱到二更時分，他忍不住跳起來，頓絕韁繩，抖鬆鞍轡，急縱身，依然化作龍，駕起烏雲，直上九霄觀看。詩曰：

三藏西來拜世尊，途中偏有惡妖氛。今宵化虎災難脫，白馬拋韁救主人。

小龍在半空裏，只見銀安殿內燈燭輝煌，原來那八個滿堂紅上點著八根蠟燭。按下雲頭，仔細看處，那妖魔獨自個在上面，逼法的飲酒吃人肉哩。小龍笑道：「這廝不濟，在此處吃人，可是個長進的。我且下去戲他一戲，若得拿住妖精，再救師父不遲。」

好龍王，他就搖身一變，也變作個宮娥，真個身體輕盈，儀容嬌媚，忙移步走入裏面，對妖魔道聲萬福：「駙馬啊，你莫傷我性命，我來替你把盞。」那妖道：「斟酒來。」小龍接過壺來，將酒斟在他盞中，酒比鍾高出三五分來，更不滿出，這是小龍使的逼水法。那怪見了喜道：「你有這般手段，可還斟得高麼？」小龍道：「還斟得。」他舉著壺，只情斟，那酒尖尖堆起，就如十三層寶塔一般。那怪大喜，伸過嘴來，呷了一鍾，扳著死人，吃了一口道：「你會唱麼？」小龍便依腔韻，唱了一個小曲，又奉了一鍾。那怪道：「你會舞麼？」小龍道：「也略曉得些兒，但只是素手，舞得不好看。」那怪揭起衣服，解下腰間寶刀，掣出鞘來，遞與小龍，小龍接了刀，就留心在那酒席前，上三下四，左五右六，丟開了花刀法。那怪看得眼咤，小龍趁空兒望妖精劈一刀來。那怪側身躲過，忙舉起一根滿堂紅，架住寶刀。那滿堂紅原是鑌打的，連柄有八九十斤。兩個出了銀安殿，小龍現了本相，駕起雲頭，與那妖魔在半空中黑地裏戰彀八九回合。小龍的力軟筋疲，抵敵不住，飛起刀去砍那怪。那怪一隻手接了寶刀，一隻手拋下滿堂紅便打。小龍措手不及，被他後腿上打了一下，急慌慌按落雲頭。多虧御水河救了性命，小龍一頭鑽下水去。那怪趕來尋不見，回上銀安殿，照舊吃酒睡覺不題。

那小龍潛於水底，半個時辰聽不見聲息，方纔跳將起去，踏著烏雲，轉到館驛，還依舊變作馬匹，伏於槽下。可憐渾身是水，腿有傷痕。那時節：

意馬心猿都失散，金公木母盡雕零。黃婆傷損渾無主，道義消疏怎得成。

卻說那豬八戒，自離了沙僧，一頭藏在草科里，拱了一個豬渾塘。這一覺只睡到半夜纔醒。醒來時，見那星移斗轉，約莫有三更時分，心中想道：「沙僧料必被妖怪擒了，我不如且進城去罷。」於是急縱雲頭，徑回城裏，半霎時到了館驛。此時人靜月明，兩廊下尋不見師父，只見白馬睡在那廂。八戒看了一看，失驚道：「雙晦氣了！這亡人又不曾走路，怎麼身上有汗，腿有青痕？想是歹人打劫師父，把馬打壞了。」那白馬認得是八戒，忽然口吐人言，叫聲「師兄」。這獃子唬了一跌，扒起來要走，被那馬一口咬住皂衣道：「哥呵，你莫怕我。」八戒戰兢兢的道：「兄弟，你怎麼今日說起話來了？必然有大不祥之事。」小龍道：「你知師父有難麼？」八戒道：「我不知。」小龍道：「你是不知。」便將上項事與他備細說一遍。八戒聞言道：「真個有這樣事？怎的好，怎的好！你可掙得動麼？」小龍道：「我掙得動便怎的？」八戒道：「你掙得動，便掙下海去罷。把行李等老豬挑去高老莊上，回爐做女婿去呀。」小龍聞說，一口咬住他直裰子那裏肯放，止不住眼中滴淚道：「師兄呵，你千萬休生懶惰！」八戒道：「不懶惰便怎麼？沙兄弟已被妖怪拿住，我是戰他不過，不趁此散火，還等甚麼？」

小龍又滴淚道：「師兄呵，莫說散火的話。若要救得師父，你只去請個人來。」八戒道：「教我請誰麼？」小龍道：「你趁早兒駕雲上花果山，請大師兄孫行者來。他還有降妖的大法力，管教救了師父，也與你我報得這敗陣之仇。」八戒道：「兄弟，另請一個兒罷了，那猴子與我有些不睦。前者在白虎嶺上，老和尚把他趕回去，他不知怎麼樣惱我，他也決不肯來。倘或言語不對，他那哭喪棒又重，萬一把我撈上幾下，我怎的活得成麼？」小龍道：「他決不打你，他是個有仁有義的猴王。你見了他，且莫說師父有難，只說師父想他。把他哄來到此，見這樣個情節，他必然不忿，斷乎要與那妖精比拚，管情拿得妖精，救得師父。」八戒道：「也罷，也罷。你倒這等盡心，我若不去，顯得我不如人了。」

真個那獃子跳將起來，踏著雲，徑往東來。這一回也是唐僧有命，那獃子正遇順風，撐起兩個耳朵，好便似風蓬一般，早過了東洋大海，按落雲頭。不覺的太陽星上，他卻入山尋路。正行之際，忽聞得有人言語。八戒仔細看時，原來是行者在山凹裏，坐在一塊石崖上，面前有千把多猴子，分序排班，口稱「萬歲大聖爺爺」。八戒道：「且是好受用。如今既到這裏，必定要見他。」那獃子又不敢明明的見他，卻往草崖邊溜啊溜的，混在那些猴子當中，也跟著磕頭。

那大聖早看見了，便問：「那班部中亂拜的是個野人，拿上來！」那些小猴，一窩風把個八戒推將上來，按倒在地。行者道：「你是那裏來的野人？」八戒低著頭道：「不是野人，是熟人，熟人。」行者道：「我這裏那有你這個人來。」八戒低著頭，拱著嘴道：「不羞，我和你兄弟也做了幾年，又推託認不得，說是甚麼野人。」行者道：「擡起頭來我看。」那獃子把嘴往上一伸道：「你看麼，你認不得我，好道認得嘴耶！」行者忍不住笑道：「豬八戒！」他聽見一聲叫，就一轂轆跳起來道：「正是，正是，我是豬八戒！」行者道：「你不跟唐僧取經去，卻來這裏怎的？想是你衝撞了師父，師父也貶你回來了？有甚貶書，拿來我看。」八戒道：「不曾衝撞他，他也沒甚麼貶書趕我。」行者道：「既無貶書趕你，你來我這裏怎的？」八戒道：「師父想你，著我來請你的。」行者道：「他那日對天發誓，親筆寫下貶書，怎麼又肯想我，又著你遠來請我？」八戒道：「委是想你！那日師父在馬上正行，叫聲『徒弟』，我不曾聽見，沙僧又推耳聾。師父就想起你來，說我們不濟，說你還是個聰明伶俐之人，常時聲叫聲應。因此專專教我來請你的，萬望你去走走。」行者聞言，跳下崖來，用手攙住八戒道：「賢弟，累你遠來，且耍耍兒去。」八戒道：「這所在路遠，恐師父盼望我，不耍子了。」行者道：「你也是到此一場，看看我的山景何如？」那獃子不敢苦辭，只得隨他走走。二人攜手相攙，上那花果山極巔之處。好山，自從大聖回家，收拾得復舊如新。八戒觀之不盡，滿心歡喜道：「哥啊，好去處！果然是天下第一名山。」二人下了山。只見路旁有幾個小猴，捧著許多葡萄、梨棗、枇杷、楊梅，跪在路旁叫道：「大王爺爺，請進早膳。」行者笑道：「我豬弟食腸大，卻不是以果子作膳的，將就吃個兒當點心罷。」其時漸漸日高，那獃子只管催促道：「哥哥，師父在那裏盼望哩，望你和我早早兒去罷。」行者道：「賢弟，請你往水簾洞裏去耍耍。」八戒堅辭不勞進洞。行者道：「既如此，不敢久留，請就此處奉別。」八戒道：「哥哥，你不去了？」行者道：「我往那裏去？我這裏天不收，地不管，自由自在，倒不好耍子，去做甚麼和尚？你與我上覆唐僧，既趕退了，再莫想我。」獃子聞言，不敢苦逼，只得喏喏告辭而去。

行者見他去了，既差兩個溜撒的小猴，跟著八戒，聽他說些甚麼。真個那獃子下了山，回頭指著行者罵道：「這個猴猻，不做和尚，倒做妖怪！我好意來請他，他卻不去，你不去便罷。」走幾步，又罵幾聲。那幾個小猴，急跑回來報了。行者大怒，叫拿將來。那眾猴如飛趕上，把個八戒扛翻了，抓鬃扯耳，捉將回去。畢竟不知怎麼處治，且聽下回分解。

第三十一回　豬八戒義激猴王　孫行者智降妖怪

義結孔懷，法歸本性。金順木馴成正果，心猿木母合丹元。共登極樂世界，同來不二法門。經乃修行之總徑，佛配自己之元神。兄和弟會成三契，妖與魔色應五行。剪除六門趣，即赴大雷音。

卻說那獃子被一窩猴子捉住了，扛擡扯拉，把一件直裰子揪破。口裏念誦道：「罷了，罷了，這一去有個打殺的情了！」不時到洞口，那大聖坐在石崖上，罵道：「你這饢糠的夯貨！你去便罷了，怎麼罵我？」八戒跪在地下道：「哥呵，我不曾罵你，若罵你就嚼了舌頭根。」行者道：「你怎瞞得過我。我這左耳往上一扯，曉得三十三天人說話；我這右耳往下一扯，曉得十代閻王與判官算賬。你罵我，我豈不聽見。」叫：「小的們，選大棍來，先打二十個見面孤拐，再打二十個背花，然後等我使鐵棒與他送行。」八戒慌得磕頭道：「哥哥，千萬看師父面上，饒了我罷！」行者道：「我想那師父好仁義兒哩！」八戒又道：「哥哥不看師父呵，請看海上菩薩之面，饒了我罷！」

行者見說起菩薩，卻有二分兒轉意，道：「兄弟，既這等說，我且不打你。你卻老實說，那唐僧在那裏有難，你卻來此哄我？」八戒道：「哥呵，沒甚難處，實是想你。」行者罵道：「你這好打的夯貨，你怎麼還要瞞我？我老孫身回水簾洞，心逐取經僧。那師父步步有難，處處當災，你趁早兒告誦我免打。」八戒聞言，叩頭上告道：「哥呵，分明要瞞著你請你去的；不期你這等樣靈。饒我打，放我起來說罷。」行者道：「也罷，起來說。」眾猴撒開手，那獃子跳起來，便把黃袍怪的事，備細告訴一遍，又道：「虧了小龍好心，是他教我來請師兄的，說道：『師兄是個有仁有義的君子，君子不念舊惡，一定肯來救師父的。』萬望哥哥念往日之情，千萬去救他一救。」行者道：「你這個獃子！我臨別之時，曾叮嚀道：『若有妖魔捉住師父，你就說老孫是他大徒弟。』怎麼卻不說我？」八戒又想道：「請將不如激將，等我激他一激。」道：「哥呵，不說你還好哩，只為說了你，他一發無狀。」行者道：「怎麼說？」八戒道：「我說：『妖精，你不要無禮，莫害我師父。我還有個大師兄，叫作孫行者，他神通廣大，善能降妖，他來時教你死無葬身之地。』那怪聞言，越加忿怒，罵道：『是個甚麼孫行者，他敢來惹我。他若來，我剝了他皮，抽了他筋，啃了他骨，吃了他心，饒他猴子瘦，我也把他剁鮓著油烹。』」行者聞言，氣得抓耳撓腮，暴躁亂跳道：「是那個敢這等罵我！」八戒道：「哥哥息怒，就是那黃袍怪這等罵來，我故學與你聽也。」行者道：「賢弟，我本不欲去的。既是妖精罵我，我就和你同去，把他拿住，碎屍萬段，以報罵我之仇，報畢我即回來。」八戒道：「哥哥，正是。」

那大聖纔跳下崖，入洞脫了妖衣。整一整錦直裰，束一束虎皮裙，執了鐵棒，徑出門來，辭別眾猴，獨同八戒攜手駕雲而行。過了東洋大海，至西岸，住雲光叫道：「兄弟且慢行，等我下海去淨淨身子。我自從回來這幾日弄得身上有些妖精氣了。師父是愛乾淨的，恐怕嫌我。」八戒始識得行者是片真心，更無他意。

須臾洗畢，復駕雲西進。只見那金塔放光，八戒指道：「那不是黃袍怪家，沙僧想還在他家裏。」行者道：「等我下去看看，好與妖精見陣。」八戒道：「妖精不在家。」行者道：「我曉得。」好猴王，按落祥光，徑至洞門外觀看。只見有兩個小孩子在那裏耍子哩，一個有十來歲，一個有八九歲了。正戲處，被行者上前，一把抓著頂搭子，提將過來。那孩子亂哭亂嚷，洞口小妖急入報與公主。原來那兩個孩子正是公主與那怪生的。公主聞言，忙忙走出洞門，高叫道：「那漢子，怎麼把我兒子拿去？他老子利害，有些差錯，決不與你干休。」行者笑道：「你不認得我？我是那唐僧的大徒弟孫悟空行者。我有個師弟沙和尚在你洞裏，你去放他出來，我把這兩個孩兒還你。」那公主聞言，急往裏面，喝退小妖，親自動手把沙僧解了。沙僧道：「公主，你莫解我，恐你那怪來家，問你要人，帶累你受氣。」公主道：「長老呵，你是我的恩人。你替我折辯了家書，救了我一命，我也留心放你，不期如今洞門外，你有個師兄孫行者來了，叫我放你哩。」

那沙僧一聞孫行者三字，好便似醍醐灌頂，甘露滋心。你看他一天喜氣，走出門來，對行者施禮道：「哥哥，你真是從天而降也，萬乞救我們一救！」行者笑道：「你這個沙尼，師父念《緊箍咒》時，可肯替我方便一聲兒？大家都弄嘴施展，要保師父，如何不走西方路，卻在這裏蹲甚麼？」沙僧道：「哥哥，君子既往不咎。不必説了。」又與八戒相見了，細説昨日之事。行者道：「獃子，且休敍闊，把這兩個孩子，你兩人抱著，先進那寶象城去激那怪來，等我在這裏打他。」沙僧道：「怎麼樣激他？」行者道：「你兩個駕起雲，站在那金鑾殿上，把那孩子往白玉階前一摜。有人問你，你便説是黃袍妖精的兒子，被我兩個拿將來也。那怪聽見，管尋回來。我卻不須進城與他戰鬥，免致驚擾那城中君民不安。」他兩個唯唯聽命，將孩子拿去。

行者即跳下石崖，到他塔門之下。那公主道：「你這和尚，全無信義，你說放你師弟，就與我孩兒，怎麼你師弟放去，又不把孩兒還我？」行者陪笑道：「公主休怪。你來的日子已久，帶你令郎去認認他外公去哩。」公主道：「和尚莫無禮。我那黃袍郎比眾不同，你若唬了我的孩兒，他肯和你干休？」行者笑道：「公主，你如此夫妻兒女情重，你身從何來？怎麼就再不想念你的父母？」公主道：「長老，我豈不想念父母。只因這妖精將我攝騙在此，他的法令又謹，我的步履又難，路遠山遙，無人可傳音信。欲要自盡，又恐父母疑我逃走，事終不明。故沒奈何苟延殘喘，指望有日還鄉。」說罷，淚如泉湧。行者道：「公主不必傷悲。豬八戒曾對我說，你有一封書，曾救了我師父，你書上也有思念父母之意。待老孫與你拿了妖精，帶你回朝，別尋個佳偶，侍奉雙親到老，你意如何？」公主道：「和尚呵，你莫要尋死。昨日你兩個師弟那樣好漢，也不曾打得過他。你這般一個瘦鬼，有甚手段，敢說拿他？」行者笑道：「我的手段，你是也不曾見。我極會降妖伏怪。」公主道：「你既會降妖伏怪，如今卻怎樣拿他？」行者說：「你且迴避迴避，莫在我眼前。待他來時打倒他，纔好和你回朝見駕。」那公主便依命而去。也是他姻緣該盡，故遇著大聖來臨。那猴王把公主藏過，他卻搖身一變，就變作公主一般模樣，在洞中專候那怪。

卻說八戒、沙僧把兩個孩子，拿到寶象國中，往那白玉階前摔下，可憐都摜做個肉餅相似。慌得那滿朝多官報道：「不好了，不好了，天上摜下兩個人來了！」八戒厲聲高叫道：「那孩子是黃袍妖精的兒子，被老豬與沙弟拿將來也！」

那怪還在銀安殿，宿酒未醒。睡夢間聽得有人叫他名字，他急翻身，擡頭觀看，只見那雲端裏是豬八戒、沙和尚二人吆喝。妖怪心中想道：「豬八戒便也罷了，沙和尚是我綁在家裏，他怎麼得出來？我的孩兒怎麼得到他手？且等我回家去看看，再與他說話不遲。」你看他也不辭王見駕，徑轉山林。此時朝中曉得夜來之事，已都知他是個妖怪了。那國王即著多官看守著假老虎不題。

卻說那怪徑回洞中。行者變了公主，見他來時，把眼擠了一擠，撲簌簌淚如雨下，兒天兒地的跌腳搥胸，嚎啕痛哭。那怪那裏認得，去前摟住道：「渾家，你有何事，這般煩惱？」那大聖淚汪汪的道：「郎君呵！你昨日進朝認親，怎不回來？今早被豬八戒劫了沙和尚，又把我兩個孩兒搶去，是我苦告，更不肯饒。他說拿去朝中認認外公，這半日不見孩兒，不知存亡若何？你又不見來家，教我怎生割捨？故此止不住傷心痛哭。」那怪聞言，大怒道：「真個是我的兒子！」行者道：「正是被豬八戒搶去的。」

那怪氣得亂跳道：「罷了，罷了，我兒已被他摜殺了！只好拿那和尚來，與我兒子償命報仇罷。渾家，你且莫哭。你如今心裏覺道怎麼？」行者道：「我不怎的，只是捨不得孩兒，哭得我有些心疼。」妖魔道：「不打緊；你請起來，我這裏有件寶貝，只在那疼處摸一摸兒，就不疼了。卻休使大指兒彈著；若彈著呵，就看出我本相來了。」行者聞言，心中暗喜。那怪攜著行者，一直行到洞裏深密之處。卻從口中吐出一件寶貝，有雞子大小，是一顆舍利子玲瓏內丹。行者暗喜道：「好東西耶！這件物不知打了多少坐功，煉了幾年魔難，配了幾轉雌雄，煉成這顆內丹舍利。今日大有緣法，遇著老孫。」他拿將過來，假意放在心頭摸了一摸，一指頭彈將去。那怪慌了，劈手來搶。這猴王好不溜撒，把那寶貝一口吸在肚裏。那妖揝著拳頭就打，被行者一手隔住，將臉抹了一抹，現出本相道：「妖怪，不要無禮！你且認認看我是誰？」

那妖怪見了，大驚道：「呀！渾家，你怎麼拿出這一副嘴臉來耶？」行者罵道：「我把你這個潑妖，誰是你渾家？連你祖宗也還不認得哩！」那怪忽然省悟道：「我像有些認得你哩，一時間卻想不起姓名。你果是誰，從那裏來的？無故到我家中哄騙我的寶貝，著實無理可惡。」行者道：「你是也不認得我。我是唐僧的大徒弟，叫作孫悟空行者。我是你五百年前的舊祖宗哩！」那怪道：「沒這話，沒這話，我拿住唐僧時止知他有兩個徒弟，叫作豬八戒、沙和尚，何曾見說個姓孫的。你不知是那裏來的怪物，到此騙我。」行者道：「我不曾同他們來，是我師父因老孫慣打妖怪，將我逐回，故不曾同他一路行走。你是不知你祖宗姓名。」那怪道：「你好不丈夫呵！既受了師父趕逐，卻有甚麼嘴臉又來見人。」行者道：「你這個潑怪，豈知一日為師，終身為父。你如今害我師父，我怎麼不來救他？你害他也罷，怎麼又在背後罵我？」妖怪道：「我何嘗罵你？」行者道：「是豬八戒說的。」那怪道：「那個豬八戒，尖著嘴，有些會學老婆舌頭，你怎聽他？」行者道：「且不必講此閒話。只說老孫今日到你家裏，你好怠慢了遠客。雖無酒饌款待，頭卻是有的。快快將頭伸過來，等老孫打一棍兒當茶。」那怪聞說，呵呵大笑道：「孫行者，你差了。你既說要打，不該跟我進來。我這裏無數群妖，饒你滿身是手，也打不出我的門去。」

那怪急傳號令，點齊群妖，把那三四層門，密密攔阻不放。行者見了，滿心歡喜，雙手理棍，喝聲「變」，變的三頭六臂，把金箍棒變作三根。你看他六隻手，使著三根棒，一路打將去，把那些小妖打個盡絕。止剩得一個老妖，趕出門來罵道：「你這潑猴好憊懶，怎麼上門來欺負人！」怒叫叫舉寶刀劈頭就砍，行者掣鐵棒覿面相迎。這一場，在那山頭上，半雲半霧的戰有五六十合，不分勝負。行者心中暗喜道：「這個潑怪，他那口刀倒也抵得住老孫的棒。等老孫丟個破綻與他，看他可認得。」好猴王，雙手舉棍，使一個「高探馬」的勢子。那怪不識是計，舞著寶刀，徑奔下三路砍。被行者急轉個「大中平」，挑開他那口刀，又使個「葉底偷桃」勢，望妖精頭頂一棍，就打得他無影無蹤。急收棍看時，已不見了妖精。行者料道他走了，急縱身跳在雲端裏看處，四邊更無動靜。行者道：「我曉得了。那怪說認得我，想必不是凡間的怪，多是天上來的。等我上天去查查看。」

那大聖一觔斗，直跳到南天門，徑至通明殿下。早有四大天師問道：「大聖何來？」行者道：「因保唐僧至寶象國，有一妖魔，欺騙國女，傷害吾師，老孫與他賭鬥，正鬥間不見了這怪。想那怪多是天上之精，特來查看那一路走了甚麼妖神？」天師聞言，即進靈霄殿上啟奏，蒙差查勘普天神聖，都在天上，更無一個敢離方位。又查那斗牛宮外二十八宿，顛倒只有二十七位，內獨少了奎星。天師回奏道：「奎木狼下界了。」玉帝道：「多少時了？」天師道：「四卯不到。三日點卯一次，今已十三日了。」玉帝道：「天上十三日，下界已是十三年。」即命本部收他上界。本部領旨而去。

你道那奎星藏在那裏？他原是孫大聖大鬧天宮時打怕的神將，閃在那山澗裏潛災，被水氣隱住妖雲，所以不得看見。聽得本部星員念咒，方敢出頭，隨眾上界。被大聖攔住要打，幸眾星勸住，押見玉帝。他腰間取出金牌，在殿下叩頭納罪。玉帝道：「奎木狼，上界有無邊的勝景，你卻私走下方，何也？」奎宿叩頭奏道：「萬歲，赦臣死罪。那寶象國王公主，本是披香殿侍香的玉女，因欲與臣私通，臣恐點污了天宮勝境，他思凡先下界去，託生於皇宮內院。是臣不負前期，變作妖魔，佔了名山，攝他到洞府，與他配了一十三年夫妻。一飲一啄，莫非前定。今被孫大聖到此成功，甘罪無辭。」玉帝聞言，收了金牌，貶他去兜率宮與太上老君燒火，有功復職，無功加罪。

行者見玉帝如此發放，心中歡喜，朝上唱個大喏，又謝了眾神，即按落祥光，徑轉碗子山波月洞，尋出公主。正說那收妖之事，恰好八戒、沙僧都到，行者使個縮地法，把公主霎時間引回城中，徑帶到金鑾殿上。那公主參拜了父王、母后，各官俱來拜見。公主纔啟奏道：「多虧孫長老法力無邊，降了黃袍怪，救奴回國。」那國王問曰：「那黃袍是個甚麼怪？」行者道：「陛下的駙馬，乃上界奎星，令愛乃侍香的玉女，因思凡降落人間，都因前緣，該為姻眷。那怪被老孫上天啟奏玉帝，已收他上界去了，老孫卻救得令愛來也。」那國王謝了行者的恩德，便教看你師父去來。

眾官即到朝房裏，擡出假虎，解了鐵索。別人看他是虎，獨行者看他是人。原來那師父被妖術魘住，心上明白，只是口眼難開。行者笑道：「師父呵，你是個好和尚，你怪我行兇作惡，趕我回去，你怎麼一旦弄出這個惡模樣來耶？」八戒道：「哥呵，救他救兒罷。不要只管揭挑他了。」行者道：「你凡事攛唆，是他個得意的好徒弟，你不救他，又尋老孫怎的！我原與你說來，待降了妖精，報了罵我之仇，就回去的。」沙僧跪下道：「哥呵，古人云：『不看僧面看佛面。』兄長既是到此，萬望救他一救。若是我們能救，也不敢許遠的來奉請也。」行者挽起道：「我豈有安心不救之理？快取水來。」行者拿水在手，望那虎劈頭一噴，即時退了妖術。長老現了原身，定性睜眼，纔認得是行者，一把攙住道：「悟空！你從那裏來也？」沙僧把上項事備陳了一遍。三藏謝之不盡道：「賢徒，虧了你也！這一去早詣西方，徑回東土奏唐王，你的功勞第一。」行者笑道：「莫說，莫說，但不念那話兒，足感盛情也。」國王又謝了他四眾，整治素筵，大開東閣，將重禮奉酬。他師徒分毫不受，辭王西去。國王又率多官遠送。畢竟不知此去又有甚事，且聽下回分解。

第三十二回　平頂山功曹傳信　蓮花洞木母逢災

話說唐僧復得了孫行者，師徒們一心同體，共詣西方。離了寶象國，夜住曉行，卻又值三春景候。正行之間，又見一山擋路。唐僧道：「徒弟們仔細。」行者道：「師父，出家人莫說在家話。你可記得那烏巢和尚《心經》云：『心無掛礙，方無恐怖。』但只是掃除心上垢，洗淨耳邊塵，你莫生憂慮，都在老孫身上。」長老勒住馬道：「我

當年奉旨出長安，只望西來拜佛顏。歷遍人間山共水，幾時方得此身閒？」

行者聞說，笑呵呵道：「師父要身閒，有何難事？若功成之後，萬緣都罷，諸法皆空，那時節自然而然，卻不是身閒也？」長老聞言，只得放開懷抱，上得山來，十分險峻。正在難行之處，只見那綠莎坡上，佇立著一個樵夫，對長老厲聲高叫道：「那西進的長老！暫停片時，我有一言奉告：此山有一夥毒魔狠怪，專吃那東來西去的人哩。」長老聞言，魂飛魄散，急回頭忙呼徒弟道：「你聽那樵夫所言，誰去細問他一問？」行者道：「師父放心，等老孫去問他。」

行者拽步上山，對樵子叫聲「大哥」，道個問訊。樵夫答禮道：「長老呵，你們有甚事來此？」行者道：「不瞞大哥說，我們是東土差來西天取經的。適蒙見教，說有甚麼毒魔狠怪，故此我來奉問一聲。那魔是幾年之魔，怪是幾年之怪，煩大哥老實說說，我好著山神、土地遞解他起身。」樵子聞言，仰天大笑道：「你原來是個風和

尚，想是在方上雲遊，學了些法術，只可驅邪縛鬼，還不曾撞見這等狠毒的怪哩！我對你說，此山徑過有六百里，名喚平頂山。山中有一洞，名喚蓮花洞。洞裏有兩個魔頭，他畫影圖形，要吃唐僧。你若別處來的還好，但犯了一個『唐』字兒，莫想去得。」行者道：「我們正是唐朝來的。」樵子道：「他正要吃你們哩！那妖怪隨身有五件寶貝，神通廣大，就是擎天的玉柱，架海的金樑，若保得唐朝和尚過去，也須要發發昏哩。」行者道：「發幾個昏麽？」樵子道：「要發三四個昏是。」行者道：「不打緊，不打緊。我們一年常發七八百個昏兒，這三四個昏兒易得發，發發兒就過去了。」

那大聖，捽脱樵夫，拽步徑轉到馬頭前道：「師父，沒甚大事。有便有個把妖精兒，只是這裏人膽小，放他在心上。有我哩，怕他怎的？走路，走路。」長老只得放懷隨行。正行處，早不見了那樵夫。大聖睜開火眼金睛，擡頭往雲端裏一看，看見是日值功曹，他就縱雲趕上，罵幾聲「毛鬼」道：「你怎麽有話不來直說，卻那般變化了演樣老孫？」慌得那功曹施禮道：「大聖，勿罪，勿罪。那怪果然神通廣大，變化多端。全仗你騰那乖巧，運動神機，仔細保你師父過去。」行者聞言，把功曹叱退，心中暗想：「我若把此言實告師父，師父一定害怕。若不與他實說，倘或被妖魔撈去，卻不又要老孫費心？且等我照顧八戒一照顧，先著他出頭與那怪打一仗看。若是打得過，就算他一功。若是沒手段，被怪拿去，等老孫再去救他，卻好顯我本事。只恐八戒躲懶，不肯出頭，師父又有些護短。等老孫且羈勒他羈勒。」

你看他弄個虛頭，把眼揉出些淚來，迎著師父徑走。八戒看見，連忙叫沙和尚歇下擔子，「我們分了行李散火罷。」長老聽見道：「這個夯貨，正走路怎麽又亂説了？」

八戒道：「你兒子便亂說！你不看見孫行者那裏哭將來了？他是個鑽天入地的好漢，如今戴了個愁帽兒，淚汪汪的哭來，必是那妖怪兇狠。似我們這樣軟弱的人兒，怎麼去得？」長老道：「你且休亂談，待我問他一聲，看是怎麼。」便問：「悟空有甚話，你怎麼這般樣個哭包臉，是唬我也？」行者道：「師父呵，剛纔那個報信的是日值功曹，他說妖精兇狠，此處難行。果然不能前進，改日再去罷。」長老聞言恐懼道：「徒弟呀，我們三停路已走了停半，因何說退悔之言？」行者道：「我沒個不盡心的。但只恐魔多力弱，行勢孤單，縱然是塊鐵，下爐能打得幾根釘？」長老道：「你也說得是，果然一個人也難。我這裏還有八戒、沙僧，憑你調度使用。協力同心，保我過山，卻不都成正果？」

那行者纔搵了淚道：「師父呵，若要過此山，須是豬八戒依得我兩件事兒，纔有三分去得。假若不依我言，半分兒也莫想過去。」八戒道：「師兄，不去就散火罷，不要攀我。且問你教我做甚事？」行者道：「第一件是看師父，第二件是去巡山。」八戒道：「看師父是怎麼樣，巡山是怎麼樣，你先與我講講，等我揀個相應些的幹罷。」行者道：「看師父呵，師父去出恭，你伺候；師父要走路，你扶持；師父要吃齋，你化齋。若他餓了些兒，你該打；黃瘦了些兒，你該打。」八戒道：「這個難，難，難。」行者道：「巡山去罷！」八戒道：「巡山便怎麼樣？」行者道：「就入此山，打聽有多少妖怪，是甚麼山、甚麼洞，我們好過去。」八戒道：「這個小可，老豬去巡山罷。」那獃子就撒起衣裙，挺著釘鈀，雄糾糾徑入深山。行者忍不住嘻嘻冷笑。長老罵道：「你這個潑猴！兄弟們全無憐愛之意，常懷嫉妒之心。你作出這樣獐智，攛弄他去巡甚麼山，卻又在這裏笑他！」行者道：「不是笑他。你看豬八戒這一去，決不巡山，不知往那裏去躲閃半會，捏一個謊來哄我們也。」長老道：「你怎麼就曉得？」行者道：「我估著他是這等。不信，等我跟他去看看。」

他即在山坡下，搖身一變，變作個蟭蟟蟲兒，嚶的一聲飛將去，趕上八戒，釘在他耳朵後面鬃根下。那獃子只管走路，怎知道身上有人。行有七八里路，把釘鈀撇下，吊轉頭來，望著東邊，指手畫腳的罵道：「那罷軟的老和尚，促掐的弼馬溫，面弱的沙和尚，他都在那裏自在，捉弄我老豬來鏟路！大家取經，都要望成正果，偏是教我來巡甚麼山！哈，哈，哈，曉得有妖怪，躲著些兒走，還不彀一半，卻教我去尋他，這等晦氣哩。我往那裏睡一覺回去，含含糊糊的答應他，只說是巡了山，就了其賬也。」那獃子又走幾步，只見山凹裏一彎紅草坡，他一頭鑽進去，轂轆的睡下，把腰伸了一伸，道聲：「快活！就是那弼馬溫也不得像我這般自在。」誰知行者在他耳根後，句句兒聽著，忍不住飛將起來，又搖身一變，變作個啄木蟲兒，紅銅嘴，黑鐵腳，刷的一翅飛下來，照那八戒嘴唇上扢揸的一下。那獃子慌得爬起來，亂嚷道：「有妖怪，有妖怪，把我戳了一槍去了，嘴上好不疼呀！」伸手摸摸，流出血來了。他道：「蹭蹬呵！我又沒甚喜事，怎麼嘴上掛了紅耶？」他看著這血手，口裏絮絮叨叨的，兩邊亂看，卻不見動靜。忽擡頭往上看時，原來是個啄木蟲，在半空中飛哩，獃子咬牙罵道：「這個亡人！弼馬溫欺負我罷了，你也來欺負我。我曉得了，他一定不認我是個人，只把我嘴當一段朽爛的樹，到裏面尋蟲兒吃的，將我啄了這一下也。等我把嘴揣在懷裏睡罷。」那獃子轂轆的依然睡倒。行者又飛來，著耳根後又啄了一下。獃子慌得爬起來道：「這個亡人！想必這裏是他的窠巢，怕我佔了，故此這般打攪。罷，罷，罷，不睡他了。」搴著鈀，徑出紅草坡，找路又走。

可不笑倒個孫行者，隨即還變作個蟭蟟蟲，釘在他耳後。那獃子入深山，又行有四五里，只見山凹中有一塊桌面大的青石頭。獃子放下鈀，對石頭唱個喏。行者暗笑：「看這獃子做甚勾當。」原來那獃子把石頭當著唐僧、沙僧、行者三人，朝著他演習哩。他道：「我這回去，見了師父，若問有妖怪，就說有妖怪。他問甚麼山，我若說是泥捏的，錫打的，麵蒸的，紙糊的，他們見說我獃哩，若講這話，一發說獃了，我只說是石頭山。他問甚麼洞，也只說是石頭洞。他問甚麼門，卻說是釘釘的鐵葉門。他問裏邊有多遠，只說入內有三層。十分再問門上釘子多少，只說老豬心忙記不真。已編造停當了，哄那弼馬溫去！」

那獃子拖著鈀徑回本路。行者即騰兩翅先回來。現原身見了師父，將他那編謊的話預先說了。不多時，獃子已到，又怕忘了那謊，低著頭口裏溫習。被行者喝一聲道：「獃子！念甚麼？」八戒掀起耳朵來看看道：「我到了地頭了！」長老道：「可有妖怪麼？」八戒道：「有妖怪，有妖怪。」長老道：「怎麼打發你來？」八戒說：「他叫我做豬祖宗，豬外公，安排些粉湯素食，教我吃了一頓，說道擺旗鼓送我們過山哩。」行者道：「想是在草裏睡著了，說的是夢話？」獃子聞言，就嚇得矮了二寸道：「爺爺，我睡他怎麼曉得？」行者上前，一把揪住道：「你過來，等我問你。」獃子又慌了。行者道：「是甚麼山？」八戒道：「是石頭山。」「甚麼洞？」道：「是石頭洞。」「甚麼門？」道：「釘釘鐵葉門。」行者道：「你不消說了。後半截我記得，我替你說了罷。」八戒道：「嘴臉！你又不曾去，你那裏曉得。」行者笑道：「他問裏邊有多少遠，只說入內有三層。門上釘子有多少，只說老豬心忙記不真。可是麼？」那獃子即慌忙跪倒。行者道：「朝著石頭唱喏，當作我三人，一問一答，可是麼？又說：『等我編得謊兒停當，哄那弼馬溫去！』可是麼？」那獃子連忙只是磕頭道：「師兄，我去巡山，你莫成跟我去聽的？」行者罵道：「我把你個饢糠的夯貨！這般要緊的所在，教你去巡山，你卻去睡覺。不是啄木蟲釘醒你，你還在那裏睡哩。及醒來，又編這樣大謊，可不誤了大事？快伸過孤拐來，打五棍記心。」八戒慌了，道：「那個哭喪棒重，若打五下，就是死了！」行者道：「你怕打，卻怎麼扯謊？」八戒道：「只是這一遭兒罷，以後再不敢了。」行者道：「一遭便打三棍罷！」八戒道：「爺爺呀，半棍兒禁不得。」獃子沒奈何，扯住師父，求說方便。長老道：「悟空說你編謊，我還不信，今果如此，其實該打。但如今過山少人使喚，悟空，你且饒他，待過了山再打罷。」行者道：「既然師父說了，我且饒你，你再去與我巡山。若再說謊誤事，一定不饒。」

那獃子只得爬起來，奔上山路又去。你看他疑心生暗鬼，步步只疑是行者變化了跟住他。走有七八里，見一隻老虎，從山坡上跑過，他也不怕，舉著釘鈀道：「師兄來聽說謊的？這遭不編了。」又走處，那山風來得甚猛，呼的一聲，把棵枯樹颳倒，滾至面前，他又跌腳捶胸的道：「哥呵，這是怎的起，一行說不敢編謊罷了，又變甚麼樹來打人！」又走向前，只見一個白頸老鴉，當頭喳喳的連叫幾聲，他又道：「哥哥，不羞，不羞。我說不編就不編了，只管又變著老鴉來聽怎麼？」原來這一番行者不曾跟他去，他那裏卻自驚自怪，亂疑亂猜不題。

卻說那平頂山蓮花洞裏兩個妖魔，一喚金角大王，一喚銀角大王。金角正坐，對銀角說：「兄弟，我們多少時不巡山了？」銀角道：「有半個月了。」金角道：「兄弟，你今日與我去巡巡。近聞得東土唐朝差個御弟唐僧往西方拜佛，一行四眾，叫作孫行者、豬八戒、沙和尚，連馬五口。你看他在那裏，與我拿來。」銀角道：「我們要吃人，那裏不撈幾個。這和尚到得那裏，讓他去罷。」金角道：「你不曉得。我當年出天界，聞得人言，唐僧乃金蟬長老臨凡，十世修行的好人，一點元陽未泄。有人吃他肉，延壽長生哩。」銀角道：「若是吃了他肉，就可以延壽長生，我們煉甚麼龍虎，配甚麼雌雄，只該吃他去了。等我拿他來。」金角道：「兄弟，你且莫忙。你若不管好歹，但是和尚就拿將來，假如不是唐僧，卻也無益。我曾將他師徒畫了一幅圖形，你可拿去，但遇著和尚，以此照驗照驗。」銀角領會，即出洞，點起三十名小怪，便來山上巡邏。

卻說八戒運拙，正行處，可可的撞見群魔，擋住道：「那來的甚麼人？」獃子擡起頭來看，見是些妖魔，他就慌了，想道：「我若說是取經的和尚，他就撈了去。」只是說：「走路的。」小妖回報道：「大王，是走路的。」那小怪中間有的道：「這個和尚，像這圖中豬八戒模樣。」叫掛起影神圖來。八戒看見，大驚道：「怪道這些時沒精神哩，原來他把我的影神傳將來也。」小妖用槍挑著，銀角指道：「這騎白馬的是唐僧。這毛臉的是孫行者。」八戒聽見道：「城隍，但願沒我罷了，少不得豬頭三牲，清醮二十四分。」口裏嘮叨，只管許願。那怪又道：「這黑長的是沙和尚。這長嘴大耳的是豬八戒。」獃子聽說，慌得把個嘴揣在懷裏藏了。那怪叫和尚伸出嘴來，八戒道：「胎裏病，伸不出來。」那怪喝小妖使鈎子鈎出來，八戒慌得把個嘴伸出。那怪認得是八戒，掣刀上前就砍。這獃子急舉釘鈀相迎。一往一來，鬥有二十回合，不分勝負。那怪招呼小怪，一齊動手。八戒遮架不住，回頭就跑。原來道路不平，忽被藤蘿絆倒。被一群小妖趕上按住，抓鬃毛，揪耳朵，扛扛擡擡，擒進洞去。畢竟不知性命如何，且聽下回分解。

卻說那怪將八戒拿進洞去，道：「哥哥啊，拿將一個來了。」老魔看了道：「兄弟，錯拿了，這個和尚沒用。」八戒就綽經說道：「大王，沒用的和尚，放他出去罷，不當人子。」二魔道：「哥哥，不要放他。雖然沒用，也是唐僧一起的，叫作豬八戒。把他且浸在後邊淨水池中，過兩日醃了下酒。」八戒聽言道：「蹭蹬啊，撞著個販醃臘的妖怪了！」那小妖把八戒擡進去，拋在水裏不題。

卻說三藏坐在坡前，耳熱眼跳，身體不安，叫聲：「悟空，怎麼悟能這番巡山，去久不來？」行者道：「師父且請上馬。我們趕上他一同去罷。」真個唐僧上馬入山。

卻說那老怪喚二魔道：「兄弟，你既拿了八戒，斷然就有唐僧。再去巡巡山來，切莫放過他去。」二魔復點起五十名小妖，上山巡邏。正走處，只見祥雲縹緲，瑞氣盤旋，二魔道：「唐僧來了。」眾妖道：「唐僧在那裏？」二魔道：「好人頭上祥雲罩頂。那唐僧原是金蟬長老臨凡，十世修行的好人，所以有這祥雲縹緲。」眾怪都不看見，二魔用手指道：「那不是！」那三藏就在馬上打了一個寒噤，一連指了三指，他就一連打了三個寒噤，心神不寧道：「徒弟啊，我怎麼打寒噤麼？」行者道：「師父走著這深山峻嶺，必然小心虛驚。莫怕，莫怕，等老孫把棒打一路與你看看。」好行者，理開棒，在馬前丟幾個解數，上三下四，左五右六，使起神通，剖開路一直前行，險些兒不唬倒那怪物。他在山頂上看見，忽失聲道：「幾年間聞説孫行者，今日纔知話不虛傳果是真。」衆怪上前道：「大王，你誇誰哩？」二魔道：「孫行者神通廣大，那唐僧吃他不成。」衆妖道：「這等説，唐僧吃不成，卻不把豬八戒錯拿了？如今送還他罷。」二魔道：「拿便也不曾錯拿，送便也不好輕送。唐僧終是要吃，但只可善圖，不可惡取。我自有個神通變化，可以拿他。」

遂遣衆妖散去，他獨跳下山來，望那路旁搖身一變，變作個年老的道士，粧作個跌折腿的，腳上血淋津，口裏哼哼的只叫「救人」。這三藏正行處，忽聽得叫「救人」，三藏道：「善哉，善哉！這曠野山中是甚麼人叫？想必是虎豹狼蟲唬倒的。」這長老兜住馬，叫道：「那有難者是甚人？可出來。」這怪從草科里爬出，對長老馬前只情磕頭。三藏見他是個道者，卻又年紀高大，甚不過意，連忙下馬攙起。那怪道：「疼，疼，疼。」丢了手看處，只見他腳上流血。三藏驚問道：「先生呵，你從那裏來，因甚傷了尊足？」那怪道：「師父呵，此山西去有一座清幽觀宇，我是那觀裏的道士。因前日同小徒往山南施主家，禳星散福來晚，忽遇著一隻猛虎，將我徒弟銜去。貧道捨命奔走，一交跌在亂石坡上，傷了腿足，不知回路。今日天緣，得遇師父，萬望大發慈悲，救我一命。若得到觀中，一定重謝深恩。」三藏聞言，認為真實，道：「先生呵，你我都是出家人，豈有不救你之理。救便救你，你卻走不得路哩。」那怪道：「立也立不起來，怎生走路？」三藏道：「也罷，也罷。我還走得路，將馬讓與你騎罷。」那怪道：「師父，感蒙厚情，只是腿胯跌傷，不能騎馬。」三藏道：「如此。」叫沙和尚：「你把行李捎在馬上，你馱他一程罷。」

那怪急回頭，抹了他一眼道：「師父呵，我被那猛虎唬怕了，見這晦氣色臉的師父，愈加驚怕，不敢要他馱。」三藏叫道：「悟空，你馱罷。」行者連聲應道：「我馱，我馱。」那妖就認定了行者，順順的要他馱。行者笑道：「你這個潑魔，怎麼敢來哄我？我認得你是這山中的怪物，想是要吃我師父哩！我師父非等閒之輩，你要吃他，也須是分多一半與老孫是。」那魔道：「師父，我是好人家兒孫，做了道士，今日不幸遇著虎狼之厄，我不是妖怪。」行者道：「你既怕虎狼，怎麼不念《北斗經》？」三藏聞得罵道：「這個潑猴，救人一命，勝造七級浮屠。你馱他馱兒便罷了，且講甚麼《北斗經》、《南斗經》！」行者纔拉將起來，背在身上，同長老、沙僧奔大路西行。

行不上三五里路，師父與沙僧下了山凹之中，行者卻望不見，正算計要摜殺那怪，原來那怪已知道了。他且曉得遣山之術，就在行者背上捻訣念咒，把一座須彌山遣在空中，劈頭來壓行者。這大聖慌得把頭偏一偏，壓在左肩上，笑道：「我的兒，你使甚麼重身法來壓老孫哩！這個倒也不怕。」那魔見一座山壓他不住，卻又念咒語，把一座峨眉山遣在空中來壓。行者又把頭偏一偏，壓在右肩上。看他挑著兩座大山，飛星來趕師父。那魔頭就嚇得渾身是汗道：「他卻會擔山！」又整性情，把真言念動，將一座泰山遣在空中，劈頭壓下。那大聖遭他這泰山壓頂之法，直壓得三尸神咋，七竅噴紅。

好妖魔，使神通壓倒行者，疾忙去趕三藏，就在雲端裏伸下手來，馬上撾人。慌得個沙僧丟了行李，舉降妖杖當頭擋住。那妖魔舉一口七星劍對面來迎，流星的解數滾來，把個沙僧戰敗。回頭要走，早被他逼住寶杖，輪開大手，把沙僧挾在左脅下，將右手去馬上拿了三藏，使起攝法，一陣風都拿到蓮花洞裏，厲聲高叫道：「哥哥，這和尚都拿來了！」

老魔看了道：「賢弟呀，又錯拿了。」二魔道：「你說拿唐僧的。」老魔道：「是便是唐僧，只是還不曾拿住那有手段的孫行者。須是拿住他，纔好吃唐僧哩！」二魔笑道：「那孫行者已被我遣三座大山壓住，寸步不能舉移。如今不消我們動身，只教兩個小妖，拿兩件寶貝，把他裝將來罷。」老魔道：「拿甚麼寶貝去？」二魔道：「拿我的紫金紅葫蘆，你的羊脂玉淨瓶。」老魔將寶貝取出，喚精細鬼、伶俐蟲二妖，吩咐道：「你兩個拿著這寶貝，徑至高山絕頂，將底兒朝天，口兒朝地，叫一聲『孫行者』。他若應了，就已裝在裏面，隨即貼上『太上老君急急如律令奉敕』的帖兒，他一時三刻就化為膿了。」二小妖將寶貝領出，一面去拿行者。這洞裏二魔一面將唐僧三眾捆縛，高吊兩廊不題。

卻說那大聖被魔壓在山下，思念三藏，痛苦傷情，厲聲叫道：「師父啊！想當時你到兩界山，救了老孫，秉教沙門，我和你同證同修。怎想到了此處，遭逢魔障，又被他遣山壓了。可憐，可憐，你死該當，只難為沙僧、八戒與那小龍化馬一場！這正是樹大招風風撼樹，人為名高名喪人！」歎罷，淚下如雨。

早驚動山神、土地，與五方揭諦，揭諦道：「這山是誰的？」土地道：「是我們的。」「你山下壓的是誰？」土地道：「不知是誰。」揭諦道：「你等原來不知。這壓的是齊天大聖孫悟空，如今皈依正界，跟唐僧做了徒弟。你怎麼把山借與妖魔壓他？他若有一日脫身出來，他肯饒你！」土地、山神恐懼，與揭諦商議了，念動真言咒語，把山仍遣歸本位，放起行者。行者跳起來，耳後掣出棒來，叫山神、土地：「都伸過孤拐來，每人先打兩下，與老孫散悶！」眾神大驚求免。行者道：「好土地，好山神，你倒不怕老孫，卻怕妖怪！」土地道：「那魔神通廣大，法術高強，念動真言咒語，拘喚我等在他洞裏，一日一個輪流當值哩！」行者聽見「當值」二字，卻也心驚，仰面高叫道：「蒼天，蒼天！即生老孫，怎麼又生此輩？」

大聖正感歎間，又見山凹裏霞光焰焰而來。行者道：「山神、土地，你既在這洞中當值，那放光的是甚物件？」土地道：「那是妖魔的寶貝放光，想是有妖精拿寶貝來降你。」行者道：「這個卻好耍子！我且問你，他洞中有甚人與他相往？」土地道：「他愛的是燒丹煉藥，喜的是全真道人。」行者道：「既如此，你們都且記打，去罷，等老孫自家拿他。」於是眾神俱散。

這大聖即搖身一變，變作個老全真。不多時，那兩個小妖到了。行者將金箍棒伸開，那妖絆著腳，撲的一跌。爬起來看見行者，嚷道：「你怎麼絆我這一跌？」行者道：「小道童，見我這老道人，要跌一跌兒做見面錢。」那妖道：「我大王見面錢只要幾兩銀子，你怎麼跌一跌兒做見面錢？你別是一鄉風，決不是我這裏道士。」行者道：「我當真不是，我是蓬萊山來的。」那妖道：「蓬萊山是海島神仙境界。」行者道：「我不是神仙，誰是神仙？」那妖卻回嗔作喜，上前道：「老神仙，我等肉眼凡夫，語言衝撞，莫怪，莫怪。」行者道：「我不怪你。我今日到你山上，要度一個成仙了道的好人。那個肯跟我去？」兩妖都道：「師父，我跟你去。」

行者問道：「你二位從那裏來的？」那怪道：「蓮花洞來的。」「要往那裏去？」那怪道：「奉我大王之命，教拿孫行者去的。」行者道：「可是跟唐僧取經的那個孫行者麼？」那妖道：「正是，正是。你也認得他？」行者道：「那猴子有些無禮，我認得他，我也有些惱他。我與你同拿他去，就當與你助功。」那怪道：「師父，不須你助功。我二大王遣了三座大山把他壓在山下，教我兩個拿寶貝來裝他的。」行者道：

「是甚寶貝，怎樣裝他？」精細鬼道：「我的是紅葫蘆，他的是玉淨瓶。把這寶貝的底兒朝天，口兒朝地，叫他一聲，他若應了，就裝在裏面，貼上一張太上老君的帖子，他就一時三刻化為膿了。」行者見説，心中暗驚，卻笑道：「二位，你把寶貝借我看看。」那小妖那知甚麼訣竅，就於袖中取出兩件寶貝，遞與行者。行者心中暗喜道：「好東西，好東西。我若颼的跳起走了，只當是送老孫。卻是壞了老孫的名頭，這叫作白日搶奪了。」復遞了與他道：「你還不曾見我的寶貝哩。」那妖道：「師父有甚寶貝？也借與我凡人看看。」行者伸下手把尾上毫毛拔了一根，即變作一個一尺七寸長的紫金紅葫蘆，自腰裏拿將出來道：「你看我的葫蘆麼！」那伶俐蟲接在手，看了道：「師父，你這葫蘆長大，有樣範，好看，卻只是不中用。」行者道：「怎的不中用？」那怪道：「我這兩件寶貝，每一個可裝千人哩！」行者道：「你這裝人的何足稀罕？我這葫蘆，連天都裝在裏面哩！」那怪道：「可真麼？」行者道：「當真的。」那怪道：「既是真，你就裝與我們看看。」行者道：「天若惱著我，一月之間常裝他七八遭。不惱著我，就半年也不裝他一次。」伶俐蟲道：「哥哥，裝天的寶貝，與他換了罷！」精細鬼道：「他裝天的，怎肯與我裝人的相換？」伶俐蟲道：「若不肯呵，貼他這個淨瓶也罷。」行者心中暗喜，即扯住那伶俐蟲道：「裝天可換麼？」那怪道：「但裝天就換。不換我是你的兒子！」行者道：「也罷，也罷，我裝與你們看看。」

好大聖，低頭捻訣，念個咒語，叫那日夜遊神、五方揭諦：「即去與我奏上玉帝，説老孫保唐僧去西天取經，要取妖魔寶貝，千萬將天借與老孫，裝閉半個時辰，以助成功。若道半聲不肯，即上靈霄殿動起刀兵！」那諸神徑至靈霄殿下，啟奏玉帝。玉帝道：「這潑猴出言無狀，大膽欲借天裝。天可裝乎？」纔説裝不得，那班中閃出哪吒三太子奏道：「萬歲，天也裝得。」玉帝道：「天怎樣裝？」哪吒道：「請降旨意，往北天門問真武借皂雕旗，在南天門上一展，把那日月星辰閉了，對面不見人，哄那怪只說裝了天，可以助行者成功。」玉帝依奏。那太子即如言而行。

早有遊神急降大聖耳邊報知。行者卻對小妖道：「裝天罷！」那小妖即都睜眼而看。這行者將一個假葫蘆兒拋將上去，那南天門上哪吒太子便把皂旗撥刺刺展開，把日月星辰俱遮閉了。真是乾坤墨染就，宇宙靛粧成。二妖大驚道：「纔說話時只好晌午，這怎麼就黃昏了？」行者道：「天既裝了，不辨時候，怎不黃昏？」「如何又這樣黑？」行者道：「日月星辰都裝在裏邊，外面無光，怎麼不黑？」小妖道：「師父，你在那廂說話哩？」行者道：「我在你面前不是？」小妖道：「此間是甚麼去處？」行者道：「不要動腳，此間乃是渤海岸上。若塌了腳落下去呵，七八日還不得到底哩！」小妖大驚道：「罷，罷，罷，放了天罷！我們曉得是這樣裝了。不要落下海去。」

行者見他認了真實，又念咒語，驚動太子，把旗捲起，卻早見日光正午。小妖笑道：「妙啊，妙啊，這樣好寶貝，若不換啊，誠為不是養家的兒子！」那精細鬼交了葫蘆，即叫那伶俐蟲拿出淨瓶，一齊遞與行者。行者卻將假葫蘆兒遞與他，即將身一縱，佇立霄漢之間，觀看那個小妖。畢竟不知怎生區處，且聽下回分解。